“

लघु कहानियों और लम्बी कहानियों के बीच यह बारह कहानियाँ मेरी मंझोले साइज़ की कहानियाँ कहला सकती हैं। अपने समय की चर्चित कहानियों में भी इनका शुमार हुआ और मुझे पाठकों के ढेर सारे खत भी मिले और इनका ज़िक्र लगातार प्रशंसकों के मुँह से सुनती रही हूँ। लेकिन इन्हें चुनने की यह सारी वजहें नहीं हैं बल्कि जब मैं इन्हें पढ़ती हूँ तो इनमें खो जाती हूँ। कहानियों का परिवेश नज़रों के सामने जीवित हो उठता है और उस ज़मीन की खुशबू से मेरा दिल व दिमाग़ गमक उठता है।

”

मेरी प्रिय कहानियाँ

नासिरा शर्मा

ISBN : 978-81-7028-956-2

MERI PRIYA KAHANIYAN (Short Stories)
by Nasira Sharma

राजपाल एण्ड सन्ज़

1590, मदरसा रोड, कश्मीरी गेट, दिल्ली-110006
फोन : 011-23869812, 23865483, 23867791
website : www.rajpalpublishing.com
e-mail : sales@rajpalpublishing.com
www.facebook.com/rajpalandsons

भूमिका

पिछले बारह वर्षों में मैंने कुल चार कहानियाँ लिखी हैं। उसका कारण, एक के बाद दूसरे उपन्यास का आना। लगभग एक दहाई की दूरी ने मुझे इस सवाल का जवाब देना सिखा दिया कि आपकी प्रिय कहानी कौन सी है? चूंकि यहाँ सवाल कहानियों का है इसलिए जवाब देना और भी आसान हो गया और कहानियों से दूरी की वजह से उसे छाँटने और चुनने में मेरी मदद भी हो गई है।

ये बारह कहानियाँ 'पतझड़ का फूल' (1979) से लेकर 'खामोश आतिशकदा' (2007) तक मेरी लेखन यात्रा का एक नमूना-सा है। मैंने काफी लम्बी कहानियाँ और बेहद छोटी कहानियाँ भी लिखी हैं। लघु कहानियों और लम्बी कहानियों के बीच यह बारह कहानियाँ मेरी मंझोले साइज़ की कहानियाँ कहला सकती हैं। अपने समय की चर्चित कहानियों में भी इनका शुमार हुआ और मुझे पाठकों के ढेर सारे खत भी मिले और इनका ज़िक्र लगातार प्रशंसकों के मुँह से सुनती रही हूँ। लेकिन इन्हें चुनने की यह सारी वजहें नहीं हैं बल्कि जब मैं इन्हें पढ़ती हूँ तो इनमें खो जाती हूँ। कहानियों का परिवेश नज़रों के सामने जीवित हो उठता है और उस ज़मीन की खुशबू से मेरा दिल व दिमाग़ गमक उठता है। वे सारे किरदार मुझे मुस्कुराने और उदास होने पर मजबूर कर देते हैं। एक लगावट का अहसास उभरता है और मैं उनकी दुनिया में ज़हनी तौर पर गुम हो जाती हूँ।

मैंने बचपन में कहानियां लिखी हैं। ख्वाब भी मेरा लेखक बनने का था मगर बचपन का देखा हर सपना पूरा तो नहीं होता। दस-बारह साल शादी के बाद बिना कलम छुए गुज़र गए। जो लिखा वह लेख लिखा, ड्रामा लिखा वह भी रेडियो और सेटेलाइट के लिए। बच्चे नर्सरी गए। अरावली की पथरीली ज़मीन पर लगे बोगन बेलिया, अमलतास, गुलमोहर शिरीष के पौधे, कीकर की लहराती पंक्तियों के बीच सर उठाने लगे तो दोपहर की ख़ामोशी भरी तन्हाई ने काग़ज़-क़लम से रिश्ता जोड़ दिया। कुछ लघु कथाएँ, बच्चों के लिए कहानियाँ और अनुवाद एकाएक कलम को फुलझड़ी बना गए और फिर एक लम्बी कहानी 'तकाज़ा' ने अपने पैर फैलाए और

महरुख जाने कहाँ से आन टपकी। फिर रमेश दीक्षित क्यों पीछे रहते। वह भी इलाहाबाद से दिल्ली आकर 'बुतखाना' लिखवा गए। इसके बाद फिर क़लम नहीं रुकी।

मेरी रूह का तहखाना जो बाहरी चहल-पहल से हमेशा अपना दरवाज़ा बंद रखता था, एकाएक उसने पट खोल दिए। अंदर-बाहर की इस यात्रा ने एक तिलिस्म की तरह मुझे अपने जादू में बाँधना शुरू कर दिया। ईरान गई तो वहाँ के प्राकृतिक सौंदर्य, भाषा की मिठास और लोगों के स्वभाव ने इतना प्रभावित किया कि अनेक कहानियों के साथ 'पतझड़ का फूल' भी कलम से निकली। मुझे यह कहानी इसलिए अच्छी लगती है कि यह दुनिया की किसी भी लड़की की कहानी हो सकती है जिसने 'अवसर' को छूटी ट्रेन समझा मगर ज़िन्दगी ट्रेन नहीं जो दोबारा आपको चढ़ने का मौका देगी। ठीक उसके विपरीत कहानी 'यहूदी सरगर्दान' है जिसमें डॉ. बहरानी एक नहीं, दो नहीं, कई-कई इश्क़ करते हैं। भरपूर ज़िन्दगी जीते हैं मगर सियासी हालात उन्हें अनाहिता की तरह अकेला छोड़ देते हैं, सारी उम्र रेगिस्तान में किसी ऊँट की तरह गुज़ारने के लिए। यह अहसास और ज़िन्दगी से भरी कहानी है जो मौत की हक़ीकत से टकराती है।

'सरहद के इस पार' कहानी का रेहान मुझे प्रिय है क्योंकि उसका ग़म आज की नई नस्ल का ग़म है। जो बेकारी, भटकाव, सियासत को इस तरह झेल रही है कि उसे अपने लिए जीने का वक्त नहीं। या तो वह दूसरों के लिए जीता है या फिर हालात उसे जीने पर मजबूर करते हैं। उसकी इच्छाएँ और सपने सब निराशा की रेत बन उसे मृगतृष्णा का भ्रम देते हैं। मिस्टर ब्राउनी जो रिश्ते तोड़कर पेट पालने लंदन पहुँचते हैं और अंग्रेज़ों के साथ रहने के बावजूद उनसे कोई भी रिश्ता नहीं बना पाते हैं। पेट न वतन की मिट्टी पर रहने देता है न रोटी। उस देश का नागरिक बनने के बावजूद पहचान की कोई तख्ती नहीं लिख पाता है। 'कशीदाकारी' भी देश के बँटवारे के बाद मछुआरों को यह समझा नहीं पाती कि यह इलाका भारत है और वह बंगला देश। ये सच्चाइयाँ जो आम आदमी झेल रहा है उसकी व्यथा मुझे अपनी जैसी लगती है क्योंकि वह मेरी समझ में आती है। यह समझ में आना ही मुझे इस कहानी से गहरे जोड़ता है। जिस तरह 'काला सूरज' और 'खामोश आतिशकदा' से। ये दोनों ही कहानियाँ करोड़ों की पीड़ा और भूख से जुड़ी हैं और भूख एक सच है क्योंकि उसी भूख को शांत करने के लिए असमानता का साम्राज्य विश्व स्तर पर फैला नज़र आता है। विश्व में फैले ये नासूर मेरे सरोकार हैं जो मुझे सिर्फ़ बेचैन ही नहीं करते हैं बल्कि अपनी ज़िम्मेदारी का अहसास दिलाते हैं और मुझे लिखने की प्रेरणा देते हैं।

'ततइया' और 'नयी हुकूमत' कहानी उस भावना को पूरी शिद्दत से उठाती है जिसमें औरत को अपने पूरे विश्वास से रहते-रहते एक दिन उसे किसी एक घटना के चलते बेदखल होना पड़ता है और तब उसे अहसास जागता है कि मेरा था ही

क्या? मैं तो न जड़ थी न ज़मीन। मैं तो दूसरों के रहम व करम पर जीने वाली ऐसी जीव थी जिसको कभी भी, किसी भी बात से खारिज किया जा सकता है। मज़े की बात यह कि हम कोसते भाग्य को या फिर खुदा को, मगर नहीं समझना चाहते कि एक इन्सान किस तरह दूसरे इन्सान को दुख पहुँचाता है अपनी इच्छाओं को पूरा करने के लिए और मुझे ऐसे चोट खाए इन्सानों से प्यार हो जाता है।

'गूंगी गवाही', 'नौ तपा', 'सतघरवा' ऐसे लोगों की कहानियाँ हैं जो हाशिए में पड़े थे। ये वे कहानियाँ हैं जिनके किरदारों को बचपन से देखते-देखते बड़ी हुई। उनसे उन्स हो जाना लाज़मी बात है। उनकी ज़िन्दगी में झांकना मेरा पसंदीदा मश्ग़ला था। वही अपनापन इन कहानियों में मैंने उतारा है। वही बाज़ार-मोहल्ले, वही लोग जिनसे मुझे इश्क़ है और इश्क़ की दास्तां हमेशा बहुत प्यारी लगती है।

ज़्यादती करने वाले मुझे बुरे लगते हैं। उनसे एक तरह की दूरी पैदा हो जाती है। मगर यह दूरी और नफरत अपना उपन्यास 'अक्षरावट' लिखते हुए एक अजीब तरह की जिज्ञासा में बदली कि क्या सत्ता, इच्छा, हवस अपराध ही बुरे इन्सान को बनाने में ईंट-गारे का काम करती है या फिर उसकी बुनियाद में कुछ और होता है जो इन्सान को आहत और कुंठित बना देता है या तो उसकी आँख अपने ऊपर किये गये ज़ुल्म से खुल जाती है और वह एक रहमदिल इन्सान में बदल जाता है या फिर उसकी आँखें अपने ऊपर हुए अत्याचार से आगे नहीं बढ़ पातीं और वह बंद आँखों से वही सब दोहराता है जो उसने देखा या फिर उस पर गुज़रा है। यहाँ पर एक भेद इन्सानी भावना का और खुलता है कि कभी-कभी आप दूसरों पर हो रहे ज़ुल्म को देखकर भौंचक्क रह जाते हैं और खुद फैसला करते हैं कि आपको किसकी तरफदारी में खड़ा होना है जैसे 'गूंगी गवाही' में चमेली भंगन की गूंगी बिटिया, सरहद के इस पार का रेहान, 'नयी हुकूमत' की हाजरा का लड़का, 'कशीदाकारी' में सीमा पुलिस के आई जी, 'ततइया' की मां, 'सतघरवा' का शहद निकालने वाला। कहने का मतलब है अगर लेखक अपने विचारों को लेकर सीधे मुठभेड़ न करना चाहे तो उसके पास दूसरे किरदार होते हैं मगर बात जहां से मैंने शुरू की थी वह यह कि इन अत्याचारियों से नफरत करना सही है तो जवाब होगा 'नहीं' बल्कि घृणा के क़ाबिल वे हालात हैं जो अकसर इन्सान को विपरीत चरित्र में बदल डालते हैं। इसी के साथ मेरे सामने यह भेद खुला कि मेरी कहानियों के कटघरे में इन्सान नहीं समाज होता है जिसे आप परिस्थितियां भी कह सकते हैं।

नई दिल्ली **—नासिरा शर्मा**

10. 06. 2011

क्रम

ख़ामोश आतिशकदा

वह जाड़े की सुबह थी जब कोहरा खिड़कियों के शीशे पर पर्दा बन लहलहा रहा था। ठंडे पड़े फ़्लैट में एकाएक फोन घनघना उठा। माही जब तक गर्म बिस्तर से उठती तब तक फोन लम्बी घंटी के बाद ख़ामोश हो गया। अचकचा कर उसने बीच कमरे में पड़े सोफ़े के पास रखे फोन को घूरा। किसका फोन होगा इतनी सुबह, उसने सोचा। फिर करवट बदल ली, यह कहकर कि उसे फोन करने वाला अब कौन ज़िन्दा बैठा है और इस अजनबी शहर में उसे याद करने वाला भी कौन है? यह उसके दिमाग़ का फितूर होगा या ख़्वाब में फोन की घंटी बजती सुन उसकी नींद टूटी होगी। बेहतर है कि वह कुछ देर और सो ले। नींद की गोली का ख़ुमार अभी टूटा नहीं था।

फोन की घंटी कुछ पल बाद फिर बज उठी। कमरे की सर्द कैफ़ियत में एक गर्मी-सी दौड़ी।

"यह रांग नम्बर मुझे उठा के दम लेगा।" कहती हुई माही को बिस्तर छोड़ना पड़ा और रिसीवर उठाकर बोली, "हलो! हाँ मैं माही बोल रही हूँ... अलीज़ा? माफ़ करिएगा मैंने आपको पहचाना नहीं? शाम को मिलना चाहती हैं?... आइए। मेरे घर का पता है आपके पास?... अच्छा!" माही ने ताज्जुब से भर रिसीवर रखा और ज़हन के बन्द कोनों को टटोलने लगी कि अलीज़ा नाम न बचपन की सहेलियों में और न आज़ादी के आन्दोलन में क्रान्तिकारियों की भीड़ में उभरा। इस कोशिश में वे सारे चेहरे फिल्म रोल की तरह खुल गए जिन्हें भुलाने में उसने लम्बा अरसा गँवाया था। यहाँ तक कि अपनी पहचान भी लपेट कर अतीत के तहख़ाने में डाल दी थी। अब वह यूरोप के इस शहर में महज़बीन नहीं, मारिया है। और किसी प्रोजेक्ट पर काम करने वाली शोधकर्ता नहीं, बल्कि पाँच सितारा होटल में हाऊस कीपर है जहाँ चादर और तौलिया बदलवाना और होटल के कमरों में ठहरे मेहमानों की हर ज़रूरत पर नज़र रखना उसका काम है। माही थकी-सी उठी और किचन में जाकर उसने ब्लैक कॉफ़ी का प्याला अपने लिए बनाया और टैरेस पर फैली धूप में जाकर खड़ी हो गयी, जो किसी चंचल चिड़िया की तरह कुछ पलों बाद उड़ने ही वाली थी।

होटल पहुँच माही काम में व्यस्त हो गयी। ग्यारह बजे जब कर्मचारी कॉफ़ी ब्रेक में पंद्रह मिनट के लिए एक साथ बैठे तो सबने महसूस किया कि आज उनकी 'बॉस' कुछ खोई-खोई-सी हैं। रोज़ की तरह हँस-बोल नहीं रही हैं, यहाँ तक कि उन्होंने कैथरिन से उसकी माँ के बारे में नहीं पूछा जो अस्पताल में मौत की घड़ियाँ गिन रही हैं... न सारा से, जिसका बेटा हॉस्टल से कल ही लौटा है। उन्हें क्या पता था कि माही वास्तव में आज इस शहर में कहाँ साँस ले रही है। वह तो यहाँ से दूर तेहरान की गली-कूचों, पुल-सड़क को पार करती अलीज़ा को तलाश कर रही है कि आख़िर वह कौन है जो उसके ज़हन के पर्दे से पूरी तरह साफ़ हो चुकी है। कॉफ़ी ब्रेक के बाद सब काम में डूब गए। माही भी यंत्रचलित-सी वीआईपी मेहमानों की ज़रूरतों को पूरा करने, नए भरे कमरों की सुनगुन लेने व ख़ाली हुए कमरों की सफ़ाई में कुछ देर के लिए सब कुछ भूल गयी।

दोपहर के ढलते, जब घड़ी की सूई पाँच पर पहुँची तो उसने मन-ही-मन कहा, उसके आने में घंटा बचा है। मुझे अब चल देना चाहिए वरना मैं उसके स्वागत करने की जगह कहीं उसे दरवाज़े पर खड़ा इन्तज़ार करता न पाऊँ। उसने ओवरकोट पहना और हैट सर पर रखी। तभी बॉब ने पास आकर खुशी से भरपूर लहजे में कहा, ''तो मैम, आज रोज़ीना से मिलने का आपका वायदा पक्का रहा। चलिए।'' रोज़ीना बॉब की गर्ल फ्रेंड है। दोनों की शादी के बीच बॉब का भाई और रोज़ीना की माँ अड़चनें लगा रहे हैं जिससे रोज़ीना चकराई हुई है कि यह शादी करे या न करे। माही के चेहरे का रंग बदला देख बॉब के चेहरे की हँसी ग़ायब हो गई और उसने गहरी नज़रों से माही का चेहरा देखा और धीरे से पूछा, ''मारिया मैम! सब ठीक तो है?''

''मुझे माफ़ करना बॉब! दरअसल अरसे बाद कोई पुरानी मित्र का फोन मिला। उसकी आवाज़ सुनकर मैं तुम्हें दिया वक़्त भूल गयी, वह भी छह बजे पहुँचने वाली है।'' माही ने शर्मिन्दा होकर कहा।

''इसमें परेशान होने की क्या बात है! आप रोज़ीना को 'हाय' कर चली जाना। हम दोनों आपको आपके फ़्लैट पर छोड़ देंगे। बातें फिर कभी हो जाएँगी। रोज़ीना इस मामले में बहुत समझदार है। वह दूसरों की मजबूरियों को खूब समझती है।'' बॉब की हँसी उसके चेहरे पर दोबारा खिल उठी थी। माही को स्थिति अटपटी लगी मगर दूसरा कोई चारा न देखकर वह बॉब की कार में बैठ गयी।

वायदे के मुताबिक़ रोज़ीना फ्लॉवर शॉप के सामने खड़ी मिली। बॉब ने उसे हाथ दिखाया। माही कार से उतर उसकी तरफ़ बढ़ी और गर्मजोशी से हाथ मिला उसके गालों का चुम्बन लिया। जब तक माही का घर आया तब तक रोज़ीना व माही एक-दूसरे की दोस्त बन चुकी थीं। घड़ी में पौने छह बज रहे थे। माही ने फ़्लैट का दरवाज़ा खोला और एक सरसरी नज़र से कमरे को आँका। सब कुछ सलीक़े

से अपनी जगह था। उसने सन्दूकची से निकाल सिक्का मीटर में डाला। अब कमरा जल्द ही गर्म हो जाएगा।

शाम का झुटपुटा गहरा चुका था। हवाएँ सर्द हो उठी थीं। सेंट्रल हीटिंग को तेज़ कर माही ने घड़ी पर नज़र डाली जिसकी सुई सात पार कर आगे बढ़ रही थी। माही अपने को थका महसूस कर रही थी। ईरान क्रान्ति को गुज़रे दो दहाई से ज़्यादा का समय गुज़र चुका है। पन्द्रह साल पहले छोड़ा देश भटकते शहरों व अजनबी देशों के बीच कहीं खो गया है। अब जब ठिकाना मिला तो उसने अपना नाम, लिबास और पहचान बदल ली, यह सोचकर कि जब जीना है तो पुरानी केंचुली बदलनी होगी। अरसा गुज़र गया है अब उसके निहाँख़ाने में किसी का भी चेहरा चिराग़ बन नहीं टिमटिमाता है। पुरानी ज़िन्दगी पर मनों मिट्टी डालकर जब वह जीना सीख गयी तो एकाएक उस पुरानी क़ब्रगाह से निकलकर उसे कौन आवाज़ दे रहा है?

शाम जब रात में ढलने लगी तो माही को अपनी ग़लती का अहसास हुआ कि उसने ख़ुद अलीज़ा के होटल का नाम और पता क्यों नहीं ले लिया। आख़िर वह उसके शहर आयी है। क़ायदे से उसे ख़ुद अलीज़ा से मिलने जाना चाहिए था। बेचारी कहीं भटक न गयी हो। पता नहीं वह उम्र के किस दौर में होगी? आवाज़ में तो भरपूर ज़िन्दगी थी। पता नहीं परिवार के साथ आयी है या अकेली है? उसे मेरा पता कैसे मिला और माही का यह सम्बोधन? या मेरे ख़ुदा, ज़ख्मों को फिर से हरा कर मुझे बेदम और बेजान तो नहीं बनाने आयी है? कुछ भी हो, मैं उसे क़ामयाब नहीं होने दूँगी।

अतीत के दरीचों से सारी रात छन-छनकर रौशनी आती रही। कभी वह बचपन के घर और स्कूल पर बरसती तो कभी माँ-बाप, भाई-बहनों और दोस्तों के चेहरों को चमका जाती। वह वक़्त उसे याद आया जब अकेला उसका घर नहीं, बल्कि पूरा ईरान जोश से उबल रहा था। जन्म से ज़्यादा शहादत अहम हो चुकी थी। आज़ादी पाने की दीवानगी में छोटे-बड़े, औरत-मर्द—सभी मौत को गले लगाने आगे बढ़ रहे थे। अब वह जुनून कितना बेकार और बेसूद लगता है। न आज़ादी मिली न आराम। बदले में खोया अपनों को और वतन को। एकाएक गर्म आँसू आँखों से बह तकिये पर जज़्ब होने लगे। माही ने काँपती उँगलियों के पोरों से पानी का लम्स महसूस किया। उसे झटका-सा लगा, झुँझलाकर बोली, ''मुझे इन आँसुओं से नफ़रत है। कितनी मुश्किलों से इन सोतों को सुखाया था, अब यह फिर उबलने लगे हैं?'' आक्रोश से भरी माही हथेलियों से आँखों को दबा बैठी मगर पानी को अपनी राह बनाने से नहीं रोक पाई और निढाल-सी तकिया पर सर पटककर फूट पड़ी। अन्दर की आग को पानी बन उसने बहने दिया।

हफ़्ता गुज़र गया। अलीज़ा का उठाया तूफान शान्त हो गया और ज़िन्दगी पुराने ढर्रे पर चल पड़ी तो एक शाम फ़्लैट की घंटी बज उठी। माही ने खुली किताब

बन्द की और उठकर दरवाज़ा खोला तो उम्मीद के ख़िलाफ़ वहाँ एक औरत को खड़े पाया। चेहरे पर मुस्कान थी। काले कपड़ों में उसका खुलता गन्दुमी रंग पूरी तरह निखरा लग रहा था। आँखों में अजीब-सी चमक लपकी। इससे पहले कि माही कुछ पूछती, उसी ने बड़े शालीन स्वर में कहा, ''मैं अलीज़ा हूँ। हफ़्ते भर बीमार रही जिसकी वजह से इत्तिला नहीं दे पायी, मुझे माफ़ करें।''

''आइए!'' अपनी झुँझलाहट दबा माही को कहना पड़ा। दरवाज़ा बन्द कर उसने घर आयी मेहमान को आदर से बिठाया और उसके चेहरे को पढ़ने लगी। अलीज़ा का बेतक़ल्लुफ़पन माही को असहज बना रहा था। उसके बैठने का अन्दाज़, पूरे कमरे की चीज़ों को देखकर मुस्कराना और चमकीली बड़ी-बड़ी आँखों से माही को घूरना। जब माही से उसका यह अन्दाज़ सहन नहीं हो पाया तो उसने ठंडे सपाट स्वर में पूछा, ''यदि आप अपना परिचय दे देतीं तो मैं आराम के साथ खुशी भी महसूस करती।''

''इतनी जल्दी क्या है? पहले मुझे तो अपने को देखने दीजिए। उस लुत्फ़ को आप महसूस नहीं कर सकतीं जो इस वक्त मैं जी रही हूँ। आपको कभी ऐसा तजुर्बा हुआ है कि किसी का बयान इतना हक़ीक़ी हो कि मिलने वाला शब्दों के लिबास में हू-ब-हू जी उठे?''

''मैं समझी नहीं।'' कुछ उखड़े स्वर में माही ने कहा और मन-ही-मन सोचने लगी कि क्रान्ति को गुज़रे ज़माना हो गया है, अब न तो यह सावक पुलिस हो सकती है और न ही पासदार। अगर.सी.आई.ए. भी हो तो मुझे ईरान से अब लेना-देना क्या? मैं तो अब इस देश की नागरिक हूँ। महज़बीं मीखची नहीं बल्कि मारिया हूँ। शरणार्थी कैम्प में मैंने अपनी ईरान नहीं अफ़गान पहचान बताई। कनाडा पहुँची तो वहाँ बताया कि ताजिक हूँ। ईरान से नफ़रत और ईरानियों को हिकारत से देखने वाले उस दौर में शायद सुकून से जीने का यही एक रास्ता मुझे सूझा था। इतने पेचीदा रास्तों को मैंने तय किया है कि मुझ तक पहुँचने के लिए अलीज़ा को साँप-सीढ़ी का खेल खेलना होगा!

''कहवा लेंगी या चाय?'' मुस्कराकर माही ने पूछा।

''आप कहवा बहुत अच्छा बनाती हैं, ऐसा मुझे बताया गया है।'' इतना कह अलीज़ा अपनी जगह से उठ कमरे में लगी तस्वीरों को देखने लगी। जब कहवे के प्याले के साथ माही लौटी तो अलीज़ा को सोफ़े पर बैठे देखा। उसके हाथ में कुछ था जिसे वह ग़ौर से देख रही थी, फिर एकाएक नज़र उठा बोली। ''यह तस्वीर दिखा, उसने मुझसे यही कहा था कि मैं इस लड़की पर आशिक़ था। मेरी ज़िन्दगी थी वह!'' इतना कह अलीज़ा के चेहरे पर शरारत भरी मुस्कान उभरी।

''कॉफ़ी!'' तुर्की कहवे की प्याली बढ़ा माही बोली।

''आप एकदम वैसी ही हैं। बस, थोड़ी-सी गाल की हड्डी उभर आयी है।''

अलीज़ा ने गहरी नज़रों से उसे ताका तो माही का चेहरा तमतमा उठा। उसने हाथ में ली तस्वीर माही के सामने रख दी जिस पर नज़र पड़ते ही माही को एक साथ कई बिच्छुओं ने डंक मारा। उसको ऐसी उम्मीद नहीं थी। उसके होंठ काँप कर रह गए। उसने रोष भरी नज़रों से अलीज़ा को घूरा।

"यह तस्वीर सुहेल ने मुझे दिखाई थी। किसी कारणवश मेरे पास रह गयी।" कहकर अलीज़ा ने कहवे का घूँट भरा। माही ने तस्वीर को ग़ौर से देखा। वह और सुहेल साथ-साथ खड़े थे। इस बार उसकी आँखों में अविश्वास था। उसकी आँखों की कैफ़ियत अलीज़ा से छुपी नहीं रह पाई। उसने धीरे से गर्दन हिलाई मगर माही की आँखों की पुतलियों में यक़ीन की लपक नहीं उठी तो अलीज़ा ने गहरी आवाज़ में धीमे से कहा, "वह ज़िन्दा है। उसकी मौत की ख़बर झूठी थी, मेरा यक़ीन करो।"

माही की आँखों में समन्दर नहीं उभरा। वहाँ रेगिस्तान का फैलाव बदस्तूर क़ायम था। उसकी जड़ता देख अलीज़ा अपनी जगह से उठी और माही के क़रीब जा उसके ठंडे हाथों को अपनी गर्म हथेलियों से दबा उन्हें अपने होंठों तक ले गयी फिर उन्हें चूम कर बोली, "अगर तुम चाहो तो मैं इस समय वापस होटल जा सकती हूँ। मुझे पता है कि तुम्हें इस हक़ीक़त को कुबूल करने में वक्त लग सकता है। मैं अभी इस शहर में हूँ। लम्बे अरसे के लिए हूँ। जब कहोगी तब आ जाऊँगी, तुम्हें तन्हाई चाहिए। यह मेरा कार्ड है, इस पर मेरा मोबाइल नम्बर लिखा है। होटल का भी कार्ड तुम्हें दे रही हूँ।" इतना कह उसने माही के माथे पर आयी लट को हटा उसके माथे को चूमा और जाने के लिए उठी। माही के पत्थर हुए बदन में हरक़त हुई और उसने अलीज़ा का हाथ पकड़ उसे बिठाते हुए कहा!

"ख़ुदारा! कुछ पल और ठहरो।" माही का पूरा वजूद बर्फ़ हो चुका था।

"तुम्हें गर्म कॉफ़ी की ज़रूरत है।" कह अलीज़ा तेज़ी से किचन की तरफ़ बढ़ी। जब तक वह दो प्याले ब्लैक कॉफ़ी बनाकर लाती तब तक माही अतीत के तहख़ाने में भटकती रही। गर्म कॉफ़ी का घूँट पी माही धीरे से बोली, "उसकी यादों को भुलाने के लिए मैंने क्या नहीं किया! कितनी बार मरी। अब इस सचाई को कुबूल करने के लिए भी मुझे वक़्त चाहिए कि वह ज़िन्दा है।"

"यह सच है।" अलीज़ा ने हामी भरी।

"हमने ज़िन्दगी के बीस साल गँवा दिए। यह किसी भी इन्सान की ज़िन्दगी के क़ीमती साल होते हैं। जब सूरज अपनी पूरी आब-व-ताब के साथ चमकता है और हमने वे साल जुदाई के ग्रहण में गुज़ार दिए।" माही इतना कह चुप हो गयी। अलीज़ा के चेहरे पर कई रंग आए और गए। मगर वह ख़ामोश रही। कमरे में सन्नाटा छाया रहा। दोनों की साँसों की लय कमरे के सर्द पड़ते माहौल में गर्मी बन बल खाती रही।

कुछ पल इसी तरह गुज़र गए।

"मुझे तुम्हारे बारे में बहुत कुछ पता है मगर एकतरफ़ा। मैं नहीं जानती कि तुम सुहेल के बारे में क्या सोचती हो, मगर वह अपनी ज़िन्दगी में आयी पहली व आख़िरी औरत तुम्हें ही समझता है।"

"मैं उसे बहुत चाहती थी। उसके बग़ैर जीना दोज़ख़ से गुज़रना जैसा था।" माही की बात सुन अलीज़ा फीकी हँसी हँस आहिस्ता से बोली।

"उस दोज़ख का मज़ा मैं चख रही हूँ।" अलीज़ा के इस तरह कहने पर माही चौंक पड़ी। उसने अलीज़ा को घूरा और धीरे से बुदबुदायी, "आख़िर तुम हो कौन अलीज़ा?"

"एक बदनसीब रूह, जो इस सरज़मीन पर हर सदी में एक बार जन्म ज़रूर लेती है या फिर कहूँ बार-बार पैदा होती है। आख़िर आपने भी मुझ जैसी तक़दीर पाई है जबकि आप मुझसे पहले इस दुनिया में क़दम रख चुकी हैं मगर लगता है, हालात ज़रा भी नहीं बदले।" इतना कह अलीज़ा ने रूमाल से आँखें पोंछीं मगर दूसरे पल ही खिलखिलाकर हँस पड़ी। उसकी इस अदा पर माही ने उसे गहरी नज़रों से देखा।

"मैं विधवा हूँ। मेरा एक बेटा है। जब इंकिलाब के शुरू में हम पकड़े गए तो मैं सिर्फ़ सत्तरह साल की थी। मैं तो कुछ दिनों बाद छोड़ दी गयी मगर पार्टी का कार्डहोल्डर होने की वजह से ज़ुल्फी को गोली मार दी गयी। मैंने अपने को कैसे सँभाला, बच्चा कैसे बड़ा किया मुझे याद नहीं। मुसीबतें थीं, डर व दहशत थी, ग़रीबी और लाचारी थी। इनसान अजीब शै है। दुख को वक्त गुज़रने के साथ भूल जाता है। मैं भी भूल गयी जुल्फी को।" इतना कह अलीज़ा चुप हो गयी।

"फिर?" उसे ख़ामोश देख माही पूछ बैठी।

"अरे, मैं अपना दुखड़ा लेकर कहाँ बैठ गयी! मैं तो क़ासिद बनकर आप तक यह खुशखबरी देने आयी थी कि तुम्हारा सुहेल ज़िन्दा है।" इतना कहकर अलीज़ा हँस पड़ी।

"जाने सुहेल अब कैसे लगते होंगे?" माही ने जैसे ख़ुद से पूछा हो।

"ठीक लगते हैं। अलबत्ता उनकी बीवी..."

"क्या? सुहेल की बीवी? वह तो हमेशा से शादी के ख़िलाफ़ रहे हैं?" बेचैन हो माही ने कहा। थोड़ी देर पहले जो चेहरा सूरजमुखी के फूल की तरह खिला था, इस ख़बर से मुरझा गया।

"दो बच्चे भी हैं। मगर शादीशुदा ज़िन्दगी अच्छी नहीं गुज़र रही है।" अलीज़ा इतना कह कर चुप हो गयी। उसके चेहरे पर मैली-सी छाया आकर गुज़र गयी। माही इस बार चौंकी नहीं कि सुहेल को तो बच्चे भी नहीं चाहिए थे। समय इन्सान को किस तरह बदल कर रख देता है। यह ख़बर माही को सुहेल के ज़िन्दा रहने से भी ज़्यादा हिला देने वाली लगी। हमने साथ-साथ रहने की क़समें ज़रूर खाई

थीं। मगर... अगर सुहेल मुझसे शादी करने से इन्कार न करते तो वह माँ-बाप, भाई-बहन की मौत के बाद यूँ ईरान छोड़कर न भागती। सत्ता के ग़ुलाम उसके पीछे लगे थे और सुहेल का कहीं पता न था। फिर कुछ साल बाद पार्टी के दफ़्तर से पता चला कि वह तीरबारान कर दिया गया है। तो यह ख़बर झूठी निकली! ज़िन्दगी का यह मोड़ ख़ासा दिलचस्प है। माही ने अपने को सँभालते हुए सोचा! कमरे में ख़ामोशी के साथ ठंड भी बढ़ गयी थी। माही ने उठकर हीटर के बॉक्स में सिक्का डाला और इसके बाद उसने वह बुनियादी सवाल पूछ ही लिया जो उसे परेशान किए हुए था।

''तुम्हें मेरा पता कैसे मिला?''

''इंटरनेट से। तुम्हारे होटल के बारे में देख रही थी। कर्मचारियों की तस्वीरें भी थीं। तुम्हारी तस्वीर देखी तो नज़रें अटक गयीं। तुम ख़ुशनसीब हो माही! तुम्हें तुम्हारा खोया प्यार मिल गया जो आज भी तुम्हें उसी शिद्दत से याद करता है।'' बहुत गहरे मगर उदास स्वर में अलीज़ा ने कहा। फिर अजीब बेचैनी से उसने पर्स से सिगरेट निकाला और बिना माही से इजाज़त लिए उसने सिगरेट सुलगा जल्दी-जल्दी दो-तीन कश लिए। फिर उसी उदासी में बोली, ''मैं कई बार कह चुकी हूँ कि सुहेल आप तलाक ले लें मगर वह झिझकते हैं। अपनी बीवी से डरते हैं।'' इतना कह अलीज़ा ने उसी सिगरेट से दूसरा सिगरेट जलाया और माही ने ताज्जुब से सोचा, 'सुहेल और डर? अजीब बातें हैं।'

''फॉल देखते हैं।'' एकाएक कहवे की प्याली को प्रिच पर उलटते हुए अलीज़ा बोली और तीसरा सिगरेट निकालते हुए बोली, ''कितनी अजीब बात है माही, आपको आपका खोया महबूब मिला और मेरा महबूब मुझसे दूर चला गया।''

''मतलब?'' माही को सुहेल से अपना यह रिश्ता अब खला मगर अलीज़ा के बारे में जानने की बेचैनी से वह पूछ बैठी।

''कहा न, ज़िन्दगी न रुकती है न थमती है। न दिल मोहब्बत करने से बाज़ आता है। मैं आशिक़ हुई। ज़िन्दगी ने फिर मुझे चाँद-तारों से सजा दिया। मगर वह तिरयाक का आदी था। मुझे जब पता चला तो लगा कि जुल्फी की तरह मौत इसे भी मुझसे छीनकर ले जाएगी। आप जानती तो हैं नशे की सज़ा ईरान में क्या है? ख़ूब रोयी-पीटी, मगर दिल के हाथों मजबूर रही। उसकी नशे की लत बढ़ती गयी और मैं उसका बोझ उठाते-उठाते, उसका यह भेद छुपाते-छुपाते अधमरी हो गयी। मेरे सामने मेरे बेटे का मुस्तक़बिल भी था। मजबूर होकर मैं उससे अलग हो गयी। अकरम सुहेल का दोस्त था। सुहेल के लिए मैं छोटी बहन बन गयी। अकरम से दूर चली गयी मगर हर पल वह मुझे याद आता है। कभी-कभी सोचती हूँ बेकार छोड़ा, मगर सच तो यह है कि उसकी क़ुरबत मुझे जितना दुख देती थी, उससे दूरी उससे ज़्यादा सुख देती है। यादें मुझे एक तरह के सुरूर में रखती हैं और सवाल

पर सवाल करती हैं कि काश! वह मेरे नज़दीक होता।'' अलीज़ा इतना कह कर चुप हो गयी। माही का दिल उसके लिए ममता से भर उठा।

''जब कभी मैं सुहेल की बेचारगी देखती हूँ तो सोचती हूँ कि हम औरतें अपनी जगह कितनी दुखी और बेबस हैं मगर जब हम मर्दों को सताने पर उतारू हो जाती हैं तो हमसे बड़ा ज़ालिम कोई दूसरा नज़र नहीं आता। कुछ ऐसी ही जीवन साथी सुहेल के हिस्से में आयी है।''

माही को अपमान का गहरा अहसास जागा मगर वह कुछ कह न सकी। उसके दिल में खटास-सी आ गयी थी। सुहेल की चाहत पर बँध बन गया था। जो इश्क़ उसकी ताक़त आज तक बना हुआ था, वह तो कभी था ही नहीं। मैं यहाँ भटकती रही। आँखों के पैग़ाम पढ़कर भी अनजान बनी रही और वहाँ सुहेल ने एक नया साथी तलाश कर लिया। सुहेल का सच क्या था? वह, जो उसने अपनी आँखों से देखा और महसूस किया था या फिर वह जो अलीज़ा बयान कर रही है? मियाँ-बीवी के बीच में आना अब कहाँ की अकलमन्दी है? माही ने नज़रें उठाकर अलीज़ा को ताका। उसे महसूस हुआ जैसे उसका चेहरा आँसुओं से धुल गया हो।

''रात के दस बज रहे हैं। तुम्हें भूख लग रही होगी। मैं जल्दी से कुछ पकाती हूँ। क्या पसन्द करोगी खाना?'' सहज स्वर में माही ने पूछा। वह अपने दिल पर जो गुज़र रही है, उसका हाल अलीज़ा पर ज़ाहिर नहीं होने देना चाह रही थी।

''मैं एक शानदार डिनर का ऑर्डर देती हूँ।''

''तुम क्यों? तुम मेरी मेहमान हो।'' कुछ बुरा मानते हुए माही बोली।

''अरे भई, वहाँ से खाना आएगा जहाँ आज हम मेहमान थे।''

''मतलब?''

''समझाती हूँ।'' कहकर अलीज़ा ने नम्बर मिलाया और सारी ईरानी डिशों का ऑर्डर दे डाला। जब तक वह फोन करती रही, माही चकराई-सी उसे देखती रही। फोन रखकर, अलीज़ा ने अजीब अन्दाज़ से कहा, ''आज जश्न ही सही।''

''तुम किस काम के सिलसिले से यहाँ आयी?... और यह जश्न?''

''जश्न, दो बिछड़ों का मिलना और रहा मेरा यहाँ आना तो मैं 'वैलेंगटाइन ग्रुप ऑफ़ होटल्स' की बोर्ड डायरेक्टरों और बीस प्रतिशत शेयर होल्डरों में से हूँ।''

''ओह!'' सहमकर माही ने उसे ताका।

''हमारा प्रस्ताव तेहरान में इसकी ब्रांच खोलने का था जो मंज़ूर हो गया और तुम उसमें मैनेजर के रूप में नियुक्त की जाने वाली हो। यह बात राज़ की है। माह भर बाद तुम्हें इत्तला मिलेगी।''

''नहीं।'' धीरे से माही ने कहा। वास्तव में वह ईरान नहीं लौटना चाहती है और अब तो हरगिज़ नहीं। ख़ासतौर से इस हालत में? हर बार ज़िन्दगी उसका इम्तहान नहीं लेगी और न ही हालात के तन्दूर में वह अपने को झुलसने देगी।

''तुम्हारे काम से सभी खुश थे। मैंने कुछ भी नहीं किया सिवाय उनके प्रस्ताव पर हस्ताक्षर करने के, क्योंकि सभी तुम्हारी प्रशंसा कर रहे थे। फिर किसी और को तेहरान भेजने से बेहतर है कि एक स्टाफ़ जो खुद ईरानी है, वहाँ जाए और बेहतर मार्केटिंग कर सके।'' अलीज़ा इतना कह चुप हो गयी। दरवाज़े की घंटी बजने पर अलीज़ा फुर्ती से उठी और दरवाज़ा खोल मेज़ पर खाना लगाने का इशारा किया।

माही की समझ में नहीं आ रहा था कि इस बदली स्थिति को किस तरह ले। अपने ही घर में आया मेहमान उसका आदर सत्कार कर उसे छोटा बना रहा है और वह चुप इसलिए है कि उसकी ज़िन्दगी का एक राज़ इस औरत के हाथ लग गया है जो उसके काम करने वाले होटल की मालकिन भी है। यह नियति का कैसा खेल है? सुहेल को एक ग़ैर से यह सब बताने की क्या ज़रूरत थी? दुख व अपमान से माही का दिल पके फोड़े की तरह टीसने लगा। जिस इन्सान को वह अब तक जी रही थी, वह इतना ओछा निकला? माही ने अलीज़ा का चेहरा देखा और एकाएक सचेत हो उठी यह सोचकर कि यह मामूली औरत नहीं है, इसके अपने जाल और षड्यन्त्र भी हो सकते हैं। मुझे बहुत सँभलकर इससे बात करनी चाहिए। क्या पता यह मुझे किस तरह इस्तेमाल करना चाह रही है।

''अच्छा हुआ कि सुहेल आशिक़ हुआ, मैं बहुत खुश हूँ।'' माही ने चेहरे पर मुस्कान का मुखौटा पहन बड़े मगन स्वर में इज़हार किया।

''आशिक़ होता तब न।'' गिलास में वाइन डालते हुए अलीज़ा ठहाका मारकर हँस पड़ी। उसकी बेबाकाना हँसी माही को अखरी। उसने चुभती नज़रों से उसे घूरा। वक्त कुछ और होता तो वह सुहेल पर इस तरह टिप्पणी करने वाले को अच्छा सबक सिखाती, मगर उसके हाथ में तो कुछ भी नहीं है। डोर अलीज़ा ने पकड़ रखी है।

''हुआ यूँ कि जब कम्युनिस्ट घर-घर ढूँढ़े जा रहे थे, उस समय सुहेल मेहरी के घर छुपा था। ग़रीब लोग थे। पुराने तेहरान के पिछड़ी सोच का तो तुम्हें अन्दाज़ा है। दो माह गुज़रे, पड़ोस में कानाफूसी पहले अफ़वाह में फिर दबाव में बदली और सुहेल के लाख इन्कार के बावजूद निकाह हो गया। आख़िर जवान लड़की की बदनामी इन्सानियत के चलते हो रही थी। इस बात से सुहेल को इन्कार न था। मगर हालात के आगे सब मजबूर थे। सच जानो माही, इस हमारे इंकिलाब ने ज़बान और बयान की आज़ादी तो दी नहीं, उलटे हमारी ज़िन्दगियों का जी भर कर मज़ाक उड़ाया है। रिश्ते बचे ही नहीं। उधर सुहेल समझता है कि तुम ज़िन्दा नहीं हो और तुम समझती रहीं कि वह मारा गया।'' इतना कहकर अलीज़ा कुछ देर चुप रही फिर अजीब फीकी हँसी हँसकर बोली, ''मगर इश्क़ नहीं मरा।''

''सुहेल को तुमसे यह सब नहीं कहना चाहिए था।'' जाने कैसे माही के मुँह से निकल गया।

''क्यों, जहन्नुम में रहते हुए जन्नत का ज़िक्र करना कानूनी जुर्म है क्या?''

"जुर्म तो नहीं, मगर दूसरों के जज़्बे की इज़्ज़त रखना भी इन्सानी फर्ज़ है।"

"उसने अपना राज़ जगह-जगह बाँटा नहीं है। अगर उस दिन मेहरमाह ने उसके सर पर चाबी न दे मारी होती, और मुझे भाग कर जाना न पड़ता तो तुम्हारा यह राज़, राज़ ही रहता। वह बेहोश हो गया था। खून बहुत बहा, चार टाँके लगे थे। उस दिन मैंने कहा था कि आप तलाक ले लें। मेहरमाह दिमाग़ी तौर पर बीमार औरत है। तलाक के बाद कम-से-कम आप दोनों अपनी तरह जी तो सकते हैं। उस रात उन्होंने यह तस्वीर दिखा अपनी बात कही थी। मैं ग़ैर नहीं हूँ। उन्हें पिछले तीस वर्षों से जानती हूँ। वह अकरम के दोस्त भी और बड़े भाई भी हैं। हमारी मोहब्बत का अंजाम उन्हें पता है।" इतना कह अलीज़ा ने घूँट भरा।

"ओह!" माही को लगा, वह जलती चट्टान पर नंगे पाँव खड़ी हो गयी है।

"मेरी कहानी आपसे कुछ अलग-सी है। मैंने अकरम को छोड़ा या उसने, मगर एक सच तो सामने था कि उसे मुझसे ज़्यादा नशे की लत थी। अक्सर मैं अपने से सवाल करती हूँ कि जब उससे दूर रहकर भी उसे नहीं भूल पाती तो फिर उसे छोड़ा क्यों? फिर इस सवाल का जवाब खुद मिल जाता है कि लाख उसकी ज़िन्दगी में मेरे अलावा कोई दूसरी औरत नहीं थी मगर माही! प्यार जीते-जागते मर्द से औरत कर सकती है न कि नीम बेहोश इन्सान से, उसे कहाँ तक ढोती, बेटे के सामने भी जवाबदेह होना पड़ता था और समाज भी तेवरी पर बल डाल चुका था। जब भी सुहावना मौसम होता है, मुझे उसकी सबसे ज़्यादा याद आती है। गुज़रे लम्हे बेचैन करते हैं। तब मीलों पैदल चलकर मैं अपने को शान्त करती हूँ। यह ख़ौफ़ भी मेरा पीछा नहीं छोड़ता कि जाने कब वह फाँसी पर लटकाया जा सकता है। वही दर्द जो सुहेल जीता है, उससे मैं भी गुज़रती हूँ मगर अपने को इस जाल से आज़ाद नहीं कर पाती हूँ।" अलीज़ा ने गहरी साँस ली।

कमरे में ख़ामोशी छा गयी। चेहरे दिल का आईना बन गए। दोनों किसी गहरी सोच में डूब गयीं।

"यह सरज़मीन जहाँ हम बैठे हैं, अपने खण्डरात के लिए मशहूर है। तुमसे मेरी इलतजा है अलीज़ा कि मेरा यह सच तुम्हें यहीं दफ़न कर देना चाहिए।" माही ने बड़ी देर बाद ज़बान खोली।

"क्यों?" चौंक पड़ी अलीज़ा।

"न मैं वह पुरानी माही रही न वह पहले वाला सुहेल। वक्त हमारे बीच से हमें दो फाँक कुछ इस तरह कर गया कि इल्ज़ाम देने के लिए कोई बाक़ी ही नहीं बचा।" माही ने निढाल हो कहा।

"कुछ हद तक तुम्हारी बात सही है मगर ज़िन्दगी का एक दूसरा चेहरा भी तो हम देख रहे हैं कि जो खोया था वह अचानक मिल गया, क्योंकि वह हमारा ही था!" अलीज़ा ने चहककर कहा।

''यह तुम्हारा नज़रिया हो सकता है।'' माही बोली।

''मुझे तो इश्क़ चाहिए, भरपूर अन्दाज़ में। मगर सब कहते हैं मेरी क़िस्मत में ऐसा कोई मर्द नहीं जो पूरी ज़िन्दगी साथ निभा सके। कहने को मेरे पास सब कुछ है तो भी मैं अधूरी हूँ।'' अलीज़ा के होंठ काँपकर रह गए।

''आरज़ू तो हमारी यही होती है मगर ज़िन्दगी कुछ और जीनी पड़ती है।'' माही ने उबरते हुए स्वर में कहा।

''चलो, फॉल देखें, खाने के चक्कर में क़िस्मत का हाल ही पढ़ना भूल गयी।'' एकाएक बच्ची की तरह जिज्ञासा से भरी अलीज़ा अपनी जगह से उछली और सोफ़े की तरफ़ बढ़ी जहाँ सेंट्रल टेबिल पर कहवे की प्यालियाँ औंधी पड़ी थीं। अलीज़ा ने पहले अपनी काफ़ी सीधी की फिर उस पर कुछ पल नज़र गड़ाए कहवे के तलछट से बनी आकृतियों को देखती रहीं और उसे माही की तरफ़ बढ़ाकर खिलखिला कर बोली, ''वही तन्हाई, लो देखो।''

''वही तन्हाई किसी ईमानदार साथी की तरह मेरे यहाँ भी मौजूद है।'' माही ने मुस्करा कर अपनी प्याली अलीज़ा को थमाई। दोनों ने एक-दूसरे के जूठे प्याले पर से नज़रें हटाईं और उदास नज़रों से एक-दूसरे को देखा। कमरे में ख़ामोशी गहरी हो गयी थी। चेहरे उतर गए और आँखों के सामने अतीत की यादों की तितलियाँ उड़ने लगीं।

''जो गुज़र गया उसे छोड़ा तो जा सकता है मगर भुलाया नहीं।'' अलीज़ा ने उदास स्वर में कहा।

''आवाज़ देकर उसे बुलाया भी नहीं जा सकता है।'' माही बोली।

''यह तुम कैसे कह सकती हो? तुमने बुलाया नहीं तो क्या, वह तो ख़ुद-ब-ख़ुद तुम तक आ गया।'' अलीज़ा अपने को रोक नहीं पाई और बोल उठी। दोनों के चेहरे पर खिंची आड़ी-तिरछी लकीरें धीरे-धीरे कर के ग़ायब होने लगीं। घड़ी की सूई तेज़ी से आगे बढ़ रही थी।

''अब इजाज़त दो माही! यह रात मुझे कभी भूलेगी नहीं। देखो फिर कब मुलाक़ात होती है। मुझे एक सवाल ख़ासा परेशान करता रहता है। उसके बारे में तुम भी सोचना, अगर किसी नतीजे पर पहुँचना तो मुझे बाख़बर ज़रूर करना कि हमारी ज़िन्दगी में इश्क़ आया और हम उसको सँभाल नहीं पाए या फिर इश्क़ कभी था ही नहीं। जो था वह भ्रम था।'' अलीज़ा का सवाल सुन माही की आँखें भर आयीं। इससे पहले कि वह बूँद बन टपकतीं, माही ने पलकें झपक मन-ही-मन कहा, मुझे इन खारे पानी के स्रोतों से सख़्त नफ़रत है। मगर ऊपर से पूरी खुशदिली के साथ उसने अलीज़ा को आग़ोश में भींचा और उसके कंधों का चुम्बन ले प्यार भरे स्वर में बोली, ''वायदा रहा।''

''मुझे भूलोगी तो नहीं माही?'' अलीज़ा ने गर्मजोशी में माही का हाथ दबा

उसके गालों का बोसा लिया और गुनगुनाई, "आते हुए इश्क़ को लौटाना अहमकों का काम है, यह बात मेरी याद रखना। खासकर तब जब आग दोनों तरफ़ मौजूद हो।"

अलीज़ा के जाने के बाद फ़्लैट में फैली गर्मी जाने कहाँ गुम हो गयी। ठंडक का अहसास माही के बदन में झुरझुरी पैदा करने लगा तो वह उठी। बिखरे सामान को यूँ ही पड़ा रहने दिया। कमरे के कोने में लगे पलंग पर वह बेदम-सी गिर गयी। एक तूफ़ान आकर गुज़र गया। रोज़ रात की तरह उसकी उँगलियाँ गले में पड़े लाकेट को खोल बैठीं। उसमें लगी सुहेल की तस्वीर को एकटक देखने लगी। उसके चौड़े ललाट पर उसने बारहा प्यार किया था। अब वहाँ चार टाँके लगे हैं। उसकी उँगली ने तस्वीर के माथे को सहलाया। अन्दर से गहरी सुबकी उछलकर उसके गले में फँस गयी।

अलीज़ा जो पुराना वरक़ माही को थमा गयी थी, उस पर नज़र गाड़े माही सुबह से एक ही बात सोच रही थी कि क्या इस पर नई इबारत लिखनी मुमकिन है? जिस आग का ज़िक्र वह कर रही थी, वह केवल ख़ामोश पड़े ज्वालामुखी की तारीख़ है, कि कभी वह गर्म था, विस्फोटित था। वह जज़्बा तो कब का मर्द-औरत के दायरे से निकल इश्क़ के ऐसे गर्म लावे में ढल चुका है जिसमें कायनात की हर शै के लिए प्यार ही प्यार है। यह हक़ीक़त अलीज़ा समझ नहीं सकती है। अभी वह ज़िन्दगी के बीच धार में खड़ी एक भावुक औरत है और उसके मिज़ाज की इसी ख़ूबी से मुझे ख़ौफ़ महसूस हो रहा है कि कहीं...

माही के लिए फ़ैसला लेना दुश्वार था मगर मुश्किल नहीं। उसे भटकने की आदत पड़ चुकी है। ख़ानाबदोश बन जाने का अपना सुख है जो दुखों पर समय की धूल बिछा देता है। माही ने फ़ैसला ले लिया कि अब उसे यह नौकरी नहीं करनी है और न ही अलीज़ा से कोई सम्पर्क रखना है। आज नहीं तो कल किसी कमज़ोर लम्हे में उसने यह सच सुहेल से कह दिया तो... मैं नहीं जानती सुहेल की प्रतिक्रिया क्या होगी मगर मैं नहीं चाहती उसकी मौजूदा ज़िन्दगी पर अतीत का साया पड़े। खण्डरात पर पड़ती चाँदनी उसे सुन्दर तो बनाती है मगर वहाँ आबादी नहीं बसाती। इसलिए पीछे मुड़कर देखने से बेहतर है आगे चलते जाना।

हफ़्ते भर की छुट्टी के बाद उसका इस्तीफ़ा जब तक होटल पहुँचता, माही हवाई जहाज़ में बैठी सीमा पार कर चुकी थी।

किसी नए देश की तलाश में।

•

पतझड़ का फूल

बुटीक से निकल कर अनाहिता ने पर्स से गॉगल्स निकाली। डामर की तपती सड़क साँप की पीठ की तरह चिकनी-चमकीली हो रही थी। पैकेट को सँभाल कर वह आगे, पेड़ के साये में खड़े कच्चे पिस्ते के ठेले की ओर बढ़ी।

किलो भी कच्चे पिस्ते के लिफ़ाफ़े को पकड़ कर उसने सड़क पार की। पसीने की बूँदें उसके सिर से गर्दन पर टपकने लगी थीं। सामने मयकदे के सारे रेस्तराँ के शीशों के बीचों-बीच में इस प्रकार के काग़ज़ की पट्टियाँ चिपकी हुई थीं कि उनसे लोगों के मुँह छुप गये थे। केवल उनकी आड़ी-तिरछी और सीधी टाँगें दिख रही थीं। रमज़ान शुरू हो गए थे। आज उसका चौथा रोज़ा है। उसने आगे बढ़ कर केमिस्ट की दुकान का दरवाज़ा खोला। दुकान की ठण्डक से उसकी जान में जान आयी। काग़ज़ आगे बढ़ा कर उसने सामने आईने में अपना मुख देखा, सिर का स्कार्फ़ बराबर किया, दवा की शीशी ले कर वह सड़क के किनारे टैक्सी के लिए खड़ी हो गयी।

"बख़्तियार!" हर आने-जाने वाली टैक्सी से वह पुकार कर पूछ रही थी। सभी का जवाब नहीं में पाकर उसने न चाहते हुए प्राइवेट कार को हाथ दिखाया।

"बख़्तियार?" उसके पूछने पर कार थोड़ा आगे जा कर रुक गयी।

"बैठिये, मुझे शहयाद तक जाना है।" युवक ने दरवाज़ा खोलते हुए कहा। वह थोड़ा झिझकी, फिर 'शुक्रिया' कह कर बैठ गई।

उसने रेडियो धीमा कर दिया और ए.सी. तेज़ कर दिया।

"इस गर्मी में आप यूँ..."

"हाँ गर्मी ग़ज़ब की है", अनाहिता ने रूमाल से टपकते पसीने को पोंछते हुए कहा।

ख़याबान बख़्तियार आने से पहले उस युवक ने पूछा, "यदि समय हो तो आप मेरे साथ शहयाद तक चलें।" स्वर में इतनी सहजता, इतना अनुरोध था कि अनाहिता के हाथ पसीना पोंछते एकाएक रुक गये। पछतावा हुआ, ऐसी कौन-सी गर्मी पड़ रही थी जो प्राइवेट कार में बैठ गयी। इन लोगों की तो बस!

ऊपरी खुशमिज़ाजी से बोली, "शुक्रिया! चलती ज़रूर, जबकि आपने इतनी

मेहरबानी की है। मगर माँ की तबीयत ठीक नहीं है और मुझे फ़ौरन घर पहुँचना है।''

युवक आकर्षक था। पर उसके पास ऐसे क्षणिक सुखों का समय कहाँ है?

ख़ियाबान बख़्तियार पर कार जब रुकी तो अनाहिता ने शुक्रिया के साथ पर्स खोल कर दो तुमान आगे बढ़ायी।

''शुक्रिया! इसे रखिये!'' कह कर उसने कार स्टार्ट की और अनाहिता पर्स बन्द करते हुए सोच रही थी कि आदमी शरीफ़ था।

घर की ओर मुड़ने से पहले सोचा, क्यों न कतायून के जूतों के बारे में पूछती चले। जूते तैयार थे। जूते ले कर वह घर वाली गली में मुड़ी।

माँ की खाँसी की आवाज़ नीचे तक सुनायी पड़ रही थी। उसके मुख पर चिन्ता छा गयी। सीढ़ियाँ चढ़ कर ऊपर आयी। सामान मेज़ पर रख कर माँ के क़रीब आयी।

''खाँसी बहुत आ रही है माँ? मैं अभी दवा लाती हूँ।''

माँ ने अनाहिता को इशारे से पास बुलाया, ''थोड़ा दम ले लो बेटी'', कह कर माँ ने उसके गालों पर हाथ फेरा और उसके मुख को निहारने लगी। सुर्ख़ी मायल सन्दली रंग, जिस पर चिराग़ की तरह बड़ी-बड़ी जलती अखरोटी रंग की आँखें! माँ को अपनी तरफ़ यूँ देखते देख कर अनाहिता ने दुःख से पूछा, ''बहुत तकलीफ़ हो रही है माँ?''

''नहीं बेटी! मैं तुम्हारी तकलीफ़ देख रही हूँ।''

''मैं अभी आयी'', कह कर अनाहिता किचन में गयी। माँ के लिए दवा और गिलास में पानी ले कर लौटी। दवा पिला कर बोली, ''माँ, मैं नमाज़ पढ़ लूँ।''

अभी अनाहिता नमाज़ पढ़ ही रही थी कि कतायून अन्दर आयी। हाथों में पकड़े बैग को रख कर माँ के पास आयी, ''कैसी तबीयत है माँ? बाथरूम तो नहीं जाना है? पानी लाऊँ?''

''बेटी! तुम पहले मुँह-हाथ धो लो फिर मैं बाथरूम जाऊँगी।''

कतायून जब कपड़े बदल कर लौटी तो अनाहिता माँ के पास खड़ी थी। दोनों बहनें अपाहिज माँ को उठा कर बाथरूम की ओर ले गयीं।

रात को अनाहिता ने जैसे ही तकिये पर सिर रखा, उसे दोपहर की घटना याद आ गयी। युवक का चेहरा, तिरछे होंठ की घुटी-घुटी मुस्कराहट। उसने आँखें बन्द कर लीं मगर फ़ौरन ही उसने घबरा कर आँखें खोल दीं। उसे घबराहट हुई कि आज फिर वह डरावना साँप दिखेगा। आख़िर वह ऐसे ऊटपटांग सपने क्यों देखती है? उसने बेचैनी से करवट बदली, कतायून लैम्प के नीचे बैठी पढ़ रही है। घने गुच्छेदार बाल, उसके कंधों और सीने पर झूल रहे हैं, काला ब्लाउज़ उसके बदन पर चिपका

अच्छा लग रहा है। लम्बी गर्दन में पड़ी सोने की ज़ंजीर के बीच की तितली सफ़ेद बदन पर कैसी सुन्दर लग रही है। क्या कतायून भी इतने डरावने सपने देखती होगी? नहीं! तो फिर आख़िर कैसे सपने देखती होगी? ऐसे ही बेसिर-पैर के उल्टे-सीधे या तितली की तरह रंगीन मुलायम हल्के-फुल्के! बहन के चेहरे को देखते-देखते वह सो गयी।

क़ब्रिस्तान का विस्तृत मैदान है। फूलों और पेड़ों से ढके क़ब्रिस्तान के एक पेड़ के नीचे उसकी ज़िन्दा लाश क़फन में लिपटी गहवारे में रखी है। सब परेशान हैं। कोई क़ब्र खाली ही नहीं है कि वह दफ़नायी जाए। वह ख़ामोश बेजान-सी पड़ी है। गुस्साल की आवाज़ उभरती है, "यह क्या किया? क़ब्र के बिना लाश कब तक यूँ पड़ी रहेगी? मैंने तो नहलाने-धुलाने का काम कर दिया। अभी मुझे एक के बाद एक चार औरतें नहलानी हैं। उधर दोनों हाल अलग लोगों से भर गये हैं। ईरानदुख़्त! अगरबत्ती ले जाओ। चलो-चलो। तुम लोग नीचे गुसलखाने में चलो", कहती हुई वह औरत बाक़ी गुस्साल (मुर्दे को नहलाने वाला या वाली) औरतों के साथ लौट जाती है। अनाहिता ऊपर नज़र उठाती है। ऊपर पेड़ पर बेशुमार गिद्ध बैठे हैं। वह डर से चीख़ना चाहती है। तब ही उसे ख़्याल आता है, वह तो मर चुकी है। पसीने से लथपथ अनाहिता की आँख खुल जाती है। मुँह-ही-मुँह में आयतलकुर्सी (दुआ) पढ़ती है, मन को शान्ति मिलती है। कतायून बिना लैम्प बुझाये वहीं गुडमुड-सी हो गयी है। अनाहिता ने घड़ी देखी। तीन बज रहे हैं। अब सोने से फ़ायदा क्या है! लैम्प बुझा कर किचन में गयी। दोपहर के खाने के इन्तज़ाम में लग गयी, फिर सहरी के लिए कतायून को जगाया।

दोनों ने सहरी खायी, माँ के जगाने का सवाल ही नहीं था। नींद की गोली खा कर सोती है तो सुबह सात बजे उठती है। कतायून ने नमाज़ पढ़ी और सीधे किचन के सिंक में कपड़े धोने बैठ गयी।

अनाहिता ने घर की सफ़ाई की और नमाज़ की चादर सर पर डाल कर रोटी और दूध लेने बाहर निकली।

आज अनाहिता को लोग देखने आ रहे हैं। कतायून ने घर को सजा-सँवार दिया है और उनके चाय के इन्तज़ाम में लगी हुई है।

शाम को लड़के को देख कर कतायून ने बरबस अपनी हँसी दबायी। उसका यही हाल है। ज़रा ख़ुशी की बात हुई और उसे बेतहाशा हँसी आनी शुरू हो जाती है। जब अनाहिता रस्म के मुताबिक़ हाथ में चाय के फिनजान की ट्रे ले कर कमरे में दाख़िल हुई तो उसको शरारत सूझ रही थी। लड़के की माँ ने मुख का चुम्बन लिया और अनाहिता को समीप बिठाया। उनको अनाहिता की चाल-ढाल, बात करने का तरीका, घर-गृहस्थी का सलीक़ा पसन्द आया था, पर बाप को रिश्ता पसन्द न

आया था, जिसकी ख़बर हफ़्ते भर बाद मिल गयी थी। कारण, दोनों उम्र में बराबर थे जो उनके विचार से लड़के के लिए ठीक न था।

घर में गुस्से की लहर फैल गयी। माँ का गुस्सा अपनी दोस्त गुलबाजी पर अधिक था। अनाहिता माँ को कैसे समझाए कि वह शादी के बिना भी रह सकती है, पर उल्टे-सीधे किसी युवक के साथ उसका गुज़ारा नहीं हो सकता। जीवन साथी का एक चित्र उसके मस्तिष्क में है। कभी ज़िन्दगी में वैसा मिल गया तो वह विवाह कर लेगी, पर इतनी अक़्ल आने के बाद वह अपने को हार तो नहीं सकती है। उसके लिए उसकी शादी होना इतनी बड़ी समस्या नहीं है, जितना अपनी पसन्द का साथी मिलना। इन हल्के-फुल्के रिश्तों के टूटने से वह दुःखी नहीं होती है, बल्कि ख़ुदा का शुक्र अदा करती है कि पहले से ही उनकी गहराई मालूम हो गयी।

आज दफ़्तर से लौटते हुए उसके पैर बरबस शहयाद की ओर उठ गए। आठ हज़ार संगमरमर की सिलों से बनी यह इमारत ईरान का दरवाज़ा है। कैसा पाक, कैसा पवित्र! कितना सुन्दर लग रहा है! ऊपर नीला, बेदाग़ आसमान, उस पर गर्दन उठाये शहयाद की सफेद बर्फ़ीली इमारत। वह मन्त्रमुग्ध-सी उसे देखती रही, फिर उसने इधर-उधर देखा। 'शायद वह यहीं कहीं रहता हो?' उसने झुरझुरी-सी ली। सड़क पार करने लगी—सामने लॉन पार करके पत्थर के रास्ते पर आयी, फिर शहयाद के अन्दर जाने के लिए कदम उठाए। अन्दर काले-सफेद धारीदार संगमरमर से बनी हॉलनुमा गुफा अँधेरी थी। बस, इधर-उधर सजी ऐतिहासिक चीज़ों के चारों तरफ़ से रोशनी फूट रही थी। वह सिक्के, बर्तन, बारहसूत्री कार्यक्रम—सारी चीज़ें इतनी रुचि से देख रही थी कि लग रहा था कि पहली बार आयी हो।

लिफ़्ट की लालटेननुमा रोशनी से उसे लगा, वह सचमुच आज से पच्चीस सौ साल पहले हाख़ामनशी काल में जी रही है। दूसरी मंज़िल पर पहुँच कर जब एस्केलेटर पर धीरे-धीरे खिसकने लगी और प्रोजेक्ट के तख़्ते जमशीद की तस्वीरों के साथ प्रथम ईरानी सम्राट कुरूश की भारी आवाज़ गूँजने लगी, "मै कुरूश! बादशाहे जहाँ! बेबीलोन का शाह! सुमेर और अक्क़द की सरज़मीं का शहनशाह! चारों दिशाओं का आलमग़ीर मैं! जब बेबीलोन में दाख़िला हुआ तो मैंने अपने साम्राज्य में राजभवन के द्वारा प्रसन्नता और आनन्द का संचार किया! महान ईश्वर 'मरदुक' ने अपने महान हृदय के साथ बेबीलोन पर मेरे आगमन का स्वागत किया। मैं रोज़ उसकी पूजा करता हूँ।" सब कुछ उस अँधेरे चलते ज़ीने में ऐसा लग रहा था जैसे वह सचमुच आपादाना राजभवन में हो। इस तरह से सात कमरों में घूमती ऐतिहासिक शहरों को देख रही थी। शीराज़ के लोक-गीत पर सौ गज घेरे वाले शलीतें के बीच बँधी लचकती कमरें, इस्फ़ान की मस्जिदे शाह में होती अज़ान, सिजदे में गिरे लोग, डूबते सूरज में सोना उगलते खेत, तेल के कुँओं से उगलती लपटें, कारख़ानों में चलती मशीनें, फ़ौजी दस्ते, स्कूल

में खेलते-पढ़ते बच्चे जादू की तरह गुज़र गए और एस्केलेटर ने उसे लिफ़्ट के समीप पहुँचा दिया। ऊपर पहुँची, चाँद से लायी मिट्टी को देखा। फिर दीवार में बने झरोखों से नीले आसमान को देखा। फिर सबसे ऊपर खुली छत पर आ गयी।

इतनी ऊँचाई से शहर देखना उसे किसी बच्चे की तरह पुलकित कर रहा था। मेहराबाद हवाई अड्डे पर खड़े जहाज़, दूसरी तरफ नये रोपे जंगल के छोटे-छोटे पेड़, एकदम सामने चेनार की लाल-पीली पत्तियों से ढकी सड़क पर रेंगती कारों की भीड़, एकदम से उसकी नज़र ठहर गयी। नीचे फ़ौव्वारों के लम्बे हौज़ के साथ दो लड़के-लड़की हाथ में हाथ डाले खड़े थे। यह कतायून तो नहीं है? सुबह उसने भी तो बादामी ब्लाउज़ और काली स्कर्ट पहनी थी। बाल उसी तरह हैं। जैसे ही वह लड़की मुड़ी, इतनी ऊँचाई से भी वह कतायून को पहचान गयी, पर यह साथ कौन है? वह नीचे उतर आयी।

घर पहुँच कर उसने वहीं कमरे में माँ के पास बैठ कर खरबूज़ा काटना शुरू कर दिया था।

"अभी तक कतायून नहीं आयी?"

"आ जायेगी! तुम ख़रबूज़ा खाओ!"

दोनों माँ-बेटी ख़रबूज़ा खाती हुई बातें कर रही थीं। तब ही दरवाज़ा खुला और कतायून अन्दर आयी। कमरे में झाँका, फिर लौट गयी। उसकी इस हरकत पर माँ बोली, "बच्ची ही रहेगी यह शैतान।"

तब ही वह एक युवक के साथ आयी।

"माँ, यह फ़िरोज़ है, मेरे साथ पढ़ता है। ... यह माँ है। यह अनाहिता, मेरी बड़ी बहन।" लड़के ने सलाम किया। हाथ मिला कर वहीं रखी कुर्सी पर बैठ गया। अनाहिता की एकदम से कुछ समझ में नहीं आया। उसने ख़रबूज़े की प्लेट और नेपकिन फ़िरोज़ के आगे बढ़ाया और कमरे से बाहर निकल आयी। जब चाय ले कर कमरे में दाख़िल हुई तो माँ और फ़िरोज़ बातों में मग्न थे। कतायून का कहीं पता न था। शायद डर रही है, सोच कर अनाहिता ने चाय बनानी शुरू कर दी।

फ़िरोज़ के जाने के बाद दोनों बहनें किचन में चली गयीं और फ़ातमा ख़ानम सोच में डूब गयी, 'यह कोई उम्र है शादी की? अपना तो होश है नहीं! फिर अभी अनाहिता... फिर घर से किसी बड़े को तो आना चाहिए था। लड़कपन की बातें, कतायून माँ-बहन से फ़िरोज़ को मिला कर स्वतन्त्र हो गयी थी जैसे उसने अपना फ़र्ज़ निभा दिया हो। आगे माँ और अनाहिता अपनी ज़िम्मेदारी जानें। परीक्षा पास है, पर रोज़ घूम-फिर कर दोनों नौ-दस बजे तक लौटते हैं। बदनामी के डर से माँ ने कई बार कतायून से कहा, "तुम जल्दी लौटा करो। इतनी रात को तुम घंटी बजा कर तो अन्दर आ जाती हो, फिर कितने चेहरे बाहर निकलते होंगे।" कतायून उस

समय ध्यान से सुनती मगर फिर अपने में खो जाती। कहाँ तक टोकें, फ़ातमा ख़ानम अपने अपाहिज बदन को देख कर आह खींचती हैं।

अनाहिता बहन को समझ रही थी। उसे महसूस होता कि अच्छा है, कतायून शादी कर ले। यही उम्र होती है। फिर समझ आ जाने के बाद अपने व्यक्तित्व को तोड़ना, मोड़ना या झुकाना बड़ा कठिन हो जाता है। छोटी-छोटी बातें एक विशेष उम्र के बाद ख़ुशी भी तो नहीं देती हैं। पर माँ का विचार इससे अलग था। वे सोचतीं ...अभी कुल अठारह साल की कतायून है। उन्हें अपनी ज़िन्दगी याद आ जाती। सोलह वर्ष में विवाह हुआ। बत्तीस वर्ष में विधवा हो गयीं। उन्हें सदा लगता ...हर चीज़ ने उनसे ग़लत उम्र में दग़ा की है। अब जब सुख भोगने के दिन आये तो उससे पहले ही वह ज़िन्दा मर गयी है। बाक़ी उम्र तो इसी बिस्तर और लड़कियों की बैसाखियों के सहारे गुज़ारनी है। पैसे से हाथ तंग नहीं रहा क्योंकि लड़कियों के पिता बैंक की नौकरी में थे। उस समय अचानक उनकी मौत हुई, जब बैंक को उन्होंने बहुत फायदा कराया था। सो जितनी तनख़्वाह उनकी थी उससे अधिक पेंशन मिल रही थी, पर कहीं मर्द की कमी को पैसे ने भरा है? इस घर में तीन औरतें हैं। तीनों अलग-अलग उम्र और विचार की, पर एक-दूसरे पर निर्भर, एक-दूसरे के लिए साँस लेने के लिए हमेशा तैयार!

बहुत सोच कर अनाहिता ने माँ से कतायून के विवाह के बारे में कहा कि बेहतर यही है कि कतायून का विवाह कर दिया जाए। परीक्षा के बाद दोनों से बात कर ली जाए। फ़ातमा ख़ानम ने बहुत देर बाद हाँ कर दी। परीक्षा के बाद फ़िरोज़ को एक सूट बनाने वाली फॅर्म में नौकरी मिल गयी। माँ-बेटी ने सन्तोष की साँस ली और विवाह की तैयारियों मे लग गयीं। सबसे अच्छी दुकान, मुज़्ज़फरीयान से अँगूठी ली गयी। सीमा टेलरिंग से शादी का लिबास सिलवाया गया। खाना-ए-अराईश से घर और दुल्हन की सजावट के लिए समय ले लिया गया, ताकि शादी से पहले चेहरे और हाथों की थ्रेडिंग में परेशानी न हो। बरसों से होती आयी कुँवारेपन को अलविदा कहने वाली यह रस्म अभी समाप्त नहीं हुई है। विवाह से पहले फातमा ख़ानम को ज़रा भी नहीं पसन्द है कि लड़कियाँ चेहरे का एक भी बाल तोड़ें। सो दोनों बहनों—अनाहिता व कतायून के होंठों पर बालों का हल्का-सा गुब्बार है और भौंहें घनी-घनी हैं। बहरहाल, किसी भी चीज़ में माँ-बेटी कमी नहीं कर रही थीं। केक का ऑर्डर अपनी पसन्द से कतायून ने दिया था। शमादान, आईना, कपड़े और खाने का इन्तज़ाम—सब कुछ कतायून की रुचि से हो रहा था।

शादी के बाद घर सूना हो गया। बहन की शादी ने अनाहिता के मन में कई प्रकार की भावनाओं को उभारा था। अब रात को वह ख़्यालों में जाने कहाँ-कहाँ उन ख़्वाबों की ख़्याली छवि के साथ घूमती। कभी-कभी जब वह डरावना सपना

देखती होती तो उसका अन्त अब दूसरा होता था। लगता था, सारे पेड़ पर बैठे गिद्ध और पेड़ शहयाद की इमारत में बदल गये हैं और वह सफेद कफ़न पहने शहयाद के ऊपर खड़ी है। तभी दूर पर उस युवक का घर दिख जाता है। वह वहीं से हवा में तरती हुई उसके पास पहुँच जाती है। उसकी मन्द घुटी-घुटी मुस्कराहट हँसी में बदल जाती है और वह आगे बढ़ कर अनाहिता का क़फ़न उतारता हुआ उसे कपूरी महक से मुक्त करता है। अनाहिता लज्ज़ा से सिमट कर उसके सीने पर सिर रख देती है।

अब अनाहिता को सपने से डर न लगता, बल्कि वह केवल इसी सपने के इन्तज़ार में आँखें बन्द करती और बड़ी उम्मीद से सोती, पर दिन की रोशनी में वह कहीं भी दोबारा नहीं दिखा। अब अक़्सर वह प्राइवेट कार को रोकती कि शायद कभी अचानक वह दोबारा आ कर मिल जाये। पर कहीं बहती लहर भी दोबारा पहली जगह पर लौटी है?

कतायून की शादी को वर्ष भर ही हुआ है, पर इस बीच तीन-चार बार ऐसी घमासान लड़ाई उनके बीच हुई है कि हमेशा शादी टूटने की हद तक पहुँच कर पहली जगह लौट आती और माँ-बहन का दिल हलक में अटक-अटक जाता है। अनाहिता दोनों को समझ नहीं सकी है। एक-दूसरे पर दोनों मरते हैं। फ़िरोज़ के लिए कतायून के अलावा कोई नहीं, पर लड़ते समय दोनों कुत्ते-बिल्ली की तरह एक-दूसरे को नोंचते हैं कि उन्हें रोकना मुश्किल हो जाता है। शायद इसका कारण कम आय और अधिक व्यय या फिर दोनों का कमउम्र होना है।

माँ को कतायून को समझाना पड़ता है। शादी से पहले घर का वातावरण जितना शान्तिपूर्ण था, कतायून के विवाह के बाद उतना ही हंगामे वाला हो गया था। उस पर से कतायून माँ बनने वाली थी। अनाहिता की समझ में न आता कि फ़िरोज़ और कतायून क्यों नहीं घर में घर की तरह रहते हैं? ऊपर से एक गिनती और बढ़ रही है। शादी और इश्क़ का यदि यही परिणाम होता है तो मैं कुँवारी ही भली हूँ। कभी-कभी वह दोनों के जोशीले संवादों को सुन कर कानों पर हाथ रख कर सोचती। बच्चे की पैदाइश में माँ की ओर से तोहफ़ा ले कर वह कतायून के ससुराल गयी। पहला बच्चा था, वहीं फ़िरोज़ के घर हुआ। दादा-दादी ने जी खोल कर ख़र्च किया था। ढेरों मेहमानों से मिली, परिचित हुई, समय अच्छा गुज़रा। घर तक कार में फ़िरोज़ के पापा छोड़ने आये।

कुछ दिन बाद जब वह एक दिन दफ़्तर से वापस लौटी तो देखा, माँ के पास फ़िरोज़ के चाचा बैठे हैं। वह नाश्ते के इन्तज़ाम में लग गयी। उनसे वह मिल चुकी थी उस दिन फंक्शन में। पर माँ ने उनके बारे में बाद में बताया कि दो बच्चे हैं, पत्नी को तलाक़ दे दिया है। निबही नहीं, रोज़ के झगड़े से तंग आ कर अलग रहना

उचित लगा। बच्चे अमरीका में पढ़ रहे हैं। दूसरा विवाह करना चाहते हैं। इतना कह कर माँ चुप हो गयी।

अनाहिता कुछ नहीं बोली। ख़ालिस घरेलू बातें हैं, क्या कहे? वहीं बैठ कर स्कर्ट में जिप लगाने लगी। फातमा ख़ानम के मन में तूफान उमड़ रहा है। उनकी स्वयं की समझ में नहीं आ रहा है कि वह कैसे कहे कि आग़ाए आमूज़गार तुम्हारे लिए आये थे। उन्होंने अनाहिता के चेहरे की ओर गौर से देखा। इस माह में पूरे बत्तीस साल की हो जायेगी। ख़ुद तो कुछ करती-धरती नहीं है और मैं भी क्या करूँ? उन्होंने आह भर कर सोचा।

कई दिन गुज़र गए। आख़िर एक दिन हिम्मत करके फातमा ख़ानम ने बेटी से पूछ ही लिया "आग़ाए आमूज़गार कैसे लगे तुमको? कुछ बात वग़ैरह हुई थी उस दिन?"

"क्यों? ठीक-ठाक हैं। क्या हुआ?"

"उस रोज़ तुम्हारे लिये घर आये थे। मैंने कुछ जवाब न दिया।"

अनाहिता को लगा, ऊपर दामावन्द की बर्फ से फिसल कर नीचे आबेगर्म के जलते पानी में गिर गयी है। तड़प कर माँ का चेहरा देखा। फातमा ख़ानम ने दुःखी हो कर सर झुका लिया।

"तेरी मर्ज़ी पर है। चूँकि वे कल जवाब लेने आने वाले हैं, सो कहना पड़ा।" कह कर फातमा ख़ानम ने अपनी भावनाओं पर क़ाबू पाने के बहाने सिरहाने रखा क़ुरानशरीफ़ उठा लिया। अनाहिता के कुँवारे मन को बड़ी ठेस लगी थी। थोड़ी देर बैठी रही, फिर सामान समेट कर अपने कमरे में गयी। आईने के सामने खड़े होकर अपना चेहरा, सीना, कमर और पिण्डलियाँ देखने लगी, 'क्या मैं इतनी बड़ी दिखने लगी हूँ कि एक अधेड़ उम्र का आदमी, वह भी दो बच्चों का बाप?' चारों तरफ घूमी। लगा, कहीं से भी तो थकी-मुरझाई नहीं लगती हूँ। फिर भी? प्रश्न शरीर पर पड़े फफोलों-सा चोट कर रहा था। सामने रखी अपनी चन्द साल पहले की तस्वीर देखी। कुछ भी तो नहीं बदला। पर इसके बावजूद चेहरा किस बात की चुग़ली खा रहा है। सच तो है, उसने भी तो कितनी देर कर दी है। क्या करती रही आखिर इतने दिन? कतायून से वह दस साल बड़ी है। ज़िम्मेदारियों ने कहीं उसे मजबूर तो नहीं किया? वह यह तो नहीं कह सकती है। तो फिर, फिर क्या था? कहीं उसने अपनी पसन्द को बहुत ऊँचा तो नहीं कर रखा था? शायद हाँ, यह सच है। कभी भी उसने अपनी ओर बढ़ती आँखों को इजाज़त नहीं दी। हमेशा करीब आने वालों से अपने को समेट कर अलग कर लिया। उसे लगता, वह बिल्लौर की है। इस भयमिश्रित गर्व ने उसे बचपन से आतंकित कर रखा था। कहीं वह किसी ऐसे-वैसे के हाथ से गन्दी न हो जाये या किसी की उल्टी-सीधी नज़र से धुँधला न जाए। इतना सँभाल कर अपने को रखा कि सहेलियाँ भी बेतुकी बातें करते या उससे मज़ाक

करते हुए घबराती थीं। उसका इतना सभ्य, शान्त और शिष्ट व्यवहार और उसकी यह नाज़ुक मिज़ाजी आज उसे कहाँ पर ले आयी है?

उसने डबडबाई आँखों से आईने में देखा... आँसू से भरी आँखों ने उसकी अपनी आकृति को शीशे में काँपते टेढ़े-मेढ़े टुकड़ों में बँटते देखा। लगा, वह पतझड़ की पत्तियों की तरह बिखर रही है। बहते आँसुओं में कहीं से उस युवक की घुटी-घुटी मन्द मुस्कान याद आयी। उसका बुलावा, उसका अनुरोध, अपना इन्तज़ार—एकदम से अचानक उससे मुठभेड़ हो जाने की अपनी तमन्ना याद आ गई। सपने में उसके सीने से उठती अपनेपन की ख़ुशबू, अपना सिमटना-शरमाना। वह आईने के समीप बैठ गयी। आँसुओं में डूबी तर-बतर-सी। आख़िर इतने दिनों से उसे इन्तज़ार किस पुरुष का था? किसे सौंपना चाह रही थी अपनी निधि, अपना जीवन? उसे हँसी आ गयी। इतने सँभाल के रखने पर तो बिल्लौर का मूल्य यह आँका गया, तो कल कहीं किसी अनजान पत्थर से कुचल कर चूर-चूर न कर दिया जाये।

अनाहिता का आत्मबल, आत्मविश्वास जली फुलझड़ी की तरह समाप्त हो चुका था। अनाहिता को महसूस हुआ, यह सपना तो उसका अपना है। बिल्कुल कोरी कल्पना जैसा। यथार्थ से कोसों दूर। जिस तरह चाहे देख सकती है। पर क़ब्र का मिल जाना बहुत बड़ी बात है। उसे इसको क़बूल कर लेना चाहिए, वरना पेड़ के नीचे पड़ी लाश को गिद्ध नोच-नोच कर खा डालेंगे। वह सिहर कर खड़ी हो गयी।

उसे लगा, वह नंगा पेड़ उस पर बैठे नरभक्षी शहयाद की सफेद संगमरमर की इमारत में बदल गए हैं और उसकी आत्मा शहयाद की छत से उड़ कर उसके समीप पहुँच गयी है, जहाँ वह धीरे-धीरे उसका क़फ़न उसके तन से अलग कर रहा है। उसे काफ़ूरी महक की घुटन से निजात दे रहा है।

अनाहिता ने अपने को सँभाला, स्विच ऑफ किया। बड़ी मुश्किल से अपने को खींच कर बिस्तर पर लायी। तकिये पर सर रख कर आँखें बन्द कर लीं। आँखों के किनारे जल रहे थे। लग रहा था, अँगारे भर गये हैं। उस दिन का वह दृश्य जो शहयाद के ऊपर से देखा था, कौंध गया।

दूर सड़क के किनारे लगे चिनार के दरख़्तों के पत्ते झड़ रहे हैं, उड़ रहे हैं। चरमर-चरमर की आवाज़ वातावरण में गूँज रही है और उसी सुर्ख़-पीले मुरझाये सूखे पत्तों से निकलती लपटों के बीच एक फूल खिला दिखा। वह क़फ़न में लिपटी चिनार के पेड़ों की तरफ उड़ती है। फूल हाथों में लेकर सूँघती है। वही मन्द घुटी-घुटी मुस्कान जैसी जानी-पहचानी महक। क्या नाम है इसका?

'पतझड़ का फूल!'

•

ततइया

शन्नो बारिन कमर के नीचे चाँदी की चौड़ी करधनी कसे अलता लगे पैरों में पड़ी पायल की मधुर लय के संग जब बाल्टी उठाए गुजरिया बनी म्यूनिस्पैलिटी के नल पर पहुँचती तो घूँघट में छिपे उसके मुख और हाथों में पड़ी लाल-हरी चूड़ियाँ देख बुज़ुर्ग औरतों को अपने दिन याद आ जाते। घर के सामने बैठी दोना बनाती युद्धवीर बारी की माँ एकटक उसी को निहारती हो ऐसा नहीं था, मगर हरे-हरे पत्तों की अंजुली में तिनका खोंसकर जब वह उन्हें सामने डालती तो अपने आप नज़रें पल-भर के लिए बहू पर जा टिकतीं। आँखों में संतोष-भरी खुशी का उजास भर उठता कि उसका घर भी फल-फूल उठा है। कभी मन ही मन कह उठती : इस काले बारी परिवार में यह साँवली-सलौनी कहाँ से आ गई?

जब से बहू घर आई है युद्धवीर की माँ को चूल्हे-चक्की, झाड़ू-बुहारू से छुट्टी ज़रूर मिल गई है, मगर उसने दोने-पत्तल बनाना नहीं छोड़ा। चबूतरे पर बैठ वह सारे मोहल्ले को ताकती अपना दिल बहलाती हाथ चलाती रहती। मोहल्ले-भर में यही एक नल था। सूरज उगने से पहले ही जमघट लगा होता। नहाना, धोना, कपड़े पछाड़ना, पानी भरना। इस बहाने घर के सामने रौनक लगी रहती थी। कोई बड़ी-बूढ़ी नल पर गगरी, बाल्टी लगा युद्धवीर की माँ के पास घड़ी-दो घड़ी बैठ बतिया लेती या कभी कोई जवान औरत अपने बच्चे को वहीं चबूतरे पर लिटा नहाने-धोने में लग जाती, तब युद्धवीर की माँ पत्तल-दोने छोड़ उसे चुमकारने-खिलाने लगती थी।

इधर कुछ दिनों से उसे अपना ही मोहल्ला कुछ पराया-पराया-सा लगने लगा था, लोग बदले-बदले नज़र आने लगे थे। नहाते-धोते मर्दों की नज़रें उसको ठीक नहीं लगती थीं। अन्दर-अन्दर राख में लिपटी चिंगारी की तरह युद्धवीर की माँ सुलगती रहती, मगर ऊपर से शान्त चेहरा लिए सारा दिन दोने बनाती बैठी रहती और शाम होते ही हलवाई की दुकान पर सदा की तरह पत्तलें गिरवा आती और लौटते समय बहू-बेटे के लिए दोना-भर रबड़ी-मिठाई लाना नहीं भूलती। आख़िर यही तो चाव-चोचले के दिन हैं।

रात को खा-पीकर जब सारा मोहल्ला शान्त हो जाता, वह भी खटोले पर थकी

टाँगें पसारकर सोचती कि इस नल को हमारे ही द्वारे लगना था? सोती तो सपना देखती कि मोहल्ले के सारे मर्द एकाएक दो-मुँहे साँप की तरह जीभ लपलपाते हुए नल के हौदे के चारों तरफ कुंडली मारे बैठे हैं और उनके बीच शन्नो मुँह उघाड़े खड़ी है। वह चौंककर उठ बैठती। माथे का पसीना पोंछती। उठकर आधा लोटा पानी पी जाती। फिर स्वयं को समझाती—अच्छा है जो नल पास है। दूर होता तो वह बहू की चौकसी भी न कर पाती। नन्ही-सी कोमल जान क्या जाने इन काले कोबरों का विष?

सुबह अँधेरे मुँह उठकर नहाती-धोती और आले में लगे तुलसी के पौधे में पानी डाल जब अपने हाथ जोड़ती तो अपने को धिक्कारती कि कैसा पाप चढ़ा रही है अपने माथे सब के बारे में गन्दे विचार रख! फिर मन की शुद्धि के लिए वह माथा टेकती कि आगे से वह ऐसी बातें नहीं सोचेगी। उसे विधवा हुए पन्द्रह साल बीत गए थे। इन्हीं दोनों-पत्तलों के भरोसे उसने दो लड़कियों और एक लड़के को पाल-पोसकर गृहस्थी की गाड़ी को यहाँ तक खींचा था। दोनों लड़कियाँ अब अपने-अपने घर में सुखी हैं। बारहवाँ पास कर युद्धवीर भी बिजलीघर में लग गया है। उसे माँ का दोने बनाना अब नहीं भाता। उसके सुख के दिन आए हैं इसलिए वह कई बार माँ को टोक चुका है :

"अब तुझे इस खटराग की क्या ज़रूरत है माँ? चैन से लेटकर ललाइन काकी की तरह बहू से हाथ-पैर दबवा न।"

"बौरा गया है क्या? अभी हाथी-गोड़ चलते हैं सो तुझे बुरा लगता है क्या जो मुझे रोगी बनाना चाहता है?"

"तो सारी उम्र काम ही करेगी क्या?"

"काम से छुट्टी कहाँ, कल जो इस घर पोता-पोती होंगे तो दोने-पत्तल छोड़ उन्हें ही गोदी में उठाए-उठाए फिरूँगी।" माँ की बात सुन झेंपता युद्धवीर उसके पास से उठ जाता।

दशहरे के आगमन से मौसम बदलने लगा था। अन्दर-बाहर उत्सव जैसा लगता। शन्नो ने हल्दी लगे हाथ के छापे के संग दीवार पर गेरू से कई आकृतियाँ बना तुलसी के आले के चारों तरफ़ कँगूरा उभार दिया था, घर की दीवारों पर राम-कृष्ण के फोटो वाले कैलेंडर लगाए थे। युद्धवीर पन्नी की रंग-बिरंगी झालरें ले आया था, जो दरवाज़े पर पड़ी हवा से थरथराती रहती थीं। आज चूँकि चौकी इस मोहल्ले से उठने वाली थी सो नाली की सफाई में मेहतर कल से जुटे थे। सड़क के दोनों ओर चूना डाल दिया गया था। घरों के सामने भी फैला सामान सिमट गया था। मोहल्ला बदला-बदला-सा लग रहा था। युद्धवीर की माँ ने आज दोने-पत्तल नहीं फैलाए थे। अच्छी बढ़िया साफ़ साड़ी पहन रखी थी।

युद्धवीर का घर रिश्तेदारों से भरने लगा था, जो चौकी के दर्शन को आए थे। सुबह से सजी-धजी शन्नो सबके पैर पूजती, मिठाई-नमकीन सामने रखती आवभगत में लगी थी। उसका मन-मयूर इस विचार से बार-बार नाच उठता था कि मोहल्ले के दशहरा कमेटी वाले उसे सीता बनाने के लिए कई बार सास की चिरौरी कर चुके थे। वह नहीं मानी थी। शन्नो दिल मसोसकर रह गई थी।

''अभी तो गौना हुआ है भय्या जी, नई-नवेली दुल्हन है।''

''तुझे बहू को यदि नज़र लगने का डर है तो उसे हम रावण वाटिका में बिरहणी के रूप में बिठा देंगे, बिल्कुल सादी केवल फूलों की एक माला के संग।'' प्रबंधक दशहरा कमेटी, मोहल्ले के लड़कों के उकसाने पर स्वयं कहने चले आए जो इस बार नगर चौकी प्रतियोगिता में प्रथम पुरस्कार पाने के इच्छुक थे।

''न बाबू जी, यह तो न होगा।'' इस बार स्वर में कठोरता उभर आई और अन्दर-अन्दर गाली देकर बोली—'बहू को जी भर देखने का बहाना तो देखो इस बूढ़े खूसट का! अरे जाओ अपनी माँ-बहन को सजा-धजा सुपर्णनखा बना लो मैं क्या रोकूँगी?'

दोपहर के ढलते ही चौकियाँ निकलना शुरू हुईं जिनके बीच बाँके जवान तेल से भीगी लाठी का कमाल दिखा, नए-नए पैंतरे बदल देखने वालों का ध्यान खींच रहे थे। पुलिस चौकस थी कि किसी तरह की शरारत बेमतलब झगड़े का रूप न धर ले। चौड़ी सड़क खचाखच भरी थी। देखने वाले लोग केवल मोहल्ले के थोड़े थे। आधा शहर जैसे पंक्तिबद्ध हो पूरे इलाके में फैल गया था। औरतें, बच्चे छतों और खिड़की-दरवाज़ों से श्रद्धा के फूल चौकियों पर फेंक रहे थे।

शन्नो सब कुछ भूलकर देवताओं के मुख ताक रही थी। तीर-कमान से सजे सीता के अगल-बगल खड़े राम और लक्ष्मण को देखकर जैसे वह बौरा-सी गई। सर पर पड़ा रेशमी पल्लू सरककर कब कंधों पर आन गिरा उसे पता न चला, बस वह अपने को सीता की जगह खड़ा महसूस कर रही थी। तभी किसी ने उसका हाथ पकड़ अपनी तरफ घसीटा। शन्नो सँभलती, कुछ जानती-समझती, उससे पहले वह लंबे-लंबे आदमियों की भीड़ के बीच पहुँच चुकी थी। वह जितना हाथ छुड़ाने की कोशिश करती, पकड़ पहले से और अधिक मज़बूत होती गई। किसी के पैरों पर चढ़ती, कंधों से टकराती, धोती सँभालती, पसीने में डूबी, घबराई जो बाईं तरफ़ वाले मोड़ पर निकली और अचकचाकर उसने हाथ पकड़ने वाले को ताका तो सन्न रह गई। नशे में घूमता एक अधेड़ सामने खड़ा था। लाल-लाल आँखें, बड़े-बड़े बाल और...शन्नो चीखना चाहती थी मगर डर कर थर-थर काँपने के अतिरिक्त उसके मुँह से बोल न फूटे।

हारमोनियम साफ़ करते हुए गायक बाबू ने जो यह दृश्य खिड़की से देखा तो लगा जैसे गली के नुक्कड़ पर अनार छूटे हों। जूड़े में घुँघरू वाले काँटे बिंधे

थे। गले में चमचमाता सोने का हार, बड़े-बड़े लटकते झुमकों के बीच माथे पर दगदगाती बड़ी-सी टिकुली और माँग में लाल-लाल सिंदूर...साक्षात् सरस्वती माँ की सूरत। उन्होंने ग़ौर से देखा...नाक में पड़ी अनारदाने जैसी लौंग एकाएक चमकी...हाथ का कपड़ा फेंक घर की सीढ़ी उतर भागते हुए सड़क की तरफ़ बड़बड़ाते लपके, ''कुछ गड़बड़ लगती है, आख़िर यह आदमी उस लड़की को इस तरह घसीट क्यों रहा है?''

जब तक गायक बाबू धोती की लाँग में उलझते हुए सँभलते, तब तक दोनों पतली गली में लोप हो यह जा, वह जा। वह हक्का-बक्का खड़े रह गए। नाक पर लटक आए चश्मे को ठीक करते हुए कुछ समझ नहीं पाए। फिर भी एक मोहल्ले की बात दूसरे मोहल्ले से नहीं छुपती, यह तो फिर अपने मोहल्ले की बात थी। युद्धवीर की औरत की सुन्दरता का बखान पत्नी, बेटी से सुन चुके थे। सो समझ गए, हो न हो वही है। मन में शंका उठी कि वह लड़का कैलाश बारी तो नहीं था—भैरव मंदिर के पास वाला नसेड़ी भाँग-चरस का शौकीन? क़द-काठी कुछ वैसी ही लगती थी। बड़ी देर तक फैसला नहीं कर पाए कि जो देखा है उसे सच मानें और बारिन से जाकर बताएँ या फिर ऐसे बन जाएँ जैसे कुछ देखा ही नहीं।

युद्धवीर बड़ा भला लड़का है। इस मोहल्ले में वही कुछ पढ़ा-लिखा गंभीर है, वरना तो...चलता हूँ स्थिति आँक कर मुँह खोलूँगा। हो सकता है मेरी भूल हो, वह लड़की कोई और हो? गायक बाबू ने आँखें मल चश्मा लगाया।

श्रद्धा के फेंके फूल कुचल चौकियाँ आगे गुज़र गई थीं। सड़क की भीड़ छँट गई थी। सूरज डूब गया था। झाँकने वाले खिड़की-दरवाज़े बंद कर घरों में क़ैद हो गए थे। युद्धवीर और उसकी माँ मेहमानों को विदा कर वहीं चबूतरे पर आन बैठे थे। यही उनका आँगन था, जहाँ बैठे वह ताज़ा हवा के साथ आसमान देख सकते थे। ''एक लोटा पानी दे जा बहू।'' युद्धवीर की माँ ने बहू को पुकारा।

''गायक चाचा आप...?'' युद्धवीर तेज़ी से अपनी जगह से उठा और खुशी से भरा उनके पैरों पर झुका।

''मिठाई-नमकीन भी साथ लाना। आज हमारे भाग्य खुले जो युद्धवीर के बापू के मित्र घर पधारे।'' बारिन ने खटोला डालते हुए कहा।

बहू कोठरी से जब मिठाई-पानी लेकर नहीं निकली तो युद्धवीर यह सोच अन्दर गया कि कहीं शन्नो का जी न ख़राब हो गया हो। गायक समझ गए कि अब कहना ठीक होगा वरना कच्ची बात कह सदा के लिए सम्बन्ध तोड़ना कहाँ की बुद्धिमानी है, सो झिझकते-डरते जो देखा था वह सब कह सुनाया।

''अरे वह कोई और नहीं अपनी शन्नो होगी, उसका जैसा रूप सात मोहल्ले में नहीं है देवर जी!''

''क्षमा करना बहन, मैंने तो बस...'' हाथ जोड़ खड़े हो गए।

"हाय दइय्या, कालिख पोत गई मुँह में..."

"माँ वह तो..." कोठरी, संडास में देख युद्धवीर बाहर निकला तो माँ को सर पकड़े बैठा देखा और गायक चाचा को सर झुकाए जाते देखा।

"भाग गई तेरी घरवाली।" पगलाई-सी बारिन उठी और अन्दर कोठरी में आन बैठी और कभी सीना कूटती कभी मुँह पीटती। युद्धवीर का चेहरा अपमान से झुलस कर कोयला हो गया था। माँ का वाक्य दोने के मुलायम पत्ते में खुसा नुकीला तिनका बन जैसे हज़ारों की संख्या में उसके दिल में एकाएक खुप गया। समझ न पाया कि माँ की गोद में सर छुपाकर ज़ोर-ज़ोर से रोए या फिर अपना सर दीवार से टकराकर माथा फोड़ ले।

"क्यों बैठा है मुँह छिपा के, जा देख कहाँ गई कुलच्छनी...पूरे डेढ़ किलो की करधनी थी। पाँच-छह तोला सोना...सब ले गई नासपीटी...सारी उम्र की कमाई पर झाड़ू फेर गई।" माँ का क्रोध एकाएक मद्धिम विलाप में बदल गया।

"शन्नो भाग गई?" युद्धवीर को सहसा विश्वास न हुआ। काँपते शरीर से वह हड़बड़ाया-सा उठा और अचकचाया-सा सड़क पर आन खड़ा हुआ। रात का सन्नाटा सड़क पर फैल गया था। इक्का-दुक्का सवारी आ रही थी। फुटपाथ पर ईंटा जोड़ बाउल के खटाले वाले रिक्शाचालकों ने भात पकाना शुरू कर दिया था। लैंप पोस्ट की पीली रोशनी में चाय वाले मटकू के चूल्हे के आसपास कुत्ते बदन गोल कर ऊँघ रहे थे। युद्धवीर अन्दर से उठती रुलाई को पीता हुआ धीरे-धीरे चलता नीम के पेड़ के नीचे आन खड़ा हुआ जैसे पूछ रहा हो किधर जाऊँ? किससे पूछूँ?

चौराहे की तीन तरफ़ जाने वाली सड़कों को वह खड़ा देखता रहा और अनुमान लगाने लगा कि चौकियाँ उसके घर से दाहिनी तरफ़ वाली सड़क पर मुड़ी हैं जहाँ पर लोगों की घंटाघर तक रेलपेल होगी। सामने वाली सड़क पर बड़ी इमारत गिरने से रास्ता बन्द है। अब बायाँ रास्ता ही ऐसा है जिधर ढूँढ़ा जा सकता है। हाथ में पकड़ी साइकिल के संग वह निराश-सा आगे बढ़ा। उसे डर भी लग रहा था। कई तरह की शंकाएँ उसे घेर रही थीं।

'शन्नो भाग गई, आखिर क्यों? कुछ दिन पहले ही तो पता चला था कि... माँ खुशी से भरकर कोई पुरानी तावीज़ सन्दूक से निकाल लाई थी। उसको शन्नो के बाजू पर बाँधते हुए उसने दशहरे बाद उत्सव मनाने का कार्यक्रम बनाया था। फिर एकाएक यह भूकंप?'

साइकिल पर सवार युद्धवीर बड़े गौर से सड़क के इधर-उधर देखता आगे बढ़ रहा था। सड़क ख़ाली थी। बज़ाज़ा पट्टी की सारी दुकानें बन्द थीं। ठेले पंक्तिबद्ध खड़े थे। बड़े ऊँचे खंभे धुँधले हो गहरी गुफ़ाओं की तरह मुँह बाये उसे निगलने को तैयार खड़े थे। जब बाज़ार पार कर श्मशान के समीप पहुँचने लगा तो धोबीघाट तक पहुँचने से पहले उसका मन किया लौट जाए। वह अकेला क्या कर पाएगा?

थोड़ी दूर जाकर वह निराश हो गया। जब वह जज़ाज़ा पट्टी दोबारा लौटा तो उसे पान के खोके के पीछे कुछ आहट लगी। बदन में भय की सिहरन दौड़ी। चौकन्ना हो उसने ग़ौर से देखा और पहचान गया।

दूधिया अँधेरा अभी फटा न था कि युद्धवीर की साइकिल पर पीछे बैठी शन्नो लौट आई। दोनों को एक साथ घर लौटा देख बारिन की जान में जान आई। तुलसी के आगे सर नवाकर वह रसोई में जा बेटे के लिए गुड़ और पानी से भरी लुटिया ले आई। इस बीच शन्नो सामान वाली छोटी कोठरिया में शरण ले चुकी थी।

''अपने गहने-पत्ते गिने लो माँ!'' युद्धवीर इतना कह वहीं चौखट पर खड़ा रहा।

''कहाँ मिली?'' माँ ने फुसफुसाकर पूछा और बेटे को ऊपर से नीचे तक ऐसी टटोलती नज़र से देखा जैसे चोट, घाव तलाश रही हो।

''बज़ाज़ा पट्टी के सामने...'' इतना कह वह अन्दर आकर बैठ गया।

''यहाँ क्यों ले आया इस छिनाल को? तेरे लिए लड़कियों का अकाल पड़ गया था क्या रे?'' बारिन एकाएक दाँत पीसकर गुर्राई।

''माँ, तुम्हीं ने तो लेने भेजा था!'' माँ का रौद्र रूप देख युद्धवीर सिटपिटा गया।

''भेजा था कि तू पकड़कर इसको किसी कुएँ में धकेल आता, किसी पटरी पर पटक आता। इसे घर लाने को नहीं कहा था करमजले!'' माँ दोनों हाथ कमर पर रख बोली।

''माँ...!'' युद्धवीर ने परेशान आँखों से इस तरह माँ को देखा जैसे उसे विश्वास न हो रहा हो कि माँ इतना कड़वा बोल सकती है।

''गई किसके साथ थी?'' माँ ने हाथ मटकाया।

''वह क्यों जाएगी किसी के साथ?''

''नहीं, नहीं, वह तो मैं गई थी...। जो गई थी फिर आई क्यों? मैं पूछती हूँ वह कौन था?''

''पता नहीं, पहचानती नहीं...कोई शराबी था। नशे में खींचकर ले गया था।''

युद्धवीर माँ का यह रूप देखकर अपमान से भर उठा।

''बच्ची थी दूध पीती जो पकड़ ले गया...? पहले से कुछ लाग-लपेट होगी!'' माँ की जली-कटी सुन युद्धवीर हतप्रभ रह गया।

''ऐसा कुछ भी नहीं है माँ, नशे में वह वहीं फुटपाथ पर डाल गया था। यह जान बचाकर घर लौट रही थी। तभी मैं पहुँच गया।'' युद्धवीर के स्वर में अब खीझ थी।

''इस जूठे पातल को मैं नहीं रखने वाली...इसके हाथ-पैर तोड़ इसको गंगा जी में बहाए आओ!'' बारिन ने फ़ैसला सुनाया।

''तेरे दिल में जो आए माँ, सो कर।'' जल-गुड़ छुए बिना कुढ़ा-सा युद्धवीर लोटा-बाल्टी लेकर नल की तरफ़ बढ़ा। उसका सारा उत्साह क्रोध में बदल गया था। माँ का कोसना-कलपना धीमे स्वर में चल रहा था। अन्दर शन्नो बौखलाई-सी पलकें झपका रही थी।

"रावण को तो आना था एक दिन इस देहरी पर जब सब मिलकर उसे सीता जी बना रहे थे। इस जग में कोई किसी का सुख नहीं देख सकता है। जो समझो हमारे घर में आग लगी तो भगवान चाहेगा सबके घर चिता जलेगी। मुझ विधवा की हाय से सब पर बजर गिरेगा।"

दिन निकला। सूरज चढ़ा मगर नल पर अँधेरा छाया रहा। उस दिन किसी ने सजी-धजी गुजरिया को लोहे की बाल्टी लिए खड़ा न पाया। युद्धवीर नहा-धो, पानी भर कुछ पहले ही बिजली घर चला गया था। युद्धवीर की माँ कोठरी के आगे चबूतरे पर बैठी रोज़ की तरह पत्तल-दोने बनाने में इस तरह व्यस्त दिख रही थी जैसे कुछ हुआ ही न हो। मगर वह जानती है कि क्या हुआ है। मन में कहीं गहरे एक बात घुमड़ रही है कि यह बात कितने दिन छिपेगी? इज्ज़त के लिए कुछ करना पड़ेगा वरना या नाग-नागिन का खेल ख़त्म नहीं होगा।

शाम को युद्धवीर बिजलीघर से लौटकर वहीं चबूतरे पर बैठा रहा। खाना-पीना तो दूर, कपड़े बदलने की भी इच्छा न हुई। चेहरा ऐसा निचुड़ा हुआ जैसे जान किसी ने निकाल ली हो।

"तू कब आया वीर?" माँ ने थके स्वर में पूछा। आज उसके हाथों में रबड़ी-इमरती का दोना नहीं था।

युद्धवीर ने कोई उत्तर नहीं दिया। माँ अन्दर कोठरी में गई तो देखा शन्नो चूल्हे पर चाय का पानी रख रही है। यह देखकर बारिन के तन-बदन में आग लग गई। साड़ी के पल्लू से रुपये खोलते हुए एकाएक रुक कर बोली, "क्यों धर्म भ्रष्ट करने पर उतारू है कलमुँही? तेरे हाथ का जल पीकर नरक जाना है क्या? जा बैठ कोप भवन में नटनी!"

युद्धवीर ने जो नज़रें घुमाकर कोठरी में देखा तो शन्नो को सर झुकाए खड़ा पाया। कमर की करधनी और पैर की भारी पायल ग़ायब थी। वह तो तब से शन्नो के पास जाने का साहस नहीं जुटा पाया था जो जानता कि माँ ने कान, नाक, गले के सारे गहने छीन लिए हैं या...शन्नो को सिसकता देख, जाने क्यों वहाँ बैठा न रह सका और तेज़ी से उठ लम्बे-लम्बे डग भरता गायक बाबू की तरफ़ गया, जो संध्या की आरती गाकर वापस आए थे।

"सब कुशल तो है?"

"हाँ चाचा। मगर माँ का क्रोध अभी शान्त नहीं हुआ है।"

"समय के साथ सारे तूफ़ान शान्त हो जाते हैं। बिरादरी का भय बहुत बुरा होता है, आख़िर वह भी क्या करे? कहावत नहीं सुनी—धोबी पर बस न चले गधे का कान उमेठे।"

"अभी चलता हूँ चाचा," कहकर व्याकुल-सा युद्धवीर लौट आया।

घर में बढ़ता तनाव देख युद्धवीर अन्दर-अन्दर खौलने लगा था, जिसके कारण इस घर की शान्ति भंग हुई है, उसको पकड़कर पीट आए। थाने में रपट लिखवा आए। इस तरह हाथ पर हाथ धरे यह दुःख मनाने में क्या मिलेगा?

गायक चाचा उसके इस उबाल पर ठंडे पानी की छींटे यह कहकर डाल देते कि शुक्र कर बेटे कि इज़्ज़त पर बट्टा नहीं लगा। मान-मर्यादा सही-सलामत है। अब जो इस खड़े पानी में ढेला फेंकेगा तो कीचड़ सारा बहू पर गिरेगा।...कैलाश बारी का क्या बिगड़ने वाला है? वह ठहरा लुच्चा-लफंगा! क़िस्मत अच्छी थी जो नशे के कारण उसे कुछ याद न रहा। दो दिन तक नाली में पड़ा रहा। अब जो याद दिलाने बैठोगे तो वह उसे आरोप समझेगा...आग बुझ गई है। उस पर दो लोटा पानी और डाल दे ताकि बची राख भी बह जाए।

हर पल युद्धवीर संताप से गुज़र रहा था। मन की शान्ति के लिए हनुमान चालीसा या गायत्री मन्त्र का जाप करता, मगर अपने को बिल्कुल अकेला पाता। कष्ट में पास रहने वाली माँ आज जाने उससे इतनी दूर क्यों चली गई थी जिससे मन की बात खुलकर नहीं कह सकता था। माँ सब कुछ जानकर भी अनजान बन रही थी। जीवन-भर लोगों से लोहा लेने वाली आज क्यों उनसे भय खा रही है? उसे अपने विवाह का दिन याद आता जब विदाई के समय सास ने रोते हुए उससे हाथ जोड़ बिनती की थी—'बेटा, यह तनिक मंद बुद्धि की है। जो सिधाई में कुछ उलटा-सीधा कर बैठे तो नादान समझकर बिसरा देना, लल्ली अभी छोटी है।'

युद्धवीर मीठी यादों में खो गया। वह कितनी भोली और सीधी थी, उसे तो मुझसे भी कम संसार की समझ है। शुरू-शुरू में माँ उसके बचपन पर कितना हँसती थी! कई-कई बार उसकी छोटी-छोटी बातें दुहराती थी। हरदम उसे सजाती-दुलारती हुई कहती थी कि मैं जवानी में विधवा हुई सो अपने सारे अरमान बहू पर पूरा करूँगी और अब...सिहर उठा युद्धवीर माँ के बदले व्यवहार पर, फिर धीरे से बोला—"उसे घर लाकर मैंने अच्छा किया। ऐसी दशा में वह कहाँ जाती?"

युद्धवीर का मन-मस्तिष्क तो उसी रात अनहोनी घटना से उबर चुका था। अब वह सहज जीवन पहले की तरह जीना चाहता था, मगर बारिन अभी तर्क नहीं तलाश कर पाई थी। उसको घर का सूनापन अखरता था मगर वह उस गाँठ को खोल नहीं पा रही थी जो शन्नो को लेकर उसके मन में बँध गई थी। एक तरफ़ उसे शन्नो पर दया आती है और दूसरी तरफ़ क्रोध। वह खुद समझ नहीं पाती थी कि इस घटना से कैसे निबटे? कभी उसके मन में शंका जन्म लेती कि शन्नो से पहले वाला प्यार-दुलार दिखाया तो वह ढीठ हो जाएगी। कच्ची उमर है; कल जो गलती करेगी दूसरों के सर मढ़ेगी और जो यूँ फटी-फटी मैं रहती हूँ तो घर की खुशी-खुशहाली खटाई में पड़ जाती है। क्या यह घर सदा दुःख के भँवर में फँसा रहेगा? आज तीसरा दिन है मगर लगता है तीन युग बीत गए। न काम में दिल

गलता है, न मोहल्लेदारी से दिल बहलता है। वह तो कहो राम जी कृपा थी कि किसी ने देखा नहीं वरना...।

‘‘बहू रानी पीहर गई है क्या भौजी? दिखाई नहीं पड़ी दो-तीन दिन से।’’ नल पर नहाती नत्थू की दादी ने पूछ लिया।

‘‘नहीं तो।’’ कहकर बारिन कोठरी में जा समाई। मन-ही-मन बड़बड़ाने लगी—‘‘कैसी टोह ले रही थी बुढ़िया!’’

बाहर धूप खिली थी। चबूतरे पर पत्ते पड़े थे। सब कुछ वैसा ही छोड़ कोठरी के अँधेरे में माथा पकड़ बूढ़ी बारिन बड़बड़ाती-खीजती कुछ देर बैठी रही।

‘‘युद्धवीर की माई, ज़रा बाहर निकलो।’’ सिल्लो महाराजिन की पाटदार आवाज़ गूँजी।

‘‘क्या है री सिल्लो?’’ बारिन कहती हुई बाहर आई।

‘‘यह सब सामान समेटो और हमारे साथ घर चलो।’’

‘‘काहे? क्या हुआ फिर?’’

‘‘वही रामायण खोलकर बैठ गए हैं गीता के ससुरे कि जब रामजी राजा होय के सीता मइया को न रख पाए तो हम तो ठहरे प्रजा, सो ले जाओ अपनी पोती को। तुम्हीं बताओ यह कहाँ का न्याय है?’’ सिल्लो साड़ी समेट, चबूतरे पर बैठ गई।

‘‘हुआ क्या? कुछ बताओ तो कि बस चल पड़े?’’ बारिन भी अपने टाट के टुकड़े पर बैठ चुकी थी।

‘‘प्यास बड़ा ज़ोर पकड़े है... शन्नो रानी, ज़रा मासी को पानी दे जा।’’ सिल्लो इतना कहकर मुड़ी।

‘‘मैं लाती हूँ तू बैठ।’’ बारिन झटके से उठी।

‘‘काहे तुम लाओगी, बैठो और हमारा बिपदा सुनो...तुम तो जानती हो राधे को लकवा मार गया है। गीता आई पीहर तो सुनकर वह भी चली गई बुआ के घरे। इधर उसका पति लिवाने आया कि घर पर मेहमान आए हैं रोटी बनानी है, तो गीता को वहाँ नहीं पाया। बस तब से युद्ध छिड़ा है कि हमारे पूछे बिना यह कई बार इधर-उधर डोलती है। जब कहकर जाती है कि भाई के घर जा रही है तो बुआ कहाँ से आ जाती है? लाख समझाओ, बताओ, मगर ई हरामी ससुरा एक ही बात रटत है...’’ इतना कहकर सिल्लो ने ऊँची आवाज़ से कहा—

‘‘बहू पानी ला। गले में काँटे चुभ रहे हैं...यह जाड़े की प्यास बड़ी बावली होती है। हाँ तो मैं कह रही थी कि वह ससुर है तो बूढ़ा मगर मन से रँगीला सियार। एक दिन गीता के साथ कुछ...ख़ैर गीता तो भय से चीख पड़ी। बात बनाई गई कि चूहे से डर गई थी। मगर तब से वह बूढ़ा उसके पीछे हाथ धोकर पड़ गया है।’’

‘‘मासी, पानी!’’ शन्नो ने काँपती आवाज़ से कहा।

"खूब खुश रहो।" पानी की लुटिया ले जो सिल्लो महाराजिन ने शन्नो को देखा तो झटके में आ गई। मुड़कर बारिन को देखा फिर शन्नो की उदास काया ताकी।

"बहू बीमार है क्या? नई सुहागिन और यह बहरूप? न पैर में, न कमर में, ऊपर से मैली-गुँजली धोती...थू...थू...मेरे मन में तो बड़ा बुरा विचार आया। जा बहू, कपड़े बदल कर आ...। तुम डाँटती-डपटती नहीं हो क्या? मैं तो इस अधेड़ उम्र में खिचड़ी बाल के संग एक दिन बिंदी-काजल न लगाऊँ तो फिर देखो कलह। सास ताना मारेगी कि हमारे लड़के का सोहाग रखने में कौन-सा हाथ घिसता है।" कहकर हँस पड़ी सिल्लो, फिर शन्नो की तरफ़ मुड़कर बोली—"नहा-धोकर भोर में ही तैयार हो जाया कर, सारा दिन लोग आते-जाते हैं, अच्छा नहीं लगता बहू!"

शन्नो उल्टे पैर कोठरी में वापस चली गई। बारिन का चेहरा पीला पड़ गया। सिल्लो ने गटागट पानी पीया, फिर बोली—"चल री सहजो, तुझसे अच्छा वकील कोई नहीं हमारा...तू हराएगी उस ससुरे गिध को बात-बेबात बखेड़ा कर रहा है।"

"चलती हूँ," भरी आवाज़ में बारिन बोली। उसके तेवर तो टूटकर गिर चुके थे। मन में प्रश्न उठ रहा था कि वह तो बूढ़ा खूसट गिध है और तू क्या है सहजो ...डायन, ततइया मंथरा या फिर...किस मुँह से जाएगी तू किसी अबला की वकालत करने? जब अपना घर न सँभाल सकी तो अपने तरकश के तीरों से कौन-सा निशाना साधेगी?

"तू ऐसी पत्थर की मूरत क्यों बनी बैठी है? कुछ घटा है क्या? कहीं बहू से...?" सिल्लो कुछ टटोलती-सी बोली।

"अरे मेरे घर क्यों कुछ ऐसा-वैसा होने लगा? बस ज़रा बहू का जी उलटा-पुलटा है सो सोच रही थी कि उसे यूँ छोड़कर जाना..."

"सोचना-बिचारना क्या है? बहू के आगे बेटी बिसरा दोगी? उसका तो सब कुछ दाँव पर लगा है...बस उठ, धोती चाहे तो बदल ले।" कहती हुई सिल्लो महाराजिन खड़ी हो गई, उसी के साथ युद्धवीर की माँ भी और चलते समय उसे कहना पड़ा-"यह पत्ते समेट लेना, मैं लौटकर आती हूँ।"

बारिन जब सिल्लो के घर के झमेले को सुलझाकर लौटी तो कुछ परेशान-सी रही है। उसे बार-बार एक ही प्रश्न उठा-पटक रहा था कि औरत की सही दुर्दशा कहाँ से शुरू होती है, कोई घटना घटने से या फिर उस सारे कांड के निबट जाने के बाद? अर्थात् जब उसे घर निकाला मिलता है या फिर...वह घर में रहकर प्रताड़ित बनी रहती है। खीजलाई जीव की तरह दुत्कारी?

युद्धवीर के पिता का जब देहान्त हुआ था तो उसके बाद वही तो कमाने वाली बची थी। दोने-पत्तल ले इस हलवाई की दुकान से उस हलवाई की दुकान पर जाते हुए क्या उसे सब माँ-बहन ही समझकर ताकते थे?

"अरे युद्धवीर की माँ, कहाँ हो?" सत्तो अपनी ढोलक रखते हुए बोली।

"राम राम, सत्तो बहन, आओ बैठो।" कहती युद्धवीर की माँ सत्तो को अन्दर ले गई।

"तय हुआ रहा कि दशहरे बाद करोगी पूजा-संगीत, मगर अब तो दीवाली आय रही है। का बात हुई, सब कुशल-मंगल है न?"

"बीमारी कह के थोड़ी आती है? इधर ज़रा सब का शरीर ढीला रहा, उसी में भूल गई तुम्हें न्यौता भेजना!"

"फिर अब कब सोचे हो!"

"बताते हैं पहले कुछ जलपान तो करो।"

"बताशे वाली गली से पैदल आ रहे हैं। सोचा, दम लेकर आगे बढ़ें, पैर तो समझो...बहू कहाँ है, दिख नहीं रही है?" अन्दर आकर पैर फैलाती सत्तो इधर-उधर देख एकाएक बोली।

"अन्दर लेटी है, जी अच्छा नहीं है!" बारिन ने प्रश्नों का सिलसिला वहीं यह कह कर समाप्त कर दिया।

सत्तो के जाने के बाद बारिन उदास हो गई जैसे घर आई ख़ुशी के लिए उसने किवाड़ उढ़का दिए हों। आख़िर वह यह सब क्यों कर रही है? दूसरों के लिए लड़ती है मगर अपनी...उसके अन्दर न्याय का यह दोहरा मापदण्ड क्यों? कहीं वह अपने को सास समझ कर आँखों पर पट्टी तो नहीं बाँधे हुए है? शन्नो का दुःख उसे क्यों नहीं दिखता और उसके लिए वह व्याकुलता अपने अन्दर नहीं पाती है जो गीता के लिए उभरी थी। क्या वह यह सब अपने प्रदर्शन के लिए तो नहीं करती है कि वह बड़ी न्यायवाली दयालु आत्मा है? पूरी बिरादरी की मुखिया बनने में उसको आत्मसन्तुष्टि मिलती है। औरतों की वकालत करते हुए कहीं उसे अपना महत्त्व जान पड़ता है या फिर...शन्नो को लेकर वह इतनी निष्ठुर क्यों हो गई है? कहीं उस घटना का सारा आक्रोश अनजाने में शन्नो पर ख़ाली कर अपने अपमानित-आहत मन का बदला तो नहीं चुका रही है?

सारे दिन बारिन बहकी-बहकी रही। तवे पर रोटी डालती तो उलटना भूल जाती। दूध उबलकर गिरने लगता तो उसे उतारने की सुध न रहती। बस आँखों के सामने रात की घटना डूबती-उतराती रही। राम-राम राधेश्याम का जाप करने पर भी उसकी बदहवासी में कोइ फ़र्क़ नहीं पड़ा। युद्धवीर के जाने के बाद उसने संदूकची खोली, फिर बन्द कर दी। छोटी कोठरी के दरवाज़े तक गई मगर उल्टे पैर वापस लौट आई। काम में दिल नहीं लग रहा था। पत्तों के गट्ठर खोले नहीं। एक बार मन किया पड़ोस में ललाइन के घर जाकर बोल-बतिया कर दिल हल्का कर ले। फिर मन मसोस कर बैठ गई। हाथ मलते हुए मन ही मन बुदबुदाई—"दूसरों

के लिए लड़ना कितना सरल है री सहजो, मगर जब स्वयं पर बनती है, तो सब कैसा कठिन-जटिल लगता है?"

शन्नो की भूख-प्यास तो उसी दिन से उड़ चुकी थी। सास की पटकी थाली से एक-दो कौर बड़ी मुश्किल से गले के नीचे उतारती और जो सास के पैर की आहट लगती तो वह सहमकर अपने अन्दर सिकुड़ जाती। उसे न सास का बदला बर्ताव समझ में आ रहा था, न अपनी गलती। उसे तो विश्वास था कि सास उसे लिपटा कर रोएगी, प्यार करेगी, उस अभागे दानव को कोसते हुए उसकी कलाई में लेप लगाएगी, मगर...उसकी आँखों में पल-भर कौंधी खुशी बहुत जल्द व्यंग्य-बाण में परिवर्तित हो गई। अब वह क्या करे? उसका क्रोध कैसे शान्त करे...घर के काम में हाथ नहीं लगाने देती, सेवा करने जाती हूँ तो पैर खींच कर दुत्कार देती है...।

रात-भर अजीब सपने आते जबकि बात सिर्फ़ इतनी थी कि वह शराबी कुछ दूर जाकर ठोकर लगने से गिर गया था। मस्त पहले से था। गिरा तो होश में न रहा। अपनी कलाई को सहलाती वह तेज़ी से पलटी थी तभी जवान लड़कों का एक झुंड गाली बकता, हँसी-मज़ाक करता वहीं ख़ाली दुकानों के चबूतरे पर बैठ गया था। वह किसी तरह पान के खोखे के पीछे छुप गई थी। कितनी देर तक वह साँस रोके रही थी। जब वे लड़के आगे बढ़ गए तो उसकी जान में जान आई थी। एक-दो रिक्शे सवारी बिठाए फर-फर निकल गए थे। वह उन्हें रोक नहीं पाई थी। जब उसकी शक्ति जवाब दे गई तब उसे साइकिल पर आता कोई दिखा था। वह कोई और नहीं, युद्धवीर था।

"बस, बस रोओ मत, डरने की क्या बात है...अब मैं आ गया हूँ।" वह युद्धवीर से लिपटकर फफक पड़ी थी। निराश युद्धवीर उसे पाकर निहाल हो गया था। नाली में औंधे पड़े उसे आदमी को वह पहचान गया था। सारी बातें सुन युद्धवीर शन्नो को दिलासा दे साइकिल पर बिठाकर बोला था—"माँ राह देख रही है। तुझे देखकर खुश हो जाएगी...अब घर चलते हैं।" साइकिल के पैडल पर पैर घुमाता युद्धवीर किसी विजयी की तरह बोला था। उसके मन में उत्साह का अथाह समंदर हिलोरें ले रहा था।

सप्ताह दबे पैर गुज़र गया। शन्नो उस काल कोठरी में सज़ा झेलती सोच रही थी कि वह मर जाती तो कितना अच्छा होता! भूख, मतली, शरम और ऊपर से हर रात उस शराबी का सपना उसे भयभीत किए रहता था। वह हर सुबह इन्तज़ार करती कि शायद माँ उसे आवाज़ देकर बुलाए और रात युद्धवीर उसके पास आकर उसे इन सपनों से मुक्त कराए। मगर वे दोनों तो अपने-अपने रणक्षेत्र में थे। उन्हें क्या पता था कि किसी को उनकी कितनी सख़्त ज़रूरत थी!

सोना चुड़िहारिन के घर आज छुट्टी थी। सहजो बारिन का भी न्यौता था। अकेले जाने पर सब उससे शन्नो के बारे में पूछेंगे ज़रूर वह क्या जवाब देगी? तबियत का बहाना भी कब तक चलेगा...वहाँ ले जाने भर के लिए बहू से बात शुरू करना उसे अच्छा न लगा। चेहरे पर छाया तनाव क्या छँट पाता है? उस दिन सत्तो आख़िर ताड़ ही गई थी। बारिन के कानों में सोहर गाने की आवाज़ें ढोलक की थाप के साथ जब ज़्यादा शोर मचाने लगीं तो वह बैठी न रह सकी।

'चलो चलती हूँ, कह दूँगी घर पर मेहमान आए हैं।'

सोना चुड़िहारिन का जगरमगर घर उसे अन्दर से हिला गया। खाना-पीना, गीत-बधाई, कैसा उत्सव मना रहे थे सब सजधज कर और वह भी ढोलक सम्भाल कर बैठ गई थी। मोहल्ले की बात थी। तरंगों में बह गई, वहाँ जाकर भूल गई कि उसके मन में कोई कुंठा, कोई आक्रोश फन काढ़ कर बैठा है।

नल पर रोज़ जमघट लगता। वही भीड़-भाड़, वही चहल-पहल। युद्धवीर की माँ को लगता कि एक-दो दिन बाद जैसे सब शन्नो को भूल गए। फिर किसी ने न पूछा कि तेरी बहू मरी या जी। उसे ही कहाँ दूसरों की पड़ी होती है जो दूसरों को उसकी पड़ेगी? फिर काहे वह धोबी की तरह एक ही बात पीटे जा रही है और भय से मरी जा रही है? उसने अपने सामने पड़े पत्तों के ढेर की तरफ़ देखा जो वृक्ष की टहनियों से अलग कर दिए थे। वह उन्हें एक आकार देती है। उन पत्तों को हवा में बेकार डोलने और कूड़ा बनने से पहले उन्हें उपयोगी बनाती है। फिर बदलते मौसम की जगह व सपाट चट्टान की तरह सख़्त क्यों हो गई है?

रात को सोई तो सपने में देखा उसके घर में आग लग गई है। युद्धवीर शन्नो को बचाने अन्दर भागा तो लौटा नहीं और वह कोठरी की आग बुझाने के लिए जो बर्तन उठाती है ख़ाली पाती है। नल की तरफ भागती है तो देखती है टोंटी सूखी पड़ी है।

छटपटाती-सी बारिन नींद से उठ खटोले पर बैठ गई। सामने युद्धवीर का लाया कैलेंडर लगा था, जिसमें कृष्ण घुटनों के बल बैठे गगरी से भर-भर मुट्ठी माखन खा रहे थे। उसने मुड़कर बाहर देखा जहाँ चबूतरे पर युद्धवीर लेटा था। अन्दर छोटी कोठरी में शन्नो...बीच में वह दीवार नहीं बल्कि खाई की तरह पड़ी है। सर से पैर तक विष में भरी हुई। शायद पिछले जन्म में कोई विषैली जीव होगी तभी अत्याचार का यह ढंग अपना पाई, वरना राई का पहाड़ न बनाती। कमसिन बेटे को यूँ न सताती।

'मैं और अत्याचार' बारिन गिनगिना उठी, ''नहीं...मैं क्यों करूँगी किसी पर अत्याचार? हर पराई पीर अपनी समझी। लाली पासिन की विधवा बहू ने जब ज़हर खा लिया था, तो वही तो गवाही देने पहुँची थी, वरना पूरा घर जेल में सड़ता। आज तक अपने किए पर पछताते कि बहू पर काहे सन्देह किया था। राजू घोसी की लौंडिया

को पेट रह गया था। उसी ने सुमरिन दाई से चुपचुपाते सारा काम करवाया था। उसकी डोली भी उठ गई। आज उसके पैर धो-धो सब पीते हैं कि सबकी लाज ढाकी। फिर वह कैसे अत्याचारिन हो गई?''

उसे याद आया जब वह गर्भवती थी तो युद्धवीर की दादी कैसे ऊँच-नीच समझाती थी। सूरज-ग्रहण वाले दिन उसे पालथी मार कर तब तक बैठने न दिया जब तक ग्रहण हट न गया। कैसा लाड़-दुलार करती थी! मगर वह क्या कर रही है सिवाय उस दिन के जब पता चला था कि शन्नो के पैर भारी हैं, उसके परिवार के वृक्ष पर एक नई कोंपल का फुटाव हुआ है, वह खुशी में भर लड्डू बाँट आई थी! यही कर्तव्य बचा है एक गर्भवती के प्रति?

व्याकुल-सी बारिन उठी। संदूकची खोल पोटली निकाली और छोटी कोठरी की तरफ़ बढ़ी। उढ़का दरवाज़ा खोला और धीरे से पुकारा–''शन्नो!''

शन्नो मलगिज़ी साड़ी में लिपटी बेसुध पड़ी सो रही थी। बारिन सिरहाने बैठ शन्नो के सिर पर हाथ फेरने लगी। उसके मन में बहू के लिए अजीब ममता उमड़ आई, आँखों में गीलापन उतर आया। शन्नो पहले कुनमुनाई फिर नींद में डूबी आँखें खोलीं। माँ पर नज़र पड़ते ही वह हड़बड़ाकर उठी और भयभीत-सी हो सर पर आँचल बराबर करने लगी।

''उठकर कपड़े बदल बहू...क्या हाल बना रखा है तूने!'' शन्नो ने पलकें झपकाईं। उसके होंठ काँपे, फिर स्थिर हो गए। चेहरे पर रोष उभरा, आँखों में प्रश्न, जैसे पूछना चाह रही हो कि एकाएक यह काया-पलट कैसा? उसे वैसा ही बैठा देख बारिन बहू का मन ताड़ गई। लाड़ से बोली–''हठ न कर शन्नो, उठ जा।''

''मुझे मर जाने दो माँ, मैं तो पापिन हूँ।'' जाने कैसे शन्नो के मुख से फूट पड़ा।

''न...न, बहू...यूँ बोलकर मुझ पर ज़ुल्म मत कर...पापी तो वह राक्षस था, तू पापिन क्यों होने लगी...? मेरी मत मारी गई थी। तुझे मेरी उम्र लगे...'' बारिन ने बहू को छाती से लिपटाया। शन्नो सुबक पड़ी।

''बड़े क्रोध न करें तो छोटों को प्यार कैसे मिले?'' ज़ेवर की गठरी बहू को थमा माथे पर प्यार कर बारिन आँखें पोंछती बाहर निकली।

रात आधी गुज़र चुकी थी। युद्धवीर रोज़ की तरह रज़ाई लपेटे चबूतरे पर लेटा था। बारिन ने उढ़कता दरवाज़ा खोला, बाहर निकली और बेटे के सर पर हाथ रखा। उसे पता था युद्धवीर सोया नहीं है तो भी उसका गाल थपथपाकर बोली–''उठ... उठ लल्ला...जा, अन्दर कोठरी में जाकर सो। बहू अकेली है, ऊपर से हवा में कैसी ठण्ड भर गई है।''

युद्धवीर के जाने के बाद बारिन ने तुलसी के आले के सामने माथा नवाया और मन-ही-मन बोली, 'कृपा आपकी जो मन की ततइया के डंक तोड़ने में सफल भई।'

•

गूँगी गवाही

आज सुबह से हबीब हज्जाम ने हजामत बनाते हुए कई लोगों के गाल काटे थे ख़ून छलकता देख उसे ग्राहकों ने घूरा था। उसके हाथ आज अपने क़ाबू में नहीं थे। पेड़ के तने पर लगे आईने में उसने अपना चेहरा देखा। आँखें लाल थीं और होंठों पर पपड़ी जमी हुई थी। गीले तौलिए से चेहरा पोंछ उसने उचटती-सी नज़र आते-जाते रिक्शों पर डाली।

"कस हो? बेटवा का कुछ पता चला?" फेरी वाला अपना बेर का झाबा सर से उतारकर वहीं छाया में बैठते हुए बोला।

"कहाँ भय्या...आज दो दिन हो गए। कल एम.एल.ए. साहब के घर गए रहे, उनके कहने से एक पतरकार ने अख़बार मा ख़बर फोटो के साथ छाप दी है पर कौनो फ़ायदा न भवा।" हबीब तहमद समेट वहीं बैठ माचिस की तीली से दाँत खोदने लगा। उसकी आँखें ज़मीन पर जाते चींटों की कतार पर टिक गईं।

"भौजी का जी कैसा है अब?" बेर वाला कीड़ा लगी कानी बेरी को छाँटते हुए धीमी आवाज़ में बोला।

"जी का क्या पूछत हो?...चार बिटियन पर तो यही लड़का रहा," हबीब ने साँस खींची और तड़फड़ा कर उठ खड़ा हुआ।

"अच्छा चलत हैं, ऊपर वाले पर भरोसा रखो..." सड़ी कानी बेरों को फेंक झाबा सर पर रख फेरी वाला 'खट्टी-मीठी बेर' की हाँक लगाता घरों के पास गुज़रने लगा।

पेड़ से गिलहरी उतर सड़ी बेरों को कुतरने लगी। यह देख जाने क्यों हबीब का दिल भर आया। उसकी आँखों के सामने बेटे का चेहरा कौंध गया। दिल के फड़फड़ाने से बेक़ाबू हो उसने उस्तरा, कंधा समेट बक्सा बन्द किया।

"का बात है जो शाम ढले से पहले ही दुकान बढ़ाए के जात हो?" पनवाड़ी ने पीक थूक आश्चर्य से पूछा।

"मन कैसे लगे काम मा, आधी जान तो बेटवा से लगी होइए," मोची ने जूता गाँठते हुए जैसे अपने से कहा।

“घर के लिए सब्ज़ी न ले जइहो का आज?” कल्लो ने सब्ज़ी पर पानी की छींटें डालते हुए पूछा, फिर दूसरे ही पल पूरी ताक़त से चिल्लाई—“कारे-कारे बैंगन हैं, हरी-हरी छीमी...”

हबीब बिना कुछ कहे-सुने अनमने ढंग से बाज़ार पार कर घर वाली गली की तरफ़ मुड़ गया। गली में बच्चे गुल्ली-डण्डा खेल रहे थे। नापदान के पत्थर पर गूँगी चमेली बैठी खेल देख रही थी। हबीब को देखते ही अपनी जगह से उचकी और दौड़कर हबीब के पास पहुँच इशारे-इशारे में कुछ कहने लगी। हबीब ने झुँझलाकर जेब में हाथ डाला और एक सिक्का उसकी तरफ़ उछालकर बोला—“जा, जाके कमपट ख़रीद ले...”

सात साल की गूँगी चमेली ने झुककर सिक्का उठा लिया और हबीब के पीछे-पीछे चलने लगी। हबीब ने मुड़कर पीछे देखा। गूँगी ने फिर इशारा किया। हबीब ने घुड़कते हुए कहा—“देख भाई, हमरा भेजा मत चाट। कुछ कहे-सुने का हो तो अपनी महतारी चंपा से कह, खुद आकर बतियाए ले। अब भाग जा...भाग!”

गूँगी चमेली रुआँसी-सी भाग खड़ी हुई। हबीब भारी मन से घर में दाखिल हुआ। कज्जो पलँग पर बैठी थी। छुटकी दुलहिन उसके सर में तेल लगा रही थी। मँझले जेठ को देख उसने माथे पर घूँघट खींच लिया। बड़की भौजी चाय बनाने के लिए चूल्हे में लकड़ी चुन रही थी। बड़ा भाई गौहर गुस्साल पास ही चारपाई पर लेटा बड़े लौंडे से पैर दबवा रहा था।

हबीब चुपचाप पटरे पर बैठ गया। बड़की भौजी ने कटोरे में भरे लड्डू आगे बढ़ाए और चाय छानते हुए कहा, “आज पतंग वाले के लड़के की मुसलमानी रही न...बड़ी धूमधाम, शहनाई, बाजा-गाजा, खाना-पीना...लड्डू देखो, पाव-पाव भर के हैं।”

“अच्छा,” हबीब ने सुस्त आवाज़ से कहा।

“अब उठो...चाय ठण्डी हो रही है,” बड़की भौजी ने मियाँ की तरफ़ मुँहफ़ेरकर कहा।

“बदन टूट रहा है जैसे बुख़ार आए को है...” इतना कह गौहर गुस्साल जम्हाई लेता उठ खड़ा हुआ।

“ई मुरदार काहे खड़ी है फिर से आय के?” चौखट पर खड़ी चमेली को देखकर जाने क्यों हबीब किचकिचा उठा।

“सुबह से कई चक्कर लगाए चुकी है महारानी। महतारी खाट पकड़े है। अब यह डोलत है यहाँ-वहाँ,” बड़की भौजी ने कहा और उसकी तरफ़ बढ़ी। उन्हें देखकर गूँगी चमेली ने इशारा किया। उसके चेहरे पर विश्वास जागा।

“चाँद को पूछत है शायद?” बड़की भौजी ने अन्दाज़ा लगाया, चमेली ने उत्साह से गर्दन हिलाई और फिर उसने कुछ बताने की कोशिश में हाथ इधर-उधर नचाए, फिर मुँह से कुछ आवाज़ें निकालीं।

“तुझे पता है?” बड़की भौजी बेचैन हो उठीं। चमेली ने ‘हाँ’ में गर्दन हिलाई।

"कहाँ है चाँद?" कज्जो बेक़रारी से बोली। चमेली ने बेबसी से चेहरा बना हाथ मटकाया जैसे कह रही हो, अब पता नहीं कहाँ है? उसकी 'हाँ' और 'ना' के भेद में उलझ कर कज्जो व्याकुल हो उठी। घर का उत्साह दूध के उफान की तरह बैठ गया। छोटे-बड़े भाई-बहन मुँह लटकाकर अपना-अपना बस्ता खोलने लगे।

"चल भाग...ससुरी...भेजा चाटै के वास्ते आए गई," हबीब ने एकाएक पास पड़ा चिमटा उठाकर कहा। चमेली ने क्रोधित आँखों से सबको देखा। मँझली का रिश्वत में बढ़ाया लड्डू देख उसने हाथ झटका और गुस्से से भर गली में दौड़ गई। सब थके-हारे-से अपनी जगह वापस आकर बैठ गए।

"पीपल तले वाले काज़ी कल रात गुज़र गए न...बड़ी मुश्किल से निपटे हैं ...पूरा बदन घाव से बजबजात रहा...कहत रहे कि लेटे-लेटे बेड सोरस होए गवा रहा...मिट्टी में बहुत लोग आए रहे, तोहरे एम.एल.ए. भी रहे। पूछते रहे कि बेटवा का कुछ पता चला, फिर खुदए कहिन, का बतावें, अगर सत्ता में होते तो पूरा कस्बा खँगलवाए डालते..." एकाएक छाई ख़ामोशी तोड़ते हुए गौहर बोला।

"हमरे चाँद को गहन लग गवा," कहकर कज्जो ने ठण्डी साँस भरी।

"मँझली दुलहिन, दिल छोटा मत करे, तनिक सबर से काम लो...सब ठीक हो जइहै," बड़की भौजी बोलीं।

अमरूद के तने से लगी बेटे की तख़्ती देख हबीब मुँह ढक फफक उठा। सिल पर मसाला पीसती छुटकी दुलहिन यूँ मँझले जेठ को रोता देख धक् से रह गई। उसकी आँखें भर आईं। जिस साल वह ब्याह कर आई थी उसी साल चाँद पैदा हुआ था। गोरा-चिट्टा लड़का देख उसी ने गोद में उठाकर कहा था–"भौजी, हमरे घर मा चाँद निकल आवा है," तभी से उसका नाम चाँद पड़ गया।

थोड़ी देर बाद एकाएक गहरी सुस्ती-भरी उदासी घर पर छा गई। कुछ थकान की, कुछ दुःख की। धीरे-धीरे शाम ढलकर रात की स्याही में बदल गई थी। बड़की भौजी ने उठकर आटा सानना शुरू कर दिया था। लड़के वालों को खिलाने-पिलाने का समय था। तभी घर की कुंडी खटकी और गौहर ने बैठे-बैठे पूछा, "को है?"

"साजदा बीबी गुज़र गई हैं..."

"कब?"

"एक घंटा पहले...दादी बीबी तोका सन्देशा भेजिन हैं कि घर में कौनो नाहीं सिवाय छुटकी बिटिया के, रात-भर लहास के सिरहाने बइठना पड़ी और रहीम से कह कर सब जगह इत्तला कराए का कहिन हैं।"

"रहीम तो गवा है कल्लन मियाँ के घर लड़का के मूडन मा...बहरहाल चिन्ता की बात नाहीं, तुम बढ़ो आगे," गौहर गुस्साल अन्दर से बोला।

"और दादी बीबी से कहना हम हाथ का काम निबटाय के पहुँचत हैं," कहती बड़की भौजी बच्चों की रक़ाबी में चावल निकालने लगीं।

"बड़की भौजी, तुम भी खाए लो, आज की गई कल रात तक लौटिहो।" छोटी बोली और रक़ाबी में जेठानी के लिए खाना परोसने लगी जो हड़बड़ाई-सी तवे पर रोटी डालने लगी थी।

"हटो भौजी,, हम रोटी डालत हैं," मँझली कज्जो फूली आँखों के संग आन कर बोली।

"कपड़ा-लत्ता तो भौजी ख़ूब मिलिहे," छोटी ने उत्सुकता दिखाई।

"देखो," उठती हुई बड़की भौजी बोलीं।

"पैसा भी ज़्यादा दिहिन, सारी रात लहास की चौंकसी जो करनी है..." छोटी बोली।

"हाँ, हाथ के तो खुले हैं, मगर यह भी समझ लेव मुर्दा की हर बढ़िया चीज़ दाब के रख लेते हैं...पहले का ज़माना अलग रहा कि आकबती जोड़ा के नाम पर एक मर्दाना या ज़नाना कपड़ा, लोटा, कटोरा, जूता, टोपी, रूमाल, जनमाज, कुरान ग़रीब के नाम पर निकलता रहा। ऊपर से मुर्दे की इस्तेमाल की सब चीज़ 'नायन' को मिलत रही। सच पूछो बहिनी, ईद बखरीद, मोहर्रम मा नया कपड़ा तोहार ब्याह से पहले तक बनत रहा वरना इन्हीं लोगन के उतरन मा साल बड़े मज़ा से कट जात रहा," बड़की झोले में अपना सामान रखती बोली।

"अच्छा भौजी, सामान तो बहुत होइए? साजदा बीबी ब्याह के बाद तो कभी ससुराल गई नाहीं?" छुटकी ने फिर पूछा।

"देखो, जाए तो रहे हैं..." कह कर बड़की ने घर पर एक उड़ती-सी नज़र डाली जैसे कह रही हों कि इस घर में मुरदन की चीज़ें ही तो भरी हैं—लिहाफ़, कंबल, तकिया, पलंग, कुर्सी, बर्तन, चप्पल, ऊपर से खाना भी हर दूसरे-तीसरे हफ़्ते मरनी-करनी, शादी-ब्याह का आ ही जात है। पहले मुर्दे के कपड़ा पहने से डर लगत रहा कि आते-जाते कहीं रूह से भेंट-मुलाक़ात हो गई और वह पूछ बैठी कि कहो गौहर की बीवी, हमार कपड़वा पहनकर कहाँ जात हो, तो का जवाब बन पड़ी? मगर अब आदत पड़ गई है।

"का सोच रही हो?" छोटी बोली।

"अजब हालहय बहिनी, मरनी-करनी तले ऊपर आय रही है," कहती बड़की भौजी झोले को खूँटी पर टाँगने लगीं।

"गर्म-गर्म रोटी उतर रही है, देर न करो," कज्जो ने बड़की को ताका।

"कहाँ की तैयारी है तोहार?" तभी पहुँचा रहीम जर्राह हाथ में नेग में मिले सामान की लाल कपड़े की पोटली बीवी की तरफ बढ़ाते हुए बोला।

"मुल्ला की दौड़ मस्जिद तक...सुबह तोरे भय्या काज़ी को सुआरत कर आए हैं, अब हम साजदा बीबी की बिदाई के वास्ते जात हैं," मद्धिम हँसी मिश्रित स्वर में भौजी ने कहा और खाने पर बैठी।

“मिठाई मा बालूसाही है, खोल के सब का बाँट देव न,” कहता हुआ रहीम जर्राह पटरे पर बैठ गया।

“तोका ख़बर दे का बोलिन हैं दादी बीबी,” बड़की ने चटनी अरहर की दाल में मिलाते हुए कौर तोड़ा।

“कभी-कभी तो जैसे बिपदा समान मौत-पैदाइस टपकत हैं साली...नहा-धोए के आराम से जइबे,” कहकर रहीम ने दसपने से अंगारा उठा बीड़ी सुलगाई।

“हाँ, कभी इतना काम कि सुलटे न और कभी इतना कम कि मरे की दुआ माँगे की पड़त है,” इतना कह गौहर ज़ोर से हँसा और अपनी तहमद ठीक से कसता हुआ हबीब के क़रीब बैठ गया, जो सर झुकाए सोच में डूबा था। भाई की पीठ सहलाते हुए बोला—“खाना खाए लो फिर दोनों चलते हैं दरोग़ा साहिब के पास। आख़िर का बात है जो हमरी सुनवाई नहीं, बच्चे का कहीं पता नहीं।”

गौहर की बात के साथ ही घर में ख़ामोशी छा गई। कज्जो की आँखें डबडबा आईं। बच्चों से भरे इस घर में इतना कोहराम मचता था कि कान पड़ी आवाज़ नहीं सुनाई पड़ती थी। छोटा-सा घर मछली बाज़ार लगता था। मगर जब से चाँद ग़ायब हुआ है, सबको साँप सूँघ गया है। खेलना-कूदना तो जैसे सब भूल गए हैं। इस वक़्त बहुत कहने पर भी मिठाई किसी बहन-भाई ने नहीं खाई और चुपचाप खाना खाकर सब अपने-अपने बिस्तर में दुबक गए थे।

इन तीनों भाइयों का बचपन इसी तंग घर में गुज़रा था। रसूल नाई, जो इनका बाप था, अकसर बताता था कि कैसे गोमती में बाढ़ आई और पूरा गाँव तबाह हो गया था, रोटी के लाले पड़ गए थे। सर पर छत नहीं और पेट में रोटी नहीं। उस समय दाढ़ी बनाने और बाल मुड़वाने का किसे होश था? मजबूर होकर रसूल तीनों लड़कों और बीवी को लेकर गाँव से क़स्बे की तरफ़ निकल आया था। शुरू में क्या नहीं किया दोनों ने पेट पालने के लिए! माँ किसी का मसाला पीसती तो रसूल बोझा ढोता। गर्ज़ कि एक ज़मीन का टुकड़ा रहने को मिल गया और मिट्टी की दीवार उठा छप्पर डाल लिया था। रूखा-सूखा खाकर पाँचों ज़मीन पर खेस बिछा कर लेट जाते थे। कुछ दिनों बाद तीनों लड़के रसूल का हाथ बँटाने लगे थे। छट्टी, चिल्ला, ख़तना, बिस्मिल्लाह, मूँडन, मालिश, मौत, पैदाइश—सारा काम दस हाथों ने इस तरह सम्भाल लिया था कि शहर के दूसरे नाइयों की जान साँसत में आ गई थी। बड़ा लड़का मुर्दा नहलाने का काम कर गौहर गुस्साल बन गया, दूसरा दाढ़ी-मूँछ-नाखून काटने में दक्ष हो हबीब हज्जाम कहलाने लगा। तीसरा छोटा-मोटा ऑप्रेशन सीख ख़तना करने लगा, सो रहीम जर्राह कहलाता। मगर काम पड़ने पर सब एक-दूसरे का काम जानते थे। यही हाल उनकी पत्नियों का था। सो घर बड़े आराम से चल रहा था।

गौहर और हबीब खाना खाकर जब घर से बाहर निकले तो गली सुनसान पड़ गई थी, एकाध कुत्ते भौंक रहे थे और चम्पा का पति ताड़ी पी गाता-बजाता घर लौट रहा था। दोनों बीड़ी का कश लेते हुए सड़क पर निकल आए और पटरी पर चलने लगे थे। नौ वाला शो छूटा था, सो सड़क पर बड़ी भीड़ थी।

दरोग़ा साहब अभी खाना खा के बैठे हुक्का गुड़गुड़ा रहे थे। दोनों को आता देख उन्होंने भद्दी-सी गाली दी और पास बैठे नौकर से बोले—''उन दोनों मुर्दाशूरों को बाहर बिठाओ।'' फिर लुंगी सम्भालते, पाने चबाते अँगनाई पार कर सामने चबूतरे पर बिछी कुर्सी पर बैठ गए।

''सलाम...हुजूर, कुछ करें...बचवा बिना माँ-बाप के जाने कैसे रोटी खात होई, इधर हमार पूरा घर सोगा माँ बैठा है।'' गौहर ने वहीं उनके पैर के पास उकड़ूँ बैठते हुए कहा। हबीब उनका पैर दबाने लगा। यह देख दरोग़ा ने दूसरा पैर गौहर के सामने इस तरह झटका जैसे पर चढ़ी चींटी को झाड़ रहा हो। गौहर को हबीब ने इशारा किया कि दाहिना पैर दबाव। वह बेचारा मुर्दों को साबुन से नहलाने वाला पैरचप्पी करना क्या जाने? सो मरे-मरे हाथों से वह हवलदार का मोटा भद्दा पैर दबाने लगा। कुछ देर दरोग़ा जी बैठे कुछ सोचते रहे। फिर बोले—''कल मोहल्ले में आकर पूछताछ शुरू करते हैं।''

''कृपा आपकी,'' हबीब ने अपना सर दरोग़ा के घुटने पर रख दिया।

''कितने बजे सरकार पधारिए?'' गौहर ने हाथ जोड़कर पूछा।

''आजकल मौसम बदल रहा है या क्या कारण है जो देह बहुत दुखती है। मालिश भी बहुत दिनों से नहीं करवाया है...'' इतना कह दरोग़ा ने दोनों को देखा जो मुँह खोले उनका मुँह ताक रहे थे कि क्या कहें।

''सुबह सबेरे दोनों आ जाओ...मालिश के बाद सीधे हम तुम्हारे मोहल्ले चले चलेंगे।'' इतना कह दरोग़ा जी तेज़ी से कुर्सी से उठ सीधे घर के अन्दर चले गए। दोनों भाई अकबकाए-से खड़े रह गए।

दूसरे दिन दोपहर तक दो हवलदार डण्डा खटकाते मोहल्ले में पहुँच गए। इधर-उधर घरों को ताकते, नाम पूछते सवाल करते घूम रहे थे। हबीब शरबत-चाय का इन्तज़ाम पहले से कराए हुए था। गली के एक-दो लोगों ने मधुर सम्बन्ध स्थापित करने की दूरअंदेशी से 'बनारसी पान' के बीड़े मँगवा उनका सत्कार भी कर दिया था। कुछ देर बाद दो छोटे खटोले नीम के पेड़ के नीचे गली के उस पार मैदान की तरफ़ डाल दिए गए जिन पर दोनों सिपाही अधलेटी मुद्रा में पसरे सवाल-जवाब कर रहे थे।

होली वाले दिन से चाँद ग़ायब था। उसी रात काशी तेली का लड़का गोपी, सोना भड़भूजिन का लौंडा सुखिया और कुरैशी क़स्साब का लड़का नवाब भी घर

नहीं आए थे। दूसरे दिन तीनों आगे-पीछे अपने-अपने घरों को लौटे थे। इन तीनों लड़कों से बात करना बाक़ी थी। कुछ देर आराम कर दोनों सिपाही फिर उठे और सोना भड़भूजिन की दुकान पर पहुँचे। वह सारी का पल्लू मुँह पर डाले सो रही थी। एक सिपाही ने डंडा फटकारा–"उठ! तेरा लौंडा कहाँ है?"

सोना भड़भूजिन एकाएक सोते से जागी तो समझी, सपने में पुलिस देख रही है, फिर लेट गई। इस बार उसके कूल्हे पर डंडा मारा सिपाही ने, "नखरे मत कर महतारी, उठ जा और बता कहाँ है तेरा सपूत?" सोना घबरा गई और दूसरे पल ही छाती पीट-पीटकर विलाप करने लगी;

"मुझ विधवा को सताए के तोका का मिलिहै सिपाही बाबू..."

"हबीब चाचा का 'चाँद' खोए गवा है काकी, ओहि मारे सिपाही जी पूछत हैं। डरे की कोई बात नहीं है," मोहल्ले के लड़के ने कहा जिसको सुनकर सोना का रोना बन्द हो गया और वह आँचल से जगह साफ़ कर बोली–"बैठो सरकार, अभी गर्म-गर्म भूँजा भूनत हैं।"

"भूँजा रखो अपने पास...लौंडा आ जाए तो उसे सीधा थाने भेजना, समझीं!" इतना कहकर सिपाही दूसरी तरफ़ मुड़ गए। औरतें अपने घरों की खिड़कियों और दरवाज़ों की ओट से झाँक रही थीं। छोटे लड़के-लड़कियों की भीड़ इन सिपाहियों के पीछे जुलूस की शक्ल में पीछा करती चल रही थी जिसमें मोहल्ले के ख़ारिशज़दा कुत्ते भी शामिल थे।

काशी तेली सिपाहियों को देखकर सहम गया। समझा, मिलावट के आरोप में पुलिस उसे पकड़ने आ रही है। वह ग्राहकों को तेल देने की जगह दुकान बन्द कर भागने का मन बनाने लगा, तभी सिपाही ने ललकारा–

"ओ लाला, तुमरा लौंडा कहाँ है?"

लौंडे का नाम सुनते ही काशी तेली के मन से भय तो काफ़ूर बन उड़ गया और उसकी जगह गुस्से का भभका माँ-बहन की गाली के संग मुँह से फूट पड़ा–"ऊ पिल्ला हरामी, कसी पैंटवा, लांबा-लांबा बाल बढ़ाए ठीक मेहरारू लोगन की तरह मटक-मटककर हर एक की बारात के आगे नाचता है...न दुकान मा न पढ़े मा ओका दिल लगत है!"

"वह तो ठीक है मगर वह है कहाँ? होली की रात कहाँ रहा?" सिपाही ने मूँछें मरोड़ीं।

"इनसे का पूछत हो, होली की रात यह खुद भाँग का नशा कर अपने को चूहा समझत रहे।" सामने वाले दुकानदार ने कहा और उसी के साथ सब खिलखिलाकर हँसने लगे। उसमें काशी तेली भी धोती की लाँग सम्भाले खिसियाई हँसी हँसने लगा।

"ठीक है, जब भी आए कह देना दरोग़ा साहब से मिल ले।" दोनों सिपाही ऐंठते-लचकते, डंडा घुमाते बाईं तरफ मुड़े जहाँ पर छोटी-सी लड़की उन्हें ताक रही

थी। अपनी तरफ़ देखता पा वह लड़की बदहवास-सी भागी। उसे यूँ भागता देखकर कोई बोला—"चम्पा भंगन की बिटिया चमेली है...गूँगी है बेचारी।"

क़ुरैशी की गोश्त की दुकान पर मक्खियों के झुण्ड पर्दे के बावजूद उड़ रहे थे। उसके भाई-भतीजे दुकान पर बैठते थे। इसलिए नवाब का होना या ना होना पता ही न चलता, सो बड़े आराम से क़ीमा बनाते हुए बोला, "जवान बेटा है साहब, यार-दोस्तों में बैठा होगा।"

"होली की रात घर में था?"

"ज़रूर होगा...इतना बड़ा परिवार है कि एकाध का ग़ायब होना कहाँ पता चलता है! मगर आप बताएँ माजरा क्या है?"

"हबीब नाई का लड़का खोया गया है न, उसी की छानबीन करनी है।"

"तब तो आप लड़के की जगह शहर के गुंडे ताजवर और ननकू पहलवान से पूछें, लड़कों को अपहरण करने वालों का ज़रूर कोई सुराग़ देंगे।" इतना कह उसने भतीजे को इशारा किया जिसने पलक झपकते ही दो कोक की शीशियाँ लाकर सिपाहियों के हाथ में थमा दीं।

दोपहर ढलने लगी थी। सिपाही डकार ले खाली शीशी रख चलते-चलते नवाब को थाना भेजने की बात कह कर आगे बढ़ गए। गली की टूटी मुँडेर से गूँगी चमेली झाँक रही थी। उसके चेहरे पर बेचैनी और आँखों में भय कौंध रहा था।

"देखो, अपनी कार्रवाई कर ली है, तीनों लड़कों से पूछते हैं, इधर-उधर नाले-नापदान में भी ढूँढ़ते हैं," कहकर दोनों सिपाही साइकिल पर बैठे चलते बने। भीड़ छँट गई। सनसनाहट ख़त्म हुई और हबीब, गौहर और रहीम थके-से घर लौट आए।

हबीब हज्जाम ने आज दो दिन बाद दुकान खोली थी। कई लोगों का सर मूँड चुका था। मूँछें छाँट चुका था। मगर उसके दिल को किसी कल क़रार न था। कोई जैसे उससे कह रहा था कि अब तेरा बेटा वापस नहीं लौटेगा। ज़रूर कोई उसे दूसरे शहर उठा ले गया है। वह पूरे दो दिन तक साइकिल, पैदल, रिक्शे से शहर का चप्पा-चप्पा छान चुका था। बच्चों को खेलता देख वह एक-एक को घूरता था। बीच-बीच में वह 'चाँद', 'चाँद' कहकर ज़ोर से पुकारता भी था। दो हफ़्ते पहले मिश्रा वकील के घर वह चाँद को लेकर गया था। मिश्रा जी को विश्वास ही नहीं हो रहा था कि चाँद हबीब का लड़का है। नेकर-कमीज़ में बड़ा भला लग रहा था। मोहल्ले-टोले में चाँद की गोरी-गोरी सूरत पर सब फ़िदा थे।

पेड़ पर लगे आईने में उसने अपना चेहरा देखा। काला रंग, चेचक के दाग़ से भरा चेहरा, जिसे छुपाने के लिए उसने दाढ़ी रख ली थी। छोटी-छोटी आँखें... हाँ उसकी औरत कज्जो का रंग अलबत्ता गेहुँआ था। उस पर बड़ी-बड़ी कँटीली आँखें ...सुहागरात के दिन लालटेन की रोशनी में जब उसने कज्जो का घूँघट उलट कर

उसकी ठोड़ी उठाई तो कज्जो ने शरमाते हुए बड़ी अदा से आँखें खोली थीं। मगर उस पर नज़र पड़ते ही वह चीख़ मार कर बेहोश हो गई थी।

उधर कुरैशी का लड़का खाना खाकर दुकान पर आ गया था। बाप से पैसे ले वह फ़िल्म देखने निकल गया था। रास्ते में कुछ लोगों ने उसे टटोला भी तो उसने बड़ी लापरवाही से कहा, ''चचा, मुझे तो पता नहीं गोपी और सुखिया होली की रात कहाँ थे!''

सारे दिन घूम-फिर कर जब गोपी रात को घर लौटा तो काशी ने ताव में आकर चमरौधा जूता खींचकर उसके दे मारा। वह हर सवाल और फटकार में बस एक ही बात दुहराता—''सुखिया और नवाब के संग मैं नहीं उठता-बैठता। मुझे क्या पता चाँद कहाँ है? मैं तो सारी रात घर में था, माँ से पूछ लो।''

उधर सुखिया भी माँ की गाली-कोसने से तंग आकर उसे विश्वास दिला रहा था, ''सच माई, तोहार क़सम, हम नौकरी ढूँढ़े गए रहे। भूख-प्यास से तंग आ गए रहे तो लौट आए। हम नवाब और गोपी के साथ कैसे उठ-बैठ सकते हैं! उ ठहरे बड़े लोग और हम चाँद को का जाने उ कहाँ खोए गवा है?''

बात सच भी थी कि अट्ठारह-उन्नीस वर्ष के ये तीनों लड़के एक मोहल्ले में ज़रूर रहते थे मगर आपस में यारी नहीं थी। हाँ, कभी-कभार बातचीत हो जाती थी। मोहल्ले वाले भी आस लगा बैठे कि चाँद रास्ता भूल बैठा है। एक रोज़ भटकते-भटकते लौट आएगा। हबीब को भी किसी पर शक नहीं था। सबकी सेवा करना, दुःख-दर्द बाँटना ही उनके परिवार का काम था, सो किसी से शत्रुता का सवाल न था।

चम्पा भंगन कई दिनों से कमाने नहीं आई थी। नाली-नापदान गन्दगी से पट गए थे। चमेली भी उछलती-कूदती इधर नहीं दिखी थी। आज पाँचवें दिन चम्पा काम पर आई थी। साथ में चमेली भी थी। एकाएक वह सोना भड़भूजिन के लड़के को देख भय से माँ से चिपकने लगी। काशी तेली के घर तो वह गोपी को देख ज़ोर-ज़ोर से रोने लगी, जिसे सुन काशी तेली की पत्नी ने पूछा छोड़ घुड़की लगाई—

''क्यों री चम्पा, आज सप्ताह-भर बाद आई तो लाउडस्पीकरवा को काहे साथ लाई है?''

सारे दिन गन्दगी समेटते-समेटते काम करते-करते चम्पा थक कर चूर हो गई थी। ऊपर से चमेली को तेज़ बुख़ार चढ़ आया था। बसन्त ताड़ीखाने गया था। कलवा को भेज चम्पा ने पति को बुलवाया ताकि वह बेटी को डॉक्टर को तो दिखा सके। उसे खुद चमेली के विचित्र व्यवहार पर आश्चर्य हो रहा था। जाने क्या वह कहना चाहती है, साफ़-साफ़ बता भी नहीं पाती है। उस खंडहर की तरफ़ इशारा भी करती है जिधर नाग देवताओं के घर हैं।

दूसरे दिन जब चमेली का बुख़ार उतरा तो चम्पा ने बेटी की बात समझी और सीधी हबीब के घर पहुँची। उस समय घर में केवल बड़की भौजी थीं। किवाड़ उढ़का हुआ था। चम्पा की आवाज़ सुनकर उन्होंने अन्दर बुला लिया। चम्पा किवाड़ ठेलकर अन्दर पहुँच अँगनाई में बैठ गई जहाँ पर पलँग खड़ा कर उसके पीछे बड़की भौजी नहा रही थीं।

"इस समय कैसे?" बड़की भौजी ने पूछा।

"भौजी, एक बात रही," झिझकते हुए चम्पा ने अपने अलता लगे पैरों की उँगलियों में पड़े बिछुवे हाथों से घुमाए।

"कुछ ले का है तो बैठो। आज कई रोज़ बाद नहाय का सुबीता बना है, देर लगिहै," बड़की भौजी ने लोहे की बाल्टी में कटोरा डाल पानी सर पर उँडेला, बदन मलने से चूड़ी की छन-छन-छन की आवाज़ उठ रही थी।

"न भौजी न...बात कुछ और है। कहेत भी डरत हैं कि कहीं...," चम्पा अधूरी बात छोड़ चुप हो गई।

"बेखटके कहो, दो औरतन माँ का सरम?" बड़की भौजी की शरारत-भरी हँसी सुन चम्पा भी मुस्कराए बिना न रह सकी।

"वह चमेली कहत रही कि होली की साम सुखिया, नवाब, गोपी इधर-उधर डोलत रहे। फिर लेमनचुसवा दिखाए कि चमेली को अपने पास बुलाइन रहा। भाग्य हमारे भौजी कि ओहि समय हमरे पुकारे पर वह तो घर आए गई मगर उनके साथ चाँद को जाते, ज़रूर देखिस रहा..."

"कहा कहत हो चम्पा?" बड़की भौजी एकाएक पलँग के पीछे से साबुन लगा चेहरा निकालकर पूछ बैठीं।

"सच कहत हैं बड़की भौजी, करमजली कल डरत रही सुखिया से और गोपी को देख के रोवे लगी। घर आतआत बुख़ार चढ़ाए बैठी। आज जो पूछा तो सब कुछ उगल दीहिस...हमार खुद जी अच्छा न रहा, जानती तो हो वरना पहले ही पता चल जात..."

"अरे वह गूँगी यहाँ भी आई रही चम्पा, कुछ कहे की कोशिश करत रही मगर हम लोगन समझ न पाए," परेशान हाँफती-सी आवाज़ में बड़की भौजी बोलीं और पूरी बाल्टी छपाक से अपने ऊपर उलट ली।

"बड़की भौजी, हम मैला उठाए वाले ठहरे, हमरी लाज तोहरे हाथ में है। चमेली बच्ची है, गूँगी है, ऐ ही के कारण पराई पीर भी अपनी लागत है। मगर भौजी हमार नाम बीच में न आए पाए, तोहार बेटवे की बात न होत तो हम मोहल्ले के दूसरे क़िस्सा-कहानी की तरह एको भी चुपचाप पी जाते।" इतना कह चप्पा दरवाज़ा खोल बाहर निकल गई।

"का सुन रहे हैं, कलजुग आय गवा है," बड़ी भौजी रुआँसी-सी उलटा-सीधा

कपड़ा पहन भीगे बाल का जूड़ा बाँध सर पर चादर डाल बाहर निकलीं और घर में ताला डाल वह उलटे-सीधे पैर रखती गली पार करने लगीं। उनका दिल बल्लियों उछल रहा था। हबीब जाता देख न ले, सो वह सड़क पर निकल रिक्शे वाले को रोक बोलीं, ''बैंगन टोला।''

रिक्शे वाला तेज़ी से पैडिल पर पैर मारने लगा। बड़की भौजी सारे रास्ते बड़बड़ाती रहीं, ''सब रात तक लौटिहैं...कज्जो अच्छा हुआ अस्पताल गई है वरना।'' ...फिर रिक्शे वाले से कहतीं—''मोर भय्या, जितनी जल्दी रिक्शा भगाए सकते हो भगाओ, दिल में पंखा चलत है।''

''चलाए तो रहे हैं,'' घंटी बजाता, रास्ता बनाता रिक्शावाला रिक्शा भगाने लगा। बैंगन टोला पहुँच कर बड़की भौजी रिक्शे से उतर सीधे कपड़े वाले अंसारी की ड्योढ़ी में घुसीं जहाँ मिरासिनें गाना गा रही थीं। चँदवा तना हुआ था। रहीम जर्राह आठ साल के दूल्हा बने लड़के को गोद में उठाए चौकी पर बिठा रहा था। दादी दुआ माँग रही थी। माँ सिजदे में गिरी हुई थी। रहीम ने जैसे ही लड़के के ख़तने की तैयारी की, उसके पैर फैलाए और कपड़ा हटाया, वह रोने लगा तभी चचा हँस कर बोले—''वाह मियाँ, बहादुर कहीं रोते हैं, ऊपर देखिए चिड़िया फुर्र से उड़ी।'' लड़के का ध्यान चचा की बात पर ऊपर की तरफ़ गया, उधर रहीम ने काम तमाम कर दिया। लड़का दर्द से बिलखा, ख़ून की धार गिरी और हर तरफ़ से मुबारक-सलामत की आवाज़ के साथ लड्डू बँटने शुरू हो गए।

इस हंगामे में बड़की भौजी एक किनारे चुपचाप दम साधे खड़ी थीं कि कैसे मौक़ा मिले, रहीम काम से निबटे, वह अपने साथ उसे ले चलें। मगर रहीम बुरी तरह उलझा था। तंग आकर वह बाहर निकलीं, तभी रहीम की नज़र उन पर पड़ गई। उसका माथा ठनक गया। बच्चे को पिता की गोद में पहुँचाकर वह भौजी के पास आन खड़ा हुआः

''सब ख़ैरियत तो है?''

''नहीं भय्या...तुम किनारे चलो ज़रा तो बताएँ बिपता।''

''हुआ का है?''

''चम्पा आई रही, कहत रही चमेली ओका बताइस है कि चाँद का उ तीनों मुस्टुंडे लेकर टीले वाले खंडहर की ओर गए रहे होली की साम।''

''का कहत हो...उ लोग इन्कार करत हैं। कहीं यह सब झूठ न हो?''

''सच या झूठ जो हो, मगर यह बात न तोरे भय्या से कह सकत हैं न हबीब से, तभी भागे-भागे यहाँ आए हैं। अब चलते हैं, बच्चे स्कूल से लौटत होइएँ। होए सके तो हवलदार साहिब से मिलकर आना,'' इतना कह बड़की उल्टे पैर बाहर निकल आईं।

काम निबटा कर जब रहीम जर्राह दरोग़ा साहिब से मिलने थाने गया तो वह

नहीं थे। भागता हुआ घर पहुँचा तो पता चला कि वह किसी काम से पास के क़स्बे में गए हैं जहाँ-हिन्दू-मुसलमानों में तनाव हो गया है। शायद कल सुबह तक आएँगे। वह भारी मन से घर लौटा। बड़की भौजी ने व्याकुल आँखों से देवर को ताका, जैसे पूछा हो—क्या हुआ?

"रहे नहीं," इतना कह रहीम चुपचाप बैठ गया।

"हाथ-मुँह धोए लो, खाना निकाल रहे हैं।" छुटकी दुलहिन बोली और बाल्टी-लोटा रखने लगी। रहीम उसी तरह बैठा रहा।

रहीम को सारी रात नींद नहीं आई। हर करवट पर मन करता कि भाइयों से सब कुछ बता दे, फिर डरता कि कहीं कच्ची बात से दूसरा फ़साद न उठ जाए। उधर दरोग़ा का भी क्या भरोसा कि किधर लुढ़के? हर रोज़ तीनों से बारी-बारी मालिश करवाता है। परसों काशी तेली के घर से झारदार असली कड़वा तेल आता देखा था। कई दिनों से कुरैशी हर रोज़ कभी गुर्दा-कपूरा, कभी क़ीमा-कलेजी भेज रहा था। भूड़भूजिन का लड़का भी हवलदार के घर पलँगों के अदवाइन कसने, घड़ा भरने और झाड़ू लगाने पहुँचा रहता है।...वह घबराकर उठ बैठा, चाँद का चेहरा सामने डोलने लगा। उधर बड़की भौजी भी तड़प रही थीं। गौहर को पता चल गया तो वह मोहल्ला सर पर उठा लेगा, आपस में सरफुटव्वल हो जाएगी।

पौ फटते ही रहीम जाने किस जज़्बे से व्याकुल हो मैदान की तरफ़ जाने वाले रास्ते पर नीम के पेड़ के नीचे जाकर खड़ा हो गया। अजीब उथल-पुथल में उसकी जान थी, जाए या न जाए? मिट्टी के टीलों को पार कर वह फिर ठिठककर खड़ा हो गया। उस खंडहर की ओर जाते उसे डर लग रहा था। सुना था कि वहाँ भूतों और साँपों का डेरा था। हवा अलग सांय-सांय करके उसे डरा रही थी। सूरज अभी निकला नहीं था। हल्का धुँधलका फैला हुआ था। हिम्मत जमा कर वह गिरे हुए मक़बरे की तरफ़ बढ़ा। जैसे ही वह अन्दर दाख़िल हुआ, उसने सामने ज़मीन पर कुछ पड़ा देखा। एक अजीब सड़ी-सी बदबू फैली हुई थी। उसे चक्कर-सा आ गया। दूसरे पल वह सम्भला और फिर पागलों की तरह चीखता-चिल्लाता बस्ती की तरफ़ भागा।

रहीम की चीख़-पुकार से घबराकर सारा मोहल्ला घरों से निकल कर गली में जमा हो गया था, फिर भीड़ खंडहर की तरफ़ उमड़ पड़ी। कज्जो छाती पीटती नंगे सर नंगे पैर सबसे आगे भाग रही थी। बड़की भाभी उसके पीछे। पीछे और लोग थे कि 'का भवा' कहते पीछे हो लिए थे। भीड़ और भगदड़ में खंडहर की कमज़ोर, बोसीदा दीवारें हिल गईं। कुछ मलबा छत से गिरा, कुछ ईंटें टपकीं तो भीड़ घबरा कर बाहर ठहर गई। अन्दर धूप की ताज़गी फैली थी। उसमें चाँद का चेहरा दमक रहा था। हबीब बिलबिला कर बेटे की नंगी लाश पर गिरा जिस पर चींटियाँ, कीड़े चल रहे थे। उसे झुककर गौहर ने सम्भाला। कज्जो बेहोश हो गई थी। रहीम ने

चाँद को उठाना चाहा मगर बड़की भौजी और छुटकी ने अपने सर डाली चादर बिछा, चाँद को उसमें लपेट दिया। उनका तो यह काम था, मगर आज गौहर जैसे मज़बूत दिल वाले गुस्साल की भी हाथ काँप रहा था मानो ज़िन्दगी में पहली बार किसी मुर्दे को छू रहा हो। लोगों की चीख़-पुकार, विलाप से साँप भी डरकर अपनी बांबियों में छुप गए थे। चिड़ियाँ सहम कर टहनियों पर दुबक गई थीं। धूल का गुबार उड़ाते क़दम बदहवास-से पड़ रहे थे। दिमाग़ में सवाल नाच रहे थे–

'चाँद यहाँ पहुँचा कैसे?'

'उसे साँप ने डस लिया क्या?'

गली लोगों से ठसाठस भरी थी। सुखिया, गोपी और नवाब के चेहरों का रंग उड़ गया था। उससे ज़्यादा उनके माँ-बाप का दिल पत्ते की तरह काँप उठा था कि घर देखे पुलिस वाले अब जाने उनकी क्या गत बनाएँ। नाली साफ़ करती चम्पा यह सब देख झाड़ू-टोकरी वहीं मुनीम के द्वार पर छोड़ चमेली का हाथ पकड़ घबराई-सी सड़क की तरफ़ तेज़ी से भाग रही थी।

हबीब के घर कोहराम मचा हुआ था। गौहर ने भतीजे की लाश छोटे-से खटोले पर लिटा दी थी। बाक़ी भाई-बहन भयभीत-से बड़ों के चेहरे ताक रहे थे। कज्जो छाती पीटती बैन कर रही थी–"कहाँ चले गए महतारी को छोड़ चाँद बेटवा? अब किसके भरोसे जिएगी कज्जो? काहे को गए रहे उस वीराने में?"

चाँद को दफ़नाने के इन्तज़ाम में गौहर लग गया था। ढेरों अगरबत्ती सुलगाने के बाद भी नाक पर कपड़ा बाँधना पड़ रहा था। कफ़न, कपूर इत्यादि रहीम ख़रीद लाया था, अब नहलाने के लिए कोरे मटके में पानी भर रहा था, तभी दो सिपाही ख़बर मिलने पर आकर खड़े हो गए। उनकी कार्रवाई शुरू हो गई। भीड़ छँट गई थी। पूरे बदन पर किसी चोट का निशान या घाव नहीं था बस पीछे की ओर... गौहर वह सब देखकर बौखला गया। उसने रहीम को देखा और रहीम ने अपनी आँखें फेर लीं। गौहर का चेहरा कई तरह के प्रश्नों में घिर तप रहा था, मुट्ठियाँ भिंच रही थीं। बेहोश कज्जो को छोड़ बड़की मियाँ की तरफ लपकीं और मौक़े की नज़ाकत देख बोलीं–"तुम दरोग़ा जी के पास पहुँचो, तब तक तोहरे भय्या नहलाए-धुलाए का इन्तज़ाम करत हैं।"

"वहाँ जाकर क्या करना है? पंचनामा तो बन गया है।" एक सिपाही बोला।

"हर बात पर दरोग़ा जी नहीं पहुँचते, फिर वह लौटे भी हैं या नहीं?" दूसरा बोला।

"देखै में कौनो हरज नहीं है।" कहता रहीम घर से बाहर निकल गया।

दरोग़ा अभी-अभी घर लौटा था। लुंगी पहन नाश्ता कर रहा था। घबराए-से काशी तेली और क़ुरैशी क़स्साब उसके चबूतरे पर चढ़े और हाथ जोड़ कर खड़े हो गए।

उन्हें इस तरह खड़े देकर दरोग़ा को हँसी आ गई। बात-बेबात ये लोग पुलिस से डर जाते हैं। ऊपर से आवाज़ भारी कर बोला–''कैसे आना हुआ?''

''बस, हमारा ख़याल रखना दरोग़ा जी। हबीब के लड़के की लाश मिल गई है। इन नाई लोगों का कोई ठिकाना नहीं कि किस पर आरोप लगा दें। इनकी पहुँच हर घर में है, हम निर्दोष पकड़े न जाएँ।''

''अच्छा।'' चिन्ता में डूबे दरोग़ा ने घूर कर दोनों को देखा।

''यह रखें,'' कहते दोनों गन्दे कपड़ों में लिपटा पैकेट वहाँ रखकर सरपट लौट गए।

''कुछ चक्कर समझ में नहीं आ रहा है...'' मन-ही-मन दरोग़ा ने कहा और उठते हुए बोले, ''अगर इन लौंडों का हाथ है तो फिर बच्चू बच कर कहाँ जाएँगे?''

दरोगा नहा-धोकर तैयार होकर बाहर निकले तो देखा सामने से रहीम आ रहा है, पान का बीड़ा मुँह में दबाकर बैठ गए। दरोग़ा को मौक़े की नज़ाकत का अन्दाज़ा हो गया था। रहीम को देखकर उन्होंने अनजान बन तेवर पर बल डाल पूछा–''कब से, आज हमारी मालिश का नागा कर दिया? अब तो हम नहा-धोकर कपड़ा बदल चुके हैं, कल करवाएँगे।''

''बड़ी बिपदा पड़ी है...चाँद मिल गवा है मगर...'' रहीम घुटनों पर झुक गया।

''मगर क्या? मिल गया है तो फिर कैसी परेशानी?'' दरोग़ा अनजान बना रहा।

''परेशानी एक भारी है कि चाँद ज़िन्दा नहीं है।''

''ओह!'' दरोग़ा बोले।

''आप सरकार हैं, इन तीनों लड़कन से चलकर पूछें...कल हम आए रहे मगर आप थे नहीं। हमका पता चला है कि वही बहलाए-फुसलाए के ओका उधर खंडहरवा में ले गए रहे।'' रहीम दरोग़ा जी के पैर पकड़ बुरी तरह फफक पड़ा।

''सबूत क्या है तेरे पास नाई के बच्चे?'' दरोग़ा एकाएक तेवरी पर बल डाल बोले।

''हम खुद ओका बदन देखा है साहिब...बचवा के संग,'' कहता-कहता रहीम तैश में आ गया।

''मगर देखा किसने...कोई चश्मदीद गवाह है?'' झुँझला पड़े दरोग़ा मगर स्वर इस बार नर्म था।

''चम्पा भंगन की लौंडिया चमेली, सरकार! पहले ओका ले जात रहे, मगर चम्पा के आए से बात न बनी तो चाँद को ले गए रहे।'' रहीम की आवाज़ ऊपर-नीचे हो रही थी।

''यह सब चमेली बोली? कितनी बड़ी है?'' दरोगा ने हिकारत से देखा।

''पाँच-सात बरस की होइए मगर गूँगी है। इशारन में अपनी महतारी चम्पा से सब बताइस रहा। ओहि के कहने पर हम खंडहर गए रहे वरना तो...''

“वह तो सब ठीक है मगर...” दरोग़ा का स्वर सुस्त था।

“सारी उम्र हमारा परिवार आपकी सेवा करिहै...बस रहम की दरख़्वास्त है आपसे हुजूर,” रहीम दरोग़ा के पैरों पर सर रखने लगा।

“देख रहिमवा, नाटक मत कर। बात क़ानून की है। क़ानून सबूत माँगता है। किसी को किसी के साथ खड़े या कहीं जाते देख अपराध नहीं साबित हो सकता है,” दरोग़ा ने कुछ झुँझलाकर कहा।

“मगर उन तीनों को उनके करे की सज़ा तो मिली का चाही न?” रहीम जैसे हठ करने लगा।

“वही तीन लड़के क्यों? कोई और भी तो यह काम कर सकता है।”

“जी सरकार?” चकरा गया रहीम।

“मैं ठीक कह रहा हूँ, समझने की कोशिश कर। शंका के बिना पर हम पुलिस वाले पकड़-धकड़ ज़ोर-ज़बरदस्ती कर सकते हैं, मगर सज़ा नहीं दिलवा सकते हैं...” दरोगा के स्वर में नरमी आ गई थी।

“मगर सरकार शंका कहाँ? यहाँ तो चम्पा की बिटिया उन तीनों के साथ चाँद को खंडहर की ओर जात देखिस है। ऐही बिना पर आप कुछ करो न।” रहीम जर्राह ने आदत के अनुसार चीर-फाड़ शुरू की।

“मानते हैं तेरी बात, मगर बिटिया गूँगी है। इशारे से क्या बोलेगी, कौन गूँगी गवाही को समझेगा? फिर उसने मौक़ा-ए-वारदात पर उन्हें मुँह काला करते तो देखा नहीं।” दरोग़ा ने इतना कह कर रहीम के कंधे पर हाथ रखा।

“अब का कहें सरकार, बड़ी आशा लेकर आए रहे,” रहीम टूट गया।

“हम मदद करना भी चाहें तो नहीं कर सकते हैं। बेबात दुश्मनी हो गई तो फिर रोज़ दंग़ा-फ़साद होगा। तेरा जीना मुश्किल हो जाएगा, उसे कौन बाद में सम्भालेगा? हमारी मज़बूरी समझ, कच्ची हँडिया में खाना नहीं पकता उल्लू के पट्ठे!” दरोग़ा ने अपने मन में चल रहे द्वंद्व को दबा फटकारती आवाज़ में कहा।

“तो फिर हम का करें?” रहीम जर्राह ने जैसे अपने चेहरे पर चाँटा मारा हो।

“कफ़न-दफ़न का इन्तज़ाम कर,” इतना कह दरोग़ा जी डंडा घुमाते घर से बाहर निकले और गुज़रते रिक्शे को हाथ दिखा उस पर बैठ गए। शहर में अमन रहे, मोहल्ले में शान्ति बनी रहे, इसके लिए उन्हें जल्दी से हवलदारों को मुस्तैद करना होगा।

रहीम जर्राह अकबकाया-सा उन्हें जाता देखता रहा। उसे महसूस हुआ जैसे उसके सारे बदन को किसी ने चाकू से गोद दिया हो।

•

सतघरवा

इतवार का दिन, जाड़े की दोपहर, खिली धूप में बग़ीचे की हरी-भरी घास पर चिंकू-मिंकू अपने दोस्तों के साथ खेल रहे थे। माली बड़ी तन्मयता से खुरपी चला रहा था। कुर्सी पर बैठी माताजी तेज़ी से मनके के दाने फिराती बहू-बेटे को जाते देख रही थीं। कार के फाटक से निकल जाने पर उन्होंने गहरा साँस छोड़ा। पुरानी याद ने मन को कचोटा, इसी तरह कभी वह घूमने-फिरने जाती थीं। विधवा हुईं तो बेटे, दामाद-बेटी ने कुछ दिनों हाथोंहाथ लिया फिर सब कुछ बदल गया। बहू ने आकर अपनी तरह घर सम्भाला और वह पुरानी चीज़ की तरह कोने में रख दी गईं। माताजी ने गर्दन घुमाई, पुरानी यादों को दिमाग़ से झटक वर्तमान पर नज़र डाली। पोता-पोती अपने संगी-साथी के साथ अब पेड़ के नीचे सर जोड़कर बैठे थे। उन्होंने मनकों के दाने तेज़ी से घुमाए।

कुछ दिनों से नीम पर लगे छत्ते को लेकर बच्चों के बीच कौतूहल था। मक्खी कैसे घर बनाती हैं, कैसे शहद जमा करती हैं, उन्होंने कोर्स की किताब में पढ़ रखा था और आज अपने दोस्तों को विशेष रूप से बुलाकर छत्ता दिखाया गया जिसमें एक शान झलक रही थी कि सबके बाग़ छोड़ मधुमक्खियों ने उनके बग़ीचे को चुना है। सभी प्रभावित दिख रहे थे। उनके मन-मस्तिष्क में छत्ते को लेकर अजीबोग़रीब कल्पना अपने पंख पसार रही थी। जिज्ञासा से भरी उनकी आँखें नीम की उस डाल पर अटक गई थीं जहाँ अंडाकार शक्ल का गुब्बारा लटक रहा था।

ढलती दोपहर का लाल गोला अब पेड़ों के झुरमुट के पीछे डूबने लगा था। हवा में बढ़ती ठंडक को देख माताजी छड़ी के सहारे पैर घसीटती अन्दर चली गई थीं। माली ने बच्चों की तरफ़ देखकर कहा, "अब सब बाबू लोग अन्दर जाओ, बादल आए रहे हैं।"

बच्चों ने गर्दन उठाकर देखा तो सचमुच सूरज के डूबते ही जाने कहाँ से बादल आ गए थे। जब तक वे उठते, टप-टप बूँदें गिरने लगीं। माली ने सर पर अँगोछा डाल माताजी की कुर्सी अन्दर पोर्टिको में रखी और उसी के साथ हँसते-खिलखिलाते बच्चे अपने घरों की तरफ़ भागे।

बाहर बारिश ख़ूब ज़ोरों से हो रही थी। हवा की ठंड में अब गीलापन घुल गया था जिससे गलन बढ़ गई थी। ऊपर से बिजली भी चली गई थी। बच्चे डरकर दादी के कमरे में जमा हो गए थे। गुल्लो ने मोमबत्ती जलाकर वहीं रख दी। चिंकू-मिंकू लिहाफ़ में घुसे दादी से कहानी सुनाने की ज़िद कर रहे थे। यह देख गुल्लो भी सब्ज़ी की टोकरी उठा कमरे में आ गई और मोमबत्ती की रोशनी में बथुवा की पत्तियाँ तोड़ने लगी।

"दादी, मुझे गिलहरी वाली कहानी सुननी है।" चिंकू ठुनकी।

"नहीं, मुझे चूहे वाली।" मिंकू मचला।

"कल ही तो चूहे वाली कहानी सुनी थी, तुम्हें याद नहीं? चूहा चने खा-खाकर इतना मोटा हो गया कि अपने बिल में घुस नहीं सका और तब बढ़ई के पास जाकर कहता है कि बढ़ई-बढ़ई कूल्हा छील, कूल्हा न बिल समाए, बिल बिना मैं जियूँ कैसे?" चिंकू ने कहानी संक्षिप्त कर सुना दी।

"दादी...दादी, और गिलहरी कैसे कहती है...गिल्लो न जाएगी...च...च...च, गिल्लो मर जाएगी च...च...च गिल्लो डर जाएगी। च....च...च तब राजा ने दो डंडे भेजे जिस पर चढ़ वह खुशी-खुशी महल पहुँची और बड़े पलँग को देखकर बोली, च...च...च गिल्लो इस बड़ी-सी छप्परखट पर नहीं सोएगी और राजा-रानी ने तब जूते के डिब्बे में उसे सुलाया और गिल्लो ख़ुशी-ख़ुशी वहाँ सो गई। आधी रात को जंगली बिल्ली आई और सारे पहरे के बाद भी वह गिल्लो बी को चट कर गई।" मिंकू ने दादी के अन्दाज़ में दोनों हाथों की हथेलियाँ बजाईं।

"तुम लोगों ने तो कहानी ख़ूब याद कर ली है।" दादी ने ठंडे पड़ते हाथों में दस्ताने फिर से जमाते हुए कहा। उन्हें दोनों बच्चों की चतुरता समझ में आ गई थी फिर भी वह ख़ामोश रहीं।

"दादी, आज बिल्कुल नई कहानी सुनेंगे।" दोनों बच्चे लिहाफ़ में उछल-कूद मचाने लगे।

"ठीक से, चुपचाप बैठो तो मैं एक कौव्वे की कहानी सुनाऊँगी।"

"सुनाओ दादी, जल्दी सुनाओ।" दोनों इतना कह दादी का मुँह ताकने लगे।

"एक था काला-कलूटा कौव्वा। जब सुबह सोकर उठा तो देखा पेड़ के नीचे गौरेया का बच्चा गिरा पड़ा है और जाड़े से काँप रहा है। कौव्वे ने अपनी आदत के अनुसार धीरे-धीरे डाल पर खिसककर चिड़िया के घोंसले में झाँका तो पता चला दोनों ग़ायब हैं। समझ गया कि चिड्डा, चिड़िया अपने बच्चों के लिए चुग्गा लेने दूर जंगल की तरफ़ गए हैं।" इतना कह दादी रुक गईं। दोनों बच्चों ने दादी के मुँह को ताका और क़रीब सरक गए।

"कौव्वे को भूख लगी थी। गौरैया का बच्चा उड़ नहीं सकता था। उसके बिना पंख वाले शरीर पर गुलाबी मांस देखकर कौव्वे के मुँह में पानी भर आया। पड़ोस

की बात थी। चाहता तो बच्चे को चोंच से उठाकर घोंसले में रख देता; मगर पड़ोसी का धर्म निभाना वह क्या जाने, उसके मन में तो खोट आ गया था और...''

''खोट क्या?''

''अरे बुराई आ गई और नीयत ख़राब हो गई।''

''नीयत क्या होती है दादी?''

''बीच में मत टोको? दादी फिर कहानी भूल जाती हैं।''

''और तुम जो बोलते हो?''

''लो, बिजली आ गई।'' गुल्लो चहककर बोली।

''लड़ो मत, कहानी सुनो...फिर भाई कौव्वा अभी सोकर उठा था। मुँह धोया नहीं था। सोचने लगा, पहले जाकर मंजन कर लूँ, मुँह धो लूँ फिर आकर गर्म-गर्म गौरैया के बच्चे को चबा-चबाकर स्वाद ले-लेकर खाऊँ। इतना सोचकर वह उड़ा और सीधे कुएँ की जगत पर पहुँचा। वहाँ कोई कुएँ से नहाने का पानी ले रहा था। कौव्वे ने कहा–ए भैया, हमको भी थोड़ा-सा पानी दे दो। उस आदमी ने पूछा–आखिर तुम्हें पानी क्यों चाहिए? कौव्वे ने मन की बात उसे कह सुनाई–

देव पनिल्ला
धोई टुटिल्ला
खाई चिड़ी का चेंचड़ा
मटकाई कल्ला।''

दादी के मुँह से कौव्वे की भाषा सुन चिंकू, मिंकू और गुल्लो हँसी से लोट गए। तभी दरवाज़े की घंटी बज उठी। कमरे में भगदड़ मच गई। दोनों बच्चे लिहाफ़ से उछलकर अपने कमरे की तरफ़ भागे। बारह साल की गुल्लो के चेहरे से हँसी ग़ायब हो गई। वह सब्ज़ी की टोकरी उठा सरपट रसोई की तरफ़ भागी और फिर फ्रॉक से हाथ पोंछती दरवाज़ा खोलने दौड़ी।

''देवी आज भी नहीं आई?'' मेमसाहब ने घर में घुसते हुए पूछा।

''नहीं जी, वह दो दिन बाद आएगी, अभी उसका बुख़ार गया नहीं।'' कहती गुल्लो रसोई की तरफ़ मुड़ी।

''बच्चों ने दूध पिया था?'' कहती हुई मेमसाहब बच्चों के कमरे की तरफ़ बढ़ीं। साहब के पीछे-पीछे ड्राइवर दुबे कमरे की तरफ़ जाकर साथ लाया सामान रख आया।

रात को जब चिंकू-मिंकू सोने लेटे तो उनके बीच मधुमक्खी का छत्ता ही बातों का विषय था कि इस समय मधुमक्खियाँ क्या कर रही होंगी। उन्होंने सपने में देखा कि वे छत्ते के अन्दर घूम रहे हैं जहाँ एक बहुत बड़े स्वीमिंग पूल में शहद भरा है, कुछ मक्खियाँ अपने मोम के बने कमरों में आराम कर रही हैं, कुछ शहद में

तैर रही हैं और कुछ...तभी अलार्म की घड़ी बज उठी। सपना टूट गया। स्कूल जाने के लिए उन्हें उठना पड़ा।

सुबह ऑफ़िस जाने के लिए साहब दूसरे ही मूड में घर से निकले थे। आज उनकी एक ऐसी मीटिंग थी जिसमें वह अध्यक्ष पद सम्भालने वाले थे और बड़ी चालाकी से अपने विरोधी को ध्वंस करने का कार्यक्रम मन-ही-मन बना चुके थे। खुशबू से बसा रूमाल चेहरे पर फिरा उन्होंने अलविदाई अन्दाज़ से बाय की मुद्रा में खड़ी मेमसाहब के उड़ते बालों को देखा और सीट पर बैठने के लिए मुड़े ही थे कि सारा बदन एकाएक झनझना उठा। होंठों पर रूमाल रख वह दर्द से दोहरे हो घर की तरफ़ भागे।

"क्या बात है साहब?" ड्राइवर दुबे ने अचकचाकर पूछा। तभी उसके कान पर जैसे किसी ने महीन-सी चुटकी काटी और दूसरे पल माथे पर सूई चुभी। उसे दिन में तारे नज़र आ गए। नज़र जो एकाएक नीम के पेड़ पर पड़ी जहाँ पक्के कटहल जैसा कुछ लटक रहा था। पीड़ा से भर आई आँखों को मिचमिचाया तो दूसरे पल वह बया का झोंझ जैसा नज़र आया। कुछ मक्खियाँ आसपास उड़ीं तो वह दर्द से तड़प कर चीख पड़ा।

"नीम पर शहद का छत्ता...साहब, आपको मधुमक्खियों ने काटा है।" कहता हुआ दुबे अन्दर की तरफ़ भागा।

"अब क्या होगा?" डॉक्टर को फोन मिलाती हुई मेमसाहब घबरा गईं।

"मैं तो तब से कह रही हूँ कि यह मधुमक्खी का काटा हुआ है। फ़ौरन लोहा छुआ दो ताकि जलन में आराम आ जाए बहू। मैं गुल्लो से प्याज़ का रस निकलवाती हूँ, उसके लगाते ही सूजन उतर जाएगी।" माताजी छड़ी उठा गठिया से जमे पैर घसीटती हुई रसोई की तरफ़ बढ़ीं। इस बार मेमसाहब उनकी बात अनसुनी नहीं कर पाईं और सैंडिलें बजाती पलभर में रसोई में पहुँच गईं।

साहब का पूरा मुँह फूल आया था। होंठ फूलकर लटक आए थे। माताजी मुड़ीं और बेटे के पास घिसटती हुई जाकर खड़ी हो गईं और प्यार से उनके सर पर हाथ फेर फूली जगहों पर डंक को ढूँढ़ने-सी लगीं। साहब ने उलझ कर उनका हाथ झटक दिया। वह आहत-सी वहीं बिछे दीवान पर डगमगाती-सी बैठ गईं।

"यह सब क्या है?" साहब ने आँखें खोल उलझ कर इधर-उधर मुँह घुमाया मगर मेमसाहब ने प्याज़ के रस से भीगी रूई उनके चेहरे पर लगाई।

"अरे दुबे, कोई छत्ता तोड़ने वाले को बुला ला। बच्चों का घर है।" माताजी ने कहा और कटोरी में बचे रस को उसकी तरफ़ बढ़ा इशारे से कहा कि तू भी लगा ले।

"माली को बुला लाता हूँ, उसी से कह दें आप।" एकाएक मेमसाहब के चेहरे

पर उभरी सख़्ती देख ड्राइवर बहाना बना वहाँ से नौ दो ग्यारह हो गया। माताजी का कटोरी उठाया हाथ फिर वापस लौट आया।

''गुल्लो, यह बर्तन यहाँ से ले जाओ।'' मेमसाहब की आवाज़ के साथ ही गुल्लो घबराई-सी आई और कटोरी उठाकर चल दी।

''डरेबर भय्या! यह सुखिया धोबी के छुटके लड़के की कारस्तानी है। भिंसारे ओही ढेला फेंककर गवा है।'' जमादारिन झाड़ू लगाना रोककर ड्राइवर से बोली।

''उस गुलैलबाज़ का आज दो कंटोप दे बै, आए दो ससुरे को।'' दुबे किचकिचा कर बोला और आगे बढ़कर माली को पुकारने लगा। माली को ख़बर पहले ही मिल चुकी थी। एक आवाज़ में भागा आया।

''तुम माली हो, पेड़ पर इतना बड़ा शहद का छत्ता लग गया और तुमने लग जाने दिया?'' मेमसाहब चिन्तित-सी स्वयं पोर्टिको में निकल आई थीं। माली उनकी चढ़ी तेवरी को देख मन-ही-मन कह उठा कि यह तो प्रकृति है उसमें हमारा क्या लेना-देना! फिर भी दम साधे खड़ा रहा।

''अब इसे फ़ौरन यहाँ से निकाल फेंको।'' उन्होंने हुक्म दिया।

''मुला, मेम जी, गाँव माँ तो पेड़ के नीचे आग बार देते थे। मधुमक्खियाँ धुआँ से उड़ जात रहीं और फिर छत्ता तोड़ लेते रहे। अब आप मालिक हैं, जैसा कहें।'' माली हाथ जोड़कर खड़ा हो गया जैसे कह रहा हो कि आप जब चाहें तो हमें भी निकाल सकती हैं।

''उड़ी हुई मक्खियाँ कहाँ जाएँगी? छुप कर बैठेंगी और फिर उलट कर हमें काटेंगी।'' चिढ़े स्वर में साहब अन्दर से चीखे।

''जी, रात में आग बारेंगे तो...'' माली ने हिम्मत करके धीरे से कहा।

''अरे किसी नट को पकड़ लाओ वह छत्ता तोड़ लेगा।'' माताजी ने कहा।

''देखते हैं साहब!'' माली इतना कह अँगोछा कंधे पर डाल तेज़ी से हाते से बाहर निकला।

''स्कूल से बच्चे आने से पहले छत्ता हट जाना चाहिए।'' मेमसाहब ने उसे जाते देखकर चेतावनी दी और अन्दर आकर कटे सेब की प्लेट साहब की तरफ़ बढ़ाई।

''नहीं...बिल्कुल नहीं।'' झुँझला पड़े साहब।

''बहुत महीन-महीन टुकड़े काटे हैं।'' मेमसाहब ने कटे बाल पीछे झटक बड़ी अदा से कहा।

''नहीं खाना है एक बार कह जो दिया।'' साहब से गुस्से से कहा और उठकर अन्दर बेडरूम की तरफ़ चल दिए। कोई और दिन होता तो वह बुख़ार की हालत में भी ऑफ़िस चले जाते, मगर इन फूले होंठ और गालों के साथ वहाँ जाकर विरोधी विचार वालों के मज़ाक का निशाना नहीं बनना चाहते हैं।

“डॉक्टर अभी तक नहीं पहुँचा!” पति की व्याकुलता देख झुँझलाई-सी मेमसाहब क्लीनिक फोन मिलाने लगी। किचन में जाकर कॉफ़ी बनाई और देवी को टमाटर का सूप बनाने को कह वह पति के पास पहुँची ताकि डॉक्टर के आने से पहले साहब का गुस्सा शान्त कर सके वरना ब्लडप्रेशर बढ़ने का डर है। शुगर पहले से हाई है।

दोपहर तक हंगामा शान्त हो गया और सब खा-पीकर आराम कर रहे थे। उस समय गुल्लो ने किचन की खिड़की से देखा कि एक काले रंग का जवान मर्द हाथ में बाल्टी लिए माली के साथ गेट से अन्दर दाख़िल हुआ और सीधा बाग़ की तरफ़ मुड़ गया। उत्सुकतावश वह भी पीछे का दरवाज़ा खोलकर बाहर निकली और घूमकर बग़ीचे की तरफ़ आई।

“सफ़ेद झिल्ली दिख रही है, छत्ता पक गया है। इसको जल्द ही घाड़ना है।” उस आदमी ने नीम के पेड़ के नीचे खड़े हो छत्ते को देखते हुए कहा।

माली ने उसका मुँह ताका, “तो फिर देर काहे की?”

“इतनी जल्दी भी काहे की है? छत्ता शहद से भरा है तो फिर अब्दुल ज़रूर निकालेगा वरना छोटी मक्खी के छत्ते को अब्दुल हाथ नहीं लगाता। दो-तीन पाव के लिए अब्दुल किसी का घर नहीं उजाड़ता, समझे!” कहता हुआ वह आदमी वहीं पेड़ के नीचे बैठ बीड़ी सुलगाने लगा।

“अब का सोचत हो तुम?” माली चिढ़कर बोला, जैसे कह रहा हो कि बीड़ी मत फूंको, उठो और काम चालू करो।

“अरे सोचत क्या हैं? अभी पूर्णिमा में देर है, अँधेरा पाक है, वरना तो यह अपना ही शहद अब तक खा जातीं और जो फूलों का मौसम न होता तो भूखे रहने पर अपना जमा किया मधु चाट जातीं और किसी को पता भी न चलता और जो समझो तुम्हारे बँगले में कबूतर होते तो कब का चोंच डाल-डालकर शहद पी जाते। अब अब्दुल का भाग्य था जो यहाँ आया। नीम के फूलों का शहद है। बहुत लाभदायक होता है। अब्दुल भी कितना मूर्ख है जो यह सब तुम्हें बता रहा है जैसे तुम कुछ जानते ही नहीं हो चाचा।” इतना कहकर अब्दुल हँसा और बाल्टी से थैला उठाया और उसमें से रस्सी, चाकू और नक़ाब निकालकर ज़मीन पर रखा।

“आग बारें?” माली ने ढलती धूप को देखकर पूछा।

“नहीं चाचा! अब्दुल को देख मक्खियाँ खुद उड़ जाती हैं। अरे, बाजू पर बँधी तावीज़ देख रहे हो? बड़े मौलवी साहब की दी हुई है।” अब्दुल ने बड़े विश्वास से कहा।

“बहुत बातूनी है रे तू!” माली खिसियाया-सा उसी के पास बैठ गया।

“अरे चाचा, जान जोखिम में डालें और चुप भी रहें यह कैसी मनाही है! सुनो हमारी भी कुछ चाचा! बहुत पहले मिट्टी की दीवार और पेड़ की खोखल में लगा

छत्ता तोड़ते थे। वह ठहरा भुसनू मक्खी का छत्ता, जिसका शहद देखने में एकदम काला होता है जैसे गुड़ या फिर सिरका। ऊपर पहाड़ में चट्टान पर जाकर कई बार छत्ता निकाला। एक बार सूरजमुखी मक्खी का छत्ता निकालना पड़ा था। बस पूछो न चाचा, जान पर खेल गए थे। रस्सी कमर से बाँध गहरी घाटी पर झूला झूल अब्दुल ने छत्ता काटा था। अब्दुल मधुपालन वाली भेरू भौकू मक्खियों के छत्ते पर विश्वास नहीं रखता। वह तो शक्कर और गुड़ के शीरे पर बिठाकर शहद निकलवा लेते हैं। अब्दुल तो कीकड़, बबूल, गुलाब, अंगूर और जंगली फूलों के रस पीने वाली मक्खियों का छत्ता तोड़ता है। जानते हो चाचा, छह-सात तरह की मक्खियाँ होती हैं। एक मच्छर के माफ़िक भी शहद की मक्खी होती है और एक डोमना, जिसको काला ततइया कहते हैं...''

''तू काहे इतना बोल रहा है? काम काहे नाहीं शुरू करत है? साफ़-साफ़ बोल काम करै का है तो कर वरना दूसर ढूँढ़ के लाएँ?'' माली अब हत्थे से उखड़ गया था।

''बात बहुत खरी कहता हूँ, बुरा लगे तो सौ जूता मारना चाचा। अब्दुल बिना पैसा तय किए काम हाथ में नहीं लेता है। अभी परसों ही भुसनू मक्खी का सतघरवा छत्ता एक हज़ार रुपया लेकर निकाला है। जानते तो हो न, वह किस अदा से घर बनाती है कँगूरेदार...ख़ैर उस हवेली के मालिक को सन्देह हो गया था कि सतघरवा छत्ता मनहूस होता है, घर उजाड़ता है। हमने भी मुँहमाँगी क़ीमत माँगी और मिली भी। यह पैसे वाले लोग बड़े अंधविश्वासी होते हैं।''

''होस में हो या नाहीं, हज़ार रुपया...? सपना देख रहे हो का?'' माली गुस्से से भिन्ना कर बोला।

''देखो चाचा, यह साहब लोग बहुत डरपोक होते हैं। हवा चले तो डरते हैं, पानी बरसे तो डरते हैं, कीड़ा काटे तो हाय-तौबा मचाते हैं। ये मन के छोटे और नज़र के तंग होते हैं। इसलिए पाँच सौ में मामला तय करा दो। आधा किलो शहद तुम ले लेना, तुम्हारी मुँहदेखी बात नहीं है चचा।'' अब्दुल ने धीरे से कहा और माली को आँख मारी।

''बहुत तेज़ है तू!'' माली गर्दन हिलाकर बोला।

''देखो चाचा, हममें हौसला है उससे उनका दुःख दूर होगा, उनके पास पैसा है उससे हमारा पेट भरेगा। फिर काम भी तो देखो कितना कठिन है।'' अब्दुल ने पैर फैला बड़े आराम से कहा।

''बहुत हरामी है तू!'' माली एकाएक झुँझला उठा।

''तो फिर अब्दुल चलता है!'' अब्दुल ने झट बाल्टी उठाई।

''ठहर तो खनखजूरे!'' कह कर माली बँगले की तरफ़ बढ़ा। तभी उसे पेड़ की आड़ में से झाँकती गुल्लो दिखी।

"देख गुल्लो, मेमसाहब जाग रही हों तो कह दे कि एक नट मिला है, पाँच सौ माँगत है। कहें तो रोकें वरना दूसर ढूँढ़ कर लाएँ।"

"हम नट नहीं, पठान हैं और हमारा नाम अब्दुल ख़ान है।" अब्दुल ने आगे बढ़कर कहा। गुल्लो ने उसकी आँखों को देखा जो उसके काले चेहरे पर मधुमक्खी की तरह फड़फड़ाती-सी लगीं। वह सहम गई।

"काला ततइया! तू यहीं ठहर।" माली ने अब्दुल को ज़ोर से डपटा।

"अब्दुल पाँच साल की उम्र से यही काम कर रहा है और अब वह पूरे पच्चीस साल का है, समझे चाचा? यानी के अब्दुल ने पूरे बीस साल यह काम किया है और इस छत्ते को अब्दुल के अलावा कोई नहीं निकाल सकता है। बहुत मुश्किल है इसको काटना। तुम खुद देखो तो कौन-सी डाल से लटका है, वहाँ केवल लंगूर पहुँच सकता है।" कहता अब्दुल पेड़ के तने से टेक लगाकर बैठ गया।

"अब एक शब्द आगे बोले तो सर पर लाठी मार सतघरवा की तरह ढाह देबै।" माली तैश में आकर बोला।

"जैसी तुम्हारी मर्ज़ी।" इतना कह अब्दुल टकटकी लगाकर बँगले के दरवाज़े की तरफ़ देखने लगा। कितने बड़े और शानदार घर में रहते हैं! जाने कौन-से करम का फल है जो ये लोग सुख भोग रहे हैं!

बहुत पहले एक बार उसने पेड़ के नीचे छत्ते के लिए आग जला कर धुआँ किया था। उसी समय तेज़ आँधी आ गई और जाने कैसे उड़ी चिंगारी दूर एक घर में जा गिरी। जब तक घर वाले होश में आते तब तक उसका अस्सी किलो गेहूँ, बीस किलो अरहर की दाल और घर जल गया। बस, जो बचा वह कच्ची दीवारें, एक भैंस और घर वाले थे। किसी को पता नहीं चला कि उसी की जलाई आग से किसान का घर जला है। किसान की औरत भाग्य को कोसती रही, किसान पूर्वजन्म के किए पाप को कोसता रहा, मगर उसकी आँखों ने सब कुछ देखा था। तब से वह आग और धुएँ के खेल से घबराने लगा था। मुँह पर नक़ाब लगा सीधे छत्ते को छुरे से काट लेता है। दो-चार मक्खियाँ लड़ जाती हैं उसे काट भी लेती हैं मगर मन में कोई दुःख नहीं रोपती हैं। आज तक अब्दुल उस आग की लपटों को भुला नहीं पाया है। इस पक्के आलीशान बँगले को देख उसका ज़हन भटक गया था। अनजाने में किए गए पाप की याद ताज़ा हो गई थी।

गुल्लो डरती-झिझकती-सी दरवाज़े के बाहर से मेमसाहब को पुकारने लगी। वह सोई नहीं थीं। पहली ही पुकार पर गाउन की बेल्ट बाँधती पर्दा हटाकर निकलीं, "क्या है?"

"माली कह रहा है कि वह आदमी छत्ता निकालने के पाँच सौ माँग रहा है।"

"ही इज़ आ सन ऑफ़ बिच। टेकिंग फ़ाइव हण्ड्रेड रुपीज़ फ़ॉर ब्लडी छत्ता?" साहब तड़पकर उठ बैठे।

''टेक इट इज़ी माई स्वीट हार्ट!'' मछली की तरह मचल कर मेमसाहब कमरे में लौटीं और साहब के कंधे पर हाथी रखती हुई बोलीं।

''यस...यस, व्हाई नाट...व्हाई नाट टेक इट इज़ी!'' वह साहब गुस्से में इतना कह कर चुप हो गए। मेमसाहब को लगा कि उनका ब्लड प्रेशर फिर बढ़ गया है।

''माली से कहना कि वह पाँच सौ माँग रहा है अगर सौ-पचास ज़्यादा भी माँगे तो हाँ कर दे और कहना कि काम जल्दी हो हर हालत में, बच्चों के स्कूल से आने से पहले ख़त्म हो जाना चाहिए।'' मेमसाहब गुल्लो को धीरे-धीरे हिदायत देने लगीं।

गुल्लो तेज़ी से घर के बाहर दौड़ी। माली को मेमसाहब की बातें कह वह किचन में जा चाय का पानी गैस पर रख फिर घर की सारी खिड़कियाँ-दरवाज़े डर के मारे बन्द करने लगी।

चाय पहुँचाकर गुल्लो किचन की जालीदार खिड़की से बाहर झाँकने लगी। उसका दिल ज़ोरों से धड़क रहा था। पूरे बदन पर ततइया के डंक चुभ रहे थे। उसने सोचा कि जब वह आदमी पेड़ से उतरेगा तो उसका सारा बदन जगह-जगह से फूला और चेहरा रामलीला के रावण जैसा भयानक लगेगा।

सूरज की किरणें ढीली होकर पत्तियों से छनने लगी थीं। माली मुँह पर अँगोछा लपेटे दूर बैठा था। चौकीदार से कह दिया गया था कि कुछ देर वह अन्दर किसी को आने न दे। सन्नाटे की तनी चादर के बीच एकाएक अब्दुल पेड़ से बाल्टी लिए उतरता दिखा। चेहरे से नक़ाब हटा वह मुँह पर आए पसीने को पोंछने लगा। उसके बाजुओं की मछलियाँ भी पसीने से भीगी चमक रही थीं। आँखों में विजय-भरा उल्लास और चेहरे पर सन्तोष था। गुल्लो ने सिहरकर ताका, मक्खियों का झुण्ड उड़कर जाने कहाँ गुम हो गया था और कहीं नज़र नहीं आ रहा था। अब्दुल बाल्टी उठाए पोर्टिको में आया और अँगोछे से गर्दन और बदन का पसीना पोंछता वहीं बैठ गया। वह गुल्लो को काली काठ की मूर्ति लग रहा था। आँखें सुनहरी मधुमक्खियों की तरह काले चेहरे पर उड़ती लग रही थीं।

''बाल्टी में क्या है?'' गुल्लो बाहर भाग कर आई और अब्दुल के पास जाकर बोली।

''देखेगी?'' अब्दुल हँसा और बाल्टी पर फैलाया कपड़ा हटाया। बाल्टी में शहद के ऊपर कुछ मुर्दा मधुमक्खियाँ थीं और गुड़ की बड़ी-सी भेली की तरह कुछ तैर रहा था।

''यह क्या है?'' गुल्लो ने उँगली दिखाई।

''छत्ता है, ले चूस,'' एक टुकड़ा तोड़ अब्दुल ने गुल्लो को दिया। गुल्लो ने झिझक कर उसे मुँह में रखा।

''खा मत लेना, वह मोम है।'' अब्दुल हँसा। गुल्लो ने शहद का स्वाद ले मोम का टुकड़ा मुँह से निकाला और ग़ौर से दखा।

''यही है मक्खी का घर, समझी! अब अन्दर जाकर कह कि अब्दुल आया है।''

''मोम का यह घर वापस वहीं लगा दोगे क्या?'' गुल्लो ने मोम को उँगलियों से दबाते हुए पूछा।

''नहीं रे। यह मोम मोची लोग जूते बनाने के लिए या फिर सूखे की बीमारी के लिए कोई डॉक्टर लेगा। अब तू जा बर्तन ले आ, एक-दो किलो शहद घर के लिए छान दूँ।'' अब्दुल ने कहा और करछुल से शहद हिलाया।

''पानी पिओगे? ठंडा-ठंडा?'' गुल्लो ने धीरे से पूछा। अब्दुल ने सिर हिलाया।

''ओह माई गॉड, सो डर्टी...हमें नहीं चाहिए।'' जाने कब मेमसाहब पर्स लिए बाहर निकल आई थीं। अब रुपये गिन कर अब्दुल को दे रही थीं। गुल्लो ने सहमी नज़रों से देखा और अब्दुल को ठण्डा पानी देना टाल गई।

''अम्मीजान! बर्तन तो मँगाएँ आप।'' अब्दुल ने रुपये थामते हुए कहा।

''व्हाट?'' अपने लिए ऐसा सम्बोधन सुन उनके तेवर पर बल पड़ गए।

''क्या हुआ बहू?'' पीछे से माताजी की आवाज़ आई।

''दादीजान सलाम! नीम का शहद है, आपकी आँखों के लिए बहुत फ़ायदेमंद होगा।'' सामने से आती माताजी को देखकर अब्दुल चहका।

''हाँ भाई। आजकल असली मधु कहाँ मिलता है! गुल्लो, स्टील का बड़ा भगौना लाना तो।'' कहती हुई माताजी पैर घसीटती आगे बढ़ीं और मेमसाहब उनके इस देहातीपन पर झुँझलाई खट-खट सैंडिलें बजाती अन्दर चली गईं।

''दादीजान, आप बहुत अच्छी हैं। आपके पैरों के नीचे जन्नत है और इस घर में बरकत है।'' अब्दुल एक साँस में सब कुछ कह गया। माताजी का मन पिछल गया। इस घर में उनकी इतनी उपेक्षा होती थी। आज ऐसी बातें सुनकर उनकी आँखें एकाएक भर आईं। गठिया से जकड़े घुटने खुलने लगे।

''हमारी भी एक दादी थीं। कभी आऊँगा तो उनके बारे में बताऊँगा। यह मत समझना दादीजान कि अब्दुल बेमुरव्वत है, तोताचश्म है। आज छत्ता निकालना था तो आया और कल सलाम को भी नहीं आएगा। जब इधर से गुज़रूँगा, आपको सलाम करने अब्दुल ज़रूर आएगा। आखिर यह रिज़्क तो अब्दुल को आपके घर से मिला है। उसको अब्दुल कैसे भूल सकता है!'' कहता हुआ अब्दुल शहद छानकर भरा भगौना गुल्लो को थमा बाल्टी लेकर चला गया। उधर मेमसाहब की पारा सातवें आसमान को छू रहा था कि इस घर में इन छोटे बेकार लोगों को जाने क्यों माताजी मुँह लगाती हैं।

स्कूल की बस से उतरकर चिंकू-मिंकू उछलते-कूदते अन्दर पहुँचे और रोज़ की तरह बग़ीचे में उत्साह-भरे नीम के पेड़ के नीचे पहुँच डाल पर लगे छत्ते को देखने गए, मगर वहाँ पहुँचकर दोनों धक् से रह गए। वहाँ छत्ता नहीं था।

"क्या मक्खियाँ ले गईं?"

"कहीं उनकी छत्ता गिरकर टूट तो नहीं गया?"

"माली...माली...माली...!"

"छत्ता कहाँ गया...बोलो न छत्ता कहाँ गया...हमारा छत्ता कहाँ गया?" माली के जवाब न देने से उनका भय आक्रोश में बदल गया। मिंकू वहीं बस्ता फेंक लॉन पर पसर गया और हाथ-पैर फेंक रोने लगा। चिंकू उसके पास चुपचाप उकड़ूँ बैठ ख़ाली डाल निहारने लगी।

"चिंकू, मिंकू–वहाँ क्या कर रहे हो? आओ, दूध ठण्डा हो रहा है।" मेमसाहब की आवाज़ गूँजी। उधर गुल्लो दोनों के चेहरों को किचन की खिड़की से देख रही थी। उसके चेहरे पर भी उदासी तैर गई।

"मम्मी! हमारा छत्ता माली ने जाने क्या किया?" चिंकू दौड़कर अन्दर गई।

"पहले तुम दूध पियो। और यह मिंकू कहाँ है?" मेमसाहब ने बात टाली।

"आप चलकर माली को डाँटें...चलिए।" चिंकू ने माँ का हाथ घसीटा।

"वह छत्ता मैंने निकलवा दिया।" मेमसाहब से सख़्ती से कहा।

"क्या? निकलवा दिया?" चिंकू तड़पी और रोती हुई बाहर भाई के पास भागी।

"निकलवा दिया मम्मी ने?" मिंकू का क्रोध आश्चर्य में बदल गया।

दोनों के मन में दुःख का बवंडर उठ रहा था। गुल्लो दबे पैर पीछे के दरवाज़े से निकली और पेड़ की आड़ में खड़े हो उसने धीरे-धीरे सारी बात कह सुनाई। दोनों घुटनों में सर रख फफककर रो पड़े। उनके मन में एक ही बात उमड़ रही थी कि ऐसा नहीं होना चाहिए था। दोनों ने दूध नहीं पिया और जब खाना खाने से भी दोनों ने इन्कार कर दिया तो साहब को उनके कमरे में आना पड़ा। सारी बात बताकर अपना चेहरा दिखाया। मगर दोनों का एक ही जवाब था–

"पापा, हमारी तरह उन्हें भी रहने का अधिकार था, आपने उनका घर क्यों तुड़वाया...क्यों?" बेटी रोए चली जा रही थी।

"मम्मी, अगर हमारा घर कोई तोड़ दे तो आपको अच्छा लगेगा?" बेटा क्रोधित था।

बहुत मनाने पर भी दोनों बच्चे किसी तरह खाना खाने पर राज़ी नहीं हुए। उनको घर के सब लोग 'बहुत क्रूअल' लग रहे थे। गुल्लो भी, जो उस छत्ते के शहद को शीशी में भर रही थी। दादी भी, जो उस शहद को सुरमे की तरह आँखों में लगा रही थीं। उनके बहुत बुलाने पर भी दोनों में से कोई उनके पास कहानी सुनने नहीं गया।

रात को मेमसाहब ने चेहरे पर क्रीम मलते हुए अपनी चिन्ता साहब के साथ बाँटी और जब साहब ने कोई जवाब नहीं दिया तो वह बिस्तर पर चुपचाप लेट गईं। अँधेरे में उनकी खुली आँखों के सामने दोनों बच्चों के आँसुओं से भीगे चेहरे उभर रहे थे। एक छत्ते के लिए इतना भावुक होना? यह भावुकता उन्हें भविष्य में कमज़ोर बनाएगी। वह कभी उन्नति नहीं कर पाएँगे, कभी आगे बढ़ नहीं पाएँगे। वह भी इस उम्र में तितली के पंख टूटने पर बहुत रोई थीं तब उनके पिता ने उनके गाल पर दो चाँटे जड़े थे। आँसू रुक गए थे। वह होमवर्क करने बैठ गई थीं। इस घर में उनकी चलती कहाँ है? बच्चों पर अनुशासन के चलते डाँट-फटकार भी दादी सह नहीं पातीं और उनके बेटे...वह तो अपनी माँ का अवतार हैं, मुझे ही इन्हें सम्भालना होगा।

शहद के छत्ते और मधुमक्खी के उपद्रव को सब भूल गए, मगर दादी उस शहद वाले को नहीं भूल पाईं। उसके लहजे की मिठास, उसका भोलापन उन्हें याद दिलाता कि वह कभी एक महत्त्वपूर्ण व्यक्ति थीं, अन्नपूर्णा और गृहस्थी की शोभा थीं। उनकी देखरेख में ही यह घर पनपा और उन्हीं के लगाए वृक्षों की छाया ही तो है जो आज इतनी घनी, सुखद और आरामदेह है, जिसका सारा श्रेय बहू आज अपने सर ले बैठी है।

कई महीने बीत गए। फिर बरसात आई और चली गई। गर्मी आई। अब जाड़ा भी अपना तेवर दिखा विदाई के अन्दाज़ में तिरछा खड़ा था। ऐसी ही एक दोपहर को माताजी बग़ीचे में बैठी टूटे मनके के दानों को गूँथ रही थीं कि एकाएक उनके कानों में आवाज़ गूँजी–

"दादीजान, सलाम!"

"सलाम, कब आए?" माताजी चहक पड़ीं।

"बस कल ही हिमाचल के जंगलों से लौटा हूँ।"

"वहाँ क्या करने गया था? बैठ न, खड़ा क्यों है?" माताजी दुलार से बोलीं।

"दादीजान, सूरज ओट में जा रहा है, अगर आप कहें तो मैं नमाज़ पढ़ लूँ। फिर आपसे बात करूँगा।" कहता हुआ अब्दुल कुछ दूर पर बाल्टी और झोला रख एक बड़ी-सी सूती तौलिया बिछा उस पर नमाज़ पढ़ने लगा। नमाज़ पढ़ चुका तो माताजी के पैरों के पास पालथी मारकर बैठ गया।

"और दादीजान, आप कैसी हैं? सोच रही होंगी कि अब्दुल भूल गया होगा? अच्छा दादीजान, आपके लिए मैं अंगूर का शहद लाया हूँ। जानती हैं, अंगूर के बाग़ में जब छत्ता तोड़ा था तो बस आपका ख़याल मन में था। एक बोतल बचाकर रख लिया था।" अब्दुल ने झोले से रूहअफ़ज़ा की बोतल को निकाला जिसमें सुनहरे रंग का शहद भरा था।

"बहुत महँगा होगा रे? कितने की बोतल है?" दादी को अपने हलके बटुवे का ख़याल आया जिसमें दस-बीस रुपये पड़े थे।

"दादीजान! यह तो अब्दुल की ओर से अपनी दादीजान को उपहार है, क़ीमत जानकर क्या करेंगी? आपकी दुआ साथ रही तो अब्दुल जाने कितनी बोतल बेच लेगा।" अब्दुल की बात सुनकर दादी का चेहरा ओस की नमी से भीग उठा।

"दादीजान! एक प्याली चाय पिलवा दो, आज अब्दुल बहुत थक गया है।" अब्दुल ने कुछ सुस्त स्वर में कहा।

"पहले बता, तू जंगल की तरफ़ क्यों गया था रे?" माताजी ने पूछा।

"लकड़ियाँ बीनने।" अब्दुल ने कहा।

"तू लकड़सुंघा है क्या?" माताजी हँसी।

"मज़ाक करती हैं दादीजान आप तो। अरे मैं वहाँ टेढ़ी-मेढ़ी लकड़ी चुनने जाता हूँ। यह बड़े लोगों का शौक है न। उसको रँगकर कमरे में सजाते हैं। अपने दोस्त हैं त्रिवेदी जी, वह फ़ॉरेस्ट आफिसर हैं। कहते हैं, अब्दुल, तू पूरा बन्दर है। यदि पढ़ा-लिखा होता तो मैं तुझे सरकारी नौकरी में दाख़िल कर लेता। उनका प्यार देखकर अब्दुल हँस देता है। अब उनसे कह भी नहीं सकता हूँ कि साहब, खुली हवा को आज तक कोई बाँध पाया है? तो अब्दुल कैसे बँध पाएगा?"

"वह तो सब ठीक है। मगर बेटा, आदमी के तन में पेट नाम की वस्तु भी है।" माताजी बोलीं।

"जानता हूँ दादीजान, मेरा बड़ा कुटुंब है, सबको रोटी खिलाना है। फिर एक छत्ता तोड़ने में एक महीने की पगार के बराबर आमदनी उसी से हो जाती है। अब तो बस दादीजान, आपका अब्दुल बाकी ज़िन्दगी खानाबदोश बनकर गुज़ार देगा।" अब्दुल ने ठण्डी साँस भरी।

"गुल्लो, ज़रा मेरे कमरे से कुछ नमकीन खाने को ला दे। अगर आटा बचा हो तो झटपट एक पराठा सेंक दे और चाय बना दे।" माताजी ने गुल्लो को पुकारकर कहा। अब्दुल बग़ीचे के कोने में लगे नल से हाथ-मुँह धो आया।

"लो, साहब जी आ गए।" कार का हॉर्न सुनकर अब्दुल चौंका और तेज़ क़दमों से अहाते के फाटक के पास जाकर हाथ जोड़कर खड़ा हो गया।

"साहब को अब्दुल का सलाम।"

कार के भीतर से साहब ने उसको उचटती नज़रों से देखा। कार पोर्टिको में जाकर रुकी। वह नीचे उतरे। मुड़कर देखा, अब्दुल माँ के पैरों के पास बैठा है। उनका माथा गर्म हो गया। अन्दर पहुँचते ही उन्होंने मेमसाहब की स्वागत मुस्कान का उत्तर तेवरी के बल से दिया–

"यह कौन आदमी माँ के पास बैठा है?"

"पता नहीं डार्लिंग।" मेमसाहब का अँगड़ाई में उठा हाथ बीच में थम गया और माथा भी इस सूचना से फिर गया। वह तेज़ी से पलँग से नीचे उतरीं।

"गुल्लो!...!"

“आई जी।” गुल्लो मेमसाहब के स्वर का ताप सुनते ही बग़ीचे से भागी।

“कौन आया है बाहर?”

“वह...अब्दुल, वही शहद वाला जी।”

“क्यों आया है यहाँ?”

“जी, माताजी के लिए अंगूर का शहद लाया है।”

“चौकीदार को कहो अगली बार इस आदमी को बँगले के अन्दर न घुसने दे। यदि मैंने देखा तो वह नौकरी से डिसमिस।” गले की टाई खोलते हुए साहब ने फ़ैसला सुनाया।

‘इसको सबक़ सिखाना पड़ेगा।’ मेमसाहब ने मन-ही-मन प्रण लिया।

उधर सारी कुंठाओं से मुक्त माताजी और अब्दुल बातें कर रहे थे। अचार-पराठा, नमकीन और मीठी चाय पीकर अब्दुल अपनी कहानी सुनाने में मगन था।

“आपका साया सर पर रहे दादीजान तो अब्दुल को कोई चिन्ता नहीं है। अब्दुल तो दुःख का बेटा है। पाँच साल का था। भूख से इधर-उधर फिर रहा था। सोचा, पेड़ पर फल होगा तोड़कर खाऊँगा। इस ख़याल से जंगल की तरफ़ गया और फेंका ढेला। मक्खी के छत्ते में जा लगा। मक्खियों ने मुझे काट खाया। घर आया तो दादी को बताया। आपको तो यह बताना भूल गया कि मेरे अब्बाजान कपड़े बेचते थे। उन्हें किसी ने लड़ाई में चाकू भोंक दिया था। उनके मरने के बाद घर में फ़ाका था। माँ बीमार और दो माह की बहन भूख से हरदम रोती थी।”

“अब सब कहाँ हैं?” माताजी ने पूछा, जिसे अब्दुल सुन नहीं पाया।

“दादी ने मेरे आँसू पोंछे। डंक निकाल मुझसे कहा कि मुझे वहाँ ले चल बेटे जहाँ इन मक्खियों ने तुझे काटा था। दोनों दादी-पोते ने वहीं छत्ता तोड़ा। थोड़ा शहद बेचा, उससे आटा ख़रीदा। फिर रोटी-शहद से हमारा फ़ाका टूटा और बहन की चूसनी शहद से भरी। तब से अब्दुल ख़ान नटों वाला धंधा अपना बैठा। बिरादरी वालों ने टाट बाहर कर दिया। कुछ दिन बाद दादी चल बसीं। माँ को पुराना तपेदिक था। बहन को ब्याह दिया था मगर वह जल्दी विधवा हो गई। अब पूरे छह लोगों का परिवार है दादीजान आपकी दुआ से। कभी-कभी अब्दुल बहुत दुखी होता है कि वह पढ़ नहीं पाया। मगर अपनी बहन के बच्चों को अब्दुल पढ़ा रहा है।” अब्दुल का चेहरा एकाएक आशा की आभा से जल उठा जैसे काली रात में सूरज की लाली घुल गई हो।

“तूने ब्याह नहीं रचाया?”

“अब यह काम तो बुज़ुर्गों का है। हमने अपना काम कर दिया। ब्याह दिया बहन को। अब आप लोग बड़े हैं। जैसा सोचेंगे, अब्दुल इन्कार करेगा क्या?”

अब्दुल के इस तरह जवाब देने से माताजी का मन पिघल गया। दिल चाहा

कि कहीं से प्यारी-सी दुल्हन अब्दुल के लिए ढूँढ़ लाएँ और सुहाग का गीत गा धूमधाम से उसका ब्याह रचाएँ। उनके मन में उछलता वात्सल्य बाँध तोड़ने लगा।

''अच्छा दादीजान, अब्दुल अब चलता है। एक-दो घरों में शहद बेचकर शाहजहाँपुर लौट जाऊँगा। घर पर माँ का इलाज चल रहा है। ख़बर मिली है उनकी हालत ठीक नहीं है। अच्छा दादीजान, चलता हूँ। आप रोज़ शहद खाना न भूलें। बड़ा फ़ायदे का है यह अंगूर का शहद।'' इतना कहकर अब्दुल ने बाल्टी उठा ली, झोला कंधे पर डाल दिया और चल दिया।

''ठीक है बेटा, जल्दी आना।'' माताजी का स्वर गूँजा और वह जाने क्यों उदास हो गईं। इस बड़े बँगले में नौकर-चाकर, बेटे-बहू, पोता-पोती के बीच मीठे बोल सुनने और अपनी बात कहने को तरसती माताजी को जाता अब्दुल बहुत भला लगा।

पिछले कुछ दिनों से शहर में तनाव था। दिमाग बँट चुके थे। एक दल का विचार था कि जब बंटवारा हो गया है फिर वहीं जाओ। रोज़-रोज़ की खिट-खिट से तो अच्छा है। दूसरे दल का ख़याल था कि क्यों जाएँ अपना वतन छोड़कर? अगर जाना होता तो तभी न चले जाते! शहर की यह हालत देखकर साहब ने घर के दरवाज़े पर शटर लगवा लिया था ताकि बँगले के अहाते में यदि कोई घुस भी आए तो घर में दाख़िल न हो सके। लड़की बड़ी हो रही थी।

ऐसे ही माहौल में तेज़ बारिश के दिनों में एक शाम अब्दुल आ गया। चौकीदार के लाख मना करने पर भी उसकी एक ही ज़िद थी कि दादीजान से कुछ कहना है। मुझे अन्दर न जाने दो पर कम-से-कम दादीजान को खबर ही कर दो कि अब्दुल आया है।

थक कर चौकीदार ने अन्दर मेमसाहब को इत्तला दे दी।

खाने की मेज़ से जूठे बर्तन उठाती गुल्लो मेमसाहब की तेज़-तेज़ बातों को सुनकर चौंक उठी। उसके बदन में एकसाथ हज़ारों डंक चुभ गए। वह तेज़ी से माताजी के कमरे की तरफ बढ़ी फिर ठिठककर मुड़ी और सर पर बोरा डाल पिछले दरवाज़े को खोलकर गिरती बारिश की परवाह गिए बग़ैर बँगले के अहाते के दरवाज़े की तरफ़ भागी।

''गुल्लो...गुल्लो...अभी तो यहीं थी, एकाएक किधर चली गई?'' मेमसाहब की झुँझलाई आवाज़ गूँजी।

गुल्लो के आगे बढ़ते क़दम कीचड़ में धँस गए। आगे जाए या पीछे मुड़े? उसका नन्हा-सा दिल धड़-धड़ कर उठा। मेमसाहब की बड़ी-बड़ी गुस्से में उबली आँखें और झन्नाटेदार चाँटे की याद से उसके भय से जमे बदन में एक झुरझुरी-सी दौड़ी और वह सरपट बँगले की तरफ़ मुड़ रसोई के दरवाज़े से अन्दर दाखिल हुई।

सर से भीगा बोरा, फ्रॉक से पानी की बूँदों को झाड़ती वह भागती-सी बैठक की तरफ़ जाकर बोली, "जी मेमसाहब!"

"कहाँ मर गई थी? गर्म पानी थरमस में भरा नहीं?" मेमसाहब बोलीं।

"अभी लाई," कहती हुई गुल्लो मुड़ी।

"पैरों में कीचड़? बाहर गई थी इस बारिश में? भला क्यों?" मेमसाहब के दिमाग़ में अलार्म घंटी बजने लगी। घबरा कर गुल्लो ने पैरों को देखा। फ़र्श गन्दा हो चुका था। गुल्लो बौखला-सी गई और एकाएक उसके मुख से निकाला, "वह...वह किचन में एक बड़ा मेढ़क घुस आया था, उसे बाहर फेंकने..."

मेमसाहब ने उसे घूरा और बजते फोन को उठाने आगे बढ़ीं।

बारिश से भीगी सड़क पर फिसलती पुलिस चौकी से आई जीप अब्दुल को पकड़ कर ले गई। उसकी जामातलाशी ली गई। फिर बँगले में फोन किया गया;

"वह अब्दुल नाम का आदमी हमने पकड़ लिया है। उसके पास तो सिर्फ़ शाहजहाँपुर के बस का टिकट और बीस का नोट मिला है। चाकू रस्सी यह सब तो कुछ है नहीं। और फिर मैडम वह बँगले के अन्दर नहीं बाहर हमें मिला इसलिए भी..."

"यदि आप उसे लॉक-अप में नहीं रख सकते हैं तो मैं एस.पी. को फोन मिलाती हूँ।" मेमसाहब बिफर गईं।

"मैडम, आप हमारी बात समझें, आख़िर हम किस जुर्म में उसे पकड़ें? वह कह रहा है कि आपकी माताजी से मिलने गया था। शहद निकालना उसका धंधा है, वह आपके बँगले पर पहले भी आता रहा है। अपनी माँ के देहान्त की सूचना माताजी को देने गया था।" इंस्पेक्टर ने रोष दबाते हुए बड़े संयत शब्दों में कहा।

"आप भी उसकी बातों में आ गए हैं? साहब घर पर नहीं हैं और मैं अकेली ...आप समझते क्यों नहीं हैं कि ये लोग कितने गन्दे और घटिया होते हैं, इनकी नीयत कभी साफ़ नहीं होती है। यह ज़रूर चोरी या क़त्ल के इरादे से आया था, अब बातें बना रहा है।"

"मैडम, आप एस.पी. साहब से बात कर लें। वह जैसा ऑर्डर देंगे, हम वैसा करें देंगे।" इंस्पेक्टर ने तंग आकर कहा।

कुछ देर बाद कोतवाली में एस.पी. साहब का फोन घनघना उठा कि "उस शहद वाले को इस शर्त पर छोड़ दो कि वह फिर कभी इस शहर का रुख़ नहीं करेगा। यदि देखा गया तो सीधे हवालात में बन्द कर दिया जाएगा।"

"यस सर!" कोतवाली इंचार्ज ने कहा और हवलदार को इशारा किया।

"इन बड़े लोगों की बातें कभी-कभी समझ में नहीं आती हैं।" सब इंस्पेक्टर ने धीरे से कहा।

"इन बँगलों में भी अपराधी रहते हैं, इसका विश्वास कौन करेगा!" इतना कह कर कोतवाली इंचार्ज अब्दुल को बुलाकर उससे बातें करने लगा। अब्दुल के चेहरे पर अविश्वास के कई साये गुज़र गए। आँखों में गीलापन उभरा, मगर दूसरे पल जलती आँखों ने उसे सोख लिया।

"साहब, अब अब्दुल को आप इस शहर में नहीं देखेंगे। जब अब्दुल यह धंधा ही नहीं करेगा तो फिर इधर किसलिए आएगा? अब्दुल वचन का पक्का है, आख़िर है तो पठान का बच्चा।" इतना कह थके क़दमों से अब्दुल थाने से बाहर निकला। बारिश की झड़ी तेज़ थी। बारिश से बचने के लिए अब्दुल थाने के सामने घने पेड़ के नीचे जाकर अनमना-सा बैठ गया। अब न कोई बस थी, न ट्रेन का समय था और कल माँ का तीजा था।

•

काला सूरज

रोज़ रात को राहब मोआसा एक ही सपना देखती कि उसके देश यूथोपिया की सारी ज़मीन हरी-हरी घास से भर गई है। खेत-खलिहान अनाज से और घने सायेदार दरख़्त फलों से लद गए हैं। रिमझिम बारिश हो रही है। बच्चे पानी से भरे गड्ढों में खेल रहे हैं और वह गोद में गदबदा-सा बच्चा लिए उसे दूध पिला रही है। चूल्हे पर उबलती हाँड़ी भाप उड़ाती खदबद-खदबद पक रही है। उसका लम्बा-चौड़ा शौहर कसरती बदन के साथ घर में दाख़िल होता है और वह उठकर उसके आगे खाने की रकाबी रख उसमें गर्म-गर्म खाना परोसती है। तभी बड़े बेटे ने छोटे की पिटाई कर दी और वह उन्हें धमकाने उठती है और चौखट से टकराकर फ़र्श पर माथे के बल गिर पड़ती है। उसके मुँह से चीख़ बुलन्द होती है और फटाक् से आँखें खुल जाती हैं।

राहब रो नहीं पाती है, क्योंकि उसके बदन में पानी बचा ही नहीं है तो आँसू निकलें कहाँ से? वह फटी ज़मीन की तरह सूखी सिसकियाँ टुकड़ों में भरती है, फिर अपने सूखे लटके सीने को, जो उसके बच्चे के लिए सिर्फ़ एक भावनात्मक छलावा है, देखती हुई बेटे के मुँह से मक्खी हटाती हुई सोचती है कि चार बच्चे मर गए, कल यह भी मर जाएगा, इसे मैं बचा नहीं सकती हूँ। मेरे पास सिर्फ़ सपने का सुख बचा है, जो मैं इसको सुना सकती हूँ, मगर छः मास का बच्चा क्या सपना सुनकर हँसेगा? उसको क्या पता दूध, पानी, अनाज, बारिश, हँसी और खाने की धीमी आँच पर पकना किसे कहते हैं? उसे तो भूख का अनुभव है, अकाल की प्यास का तजुर्बा है जिसको वह बयान नहीं कर सकता है, मगर उसकी यह आँखें...? क्या पूछती हैं?

रसद की गाड़ी पहुँच गई। गिरते-पड़ते बच्चे, औरतें, बूढ़े, जवान अपनी रकाबियाँ लेकर दौड़ रहे हैं और राहब मोआसा को लगता है कि यह भीख हम सबको क्यों खानी पड़ती है? क्या कभी हमारा समय नहीं बदलेगा? ये कौन लोग हैं? ये कहाँ से लाते हैं हमारे लिए यह सब? क्या यह इस ज़मीन को पानी से भिगो नहीं सकते हैं? इस पर फल, फूल, अनाज नहीं उगा सकते हैं? ये क्यों हमें सिर्फ़ खाना देते हैं? क्या हमें वह प्यारा सपना नहीं दे सकते हैं?

राहब मोआसा अपनी भरी रकाबी लेकर लौटती है। माँ अपने साथ बेटे के पेट की आग बुझाती है। बस्ती में थोड़ी देर के लिए सन्नाटा छा जाता है। भूखे पेट में अनाज ने जाकर सबके बदन में जैसे सुस्ती ला दी और उनकी आँखों में नींद का खुमार छा गया। चटखीली धूप छितर गई और तपिश बढ़ गई। राहब ने सोते बच्चे को ज़मीन पर लिटाया और बाहर निकली। रसद-गाड़ियाँ धूल उड़ाती जा रही थीं। वह लौट आई और सोचने लगी कि ये खाना बाँटनेवाले सदा सफ़ेद क्यों होते हैं? यह सूरज भी सफ़ेद चमकीला है। क्या इनकी सफ़ेदी का आपसी रिश्ता बहुत मज़बूत है जो इनके पास सब कुछ है?

उदास-सी राहब अपने चारों तरफ़ देखती है। इन औरतों ने अट्ठारह-अट्ठारह, बीस-बीस बच्चे जने मगर अब इनकी गोदें ख़ाली हैं। शायद ऊपर वाले का भी रंग गोरा हो तभी तो उसने चाँद, तारे, सूरज—सबको सफ़ेद बनाया। जो भी काम-धाम होता है, वह दिन में, रोशनी में चहल-पहल होती है। रात काली, ख़ामोश और मौत की बहन नींद को संग लेकर आती है। यह काला रंग सदा शोक और बदक़िस्मती का निशान क्यों है?

राहब उठकर बैठती है। बेटे के चेहरे पर बैठी मक्खियाँ हिलाती है। सोचती है, यह भी कोई काम हुआ? सारा दिन हाथ पर हाथ रखे निकल जाता है। न धोना-पछोड़ना, न पकाना-खाना, न झाड़ू-बुहारू—कुछ भी नहीं। सिर्फ़ एक-दूसरे के खटाई होते चेहरे को देखने और दरार पड़ती सूखी ज़मीन को तकने के... अगर खुदा काला होता तो...? यह सूरज...यह सूरज तब काला होता...। क्या तब भी यह यूँ ही चमकता? काली चीज़ चमक सकती है? सफ़ेद आसमान पर तब काले चमकते तारे कैसे लगते?

एकाएक बेटे के चेहरे पर उसकी नज़र पड़ गई। एक सूखी घुटी रुलाई टुकड़ों में हड्डीले सीने में घुमड़ी और उसने लपककर सोते बच्चे को सीने से लगा लिया। बच्चे ने घबराकर आँखें खोल माँ को देखा। उसके चेहरे पर मासूम हँसी कौंधी जो इतनी अनजानी थी कि माँ बेटे के डरावने चेहरे से सहम गई। बच्चे ने सूखे सीने में अपना मुँह गाड़ दिया। राहब की साँस तेज़ चलने लगी। उसने बेटे के मुँह को चूमना शुरू कर दिया।

रात घिर आई। खुले आसमान पर बड़ा-सा चाँद टँग गया। अपने-अपने बच्चों को समेट सब अपने खोल में छुपने लगे। राहब को भी ठण्डी मंद हवा के चलने से नींद आ गई। उसने देखा, पूरा यूथोपिया हरे-हरे पेड़ों से ढक गया है। हर जगह चहल-पहल है, दुकानें सामान से भरी हैं और घर पकवानों से । हर एक की ज़बान पर खुशी का तराना है। उसके सामने एक ऊँचे क़द का जवान खड़ा हाथ हिला-हिलाकर कुछ कह रहा है। उसको घेरे भीड़ उसकी बातों पर ताली बजा रही है और धीरे-धीरे उस लड़के का चेहरा उसके बेटे से मिलने लगा। उसकी आँखों में खुशी के आँसू

भर आए। उसका बेटा जवान हो गया है। उसका चेहरा कैसा चमक रहा है, जैसे... जैसे काला सूरज हो।

चारों तरफ़ से 'काला सूरज ज़िन्दाबाद' के नारे लगने लगे। ख़ुशी में दीवानी राहब बेटे को गले लगाने आगे बढ़ी। दोनों हाथ फैलाकर उसने जवान बेटे को सीने से लगाया और कसके उसे बाँहों में भींचा। चारों तरफ़ से एक शोर बुलन्द हुआ और वह बेटे के साथ खड़ी उपहार में दिए फूलों को सम्भालती आगे बढ़ने लगी। तभी किसी ने उसे धक्का दिया और फूल हाथ से गिर गए। उसकी आँखें खुल गईं।

उसे घेरे सारे मर्द-औरत खड़े थे। उसकी बाँहों में छः मास का लड़का बेदम चिपका था। उसने हैरत से सबका मुँह ताका। सपना और सच उसे गड्डमड्ड लगा। उसके हाथों की जकड़न से बच्चे को आज़ाद करके एक अधेड़ औरत ने उसे ज़मीन पर लिटाया और उसकी नाक के पास हाथ लगाया, किसी और ने राहब को झँझोड़ा। राहब ने उस औरत का हाथ ज़ोर से झटका और झुककर बेटे का माथा चूमा और बुदबुदाई—''काला सूरज...मेरा काला सूरज...एक दिन सबकुछ बदल डालेगा...मैंने सपना देखा है...सपना।''

भीड़ छँटने लगी। राहब की गोद सूनी हो गई। ठीक उस धरती की तरह बंजर, जिसने बीज क़बूल करना और अखुवा फोड़ने बन्द कर दिए हों, मगर उसने सपना देखना बन्द नहीं किया। हर रात वही एक सपना देखती है। ख़ुश होती है और ऊँचे क़हक़हे लगाती है। औरतें उसे देखकर दुखी हो कहती हैं कि राहब पागल हो गई है, मगर राहब ने सबकुछ खोकर वह सपना अपना बना लिया है।

•

मिस्टर ब्राउनी

"हलो मिस्टर ब्राउनी! यू वाण्ट किटि कैट?" गली में कारों के बीच प्लास्टिक फुटबॉल खेलते बच्चे एकाएक भूरेलाल को देखकर रुक गए और रोज़ की तरह चिल्लाए। भूरेलाल ने एक मुस्कराहट दिल-ही-दिल में कुढ़ने के बावजूद बच्चों की तरफ़ फेंकी और आगे बढ़ गए। रात के नौ बज रहे थे, मगर सूरज अभी भी चमक रहा था। यह तजुर्बा भी उन्हें नया-नया जब पहली बार लन्दन आने पर हुआ था तो वह कई रात बिस्तर पर करवटें बदलते रहे। ग्यारह से बारह बजे, मगर नींद कहाँ आँखों में? वह तो घुप अँधेरे की आदी थे। फिर किसी ने बताया, आँखों पर पट्टी बाँधकर लेटा कर। ज़ोर पड़ने पर नींद ख़ुद ही आ जाएगी।

कश्मीरी होटल में आज भीड़ कम थी। भूरेलाल कोने वाली मेज़ पर जाकर बैठ गए। अभी वह ठीक से अपने को सम्भाल भी नहीं पाए थे कि पीछे से एक शरारत-भरी आवाज़ आई, "बैठो मियाँ! खाओ-पियो। अभी तो कश्मीर तुम्हारा है..."

"देखिए साहिबान, मैं आप लोगों से कई बार गुज़ारिश कर चुका हूँ और मजबूर होकर यह तख़्तियाँ बड़े-बड़े हरुफ़ में लिखकर टाँग भी दी हैं कि यहाँ सियासी बातें करना मना है।" काउण्टर पर खड़े रेस्तराँ के मालिक ख़ुशीजान ने बीच-बचाव के अन्दाज़ में कहा।

"भाईजान! मैंने तो किसी से कुछ कहा नहीं?" पठानी सूट पहने व्यक्ति ने ताज्जुब से कहा।

"देखिए, यहाँ न हम हिन्दुस्तानी हैं न पाकिस्तानी। मैं कश्मीर से हूँ ज़रूर, मगर अब स्कॉटिश बन गया हूँ। सेकण्ड सिटिज़न। यहाँ हूँ तो क्या? इज़्ज़त से कमा-खा तो रहा हूँ। मेहरबानी करके मुझे कमाने-खाने दीजिए।" ख़ुशीजान ने उनके आगे हाथ जोड़ते हुए कहा।

"यह तो जनाब, वही बात हुई कि यहाँ आकर मुँह चलाइए मगर ज़बान बन्द रखिए। यह भी कोई बात हुई?" दूसरा पठानी सूट वाला चिढ़कर बोला।

"जो भी बोलें आप आज़ाद हैं, मगर सियासी बातों की यहाँ मनाही है।" ख़ुशीजान ने फ़ैसला सुनाया।

“वाह, क्या ख़ूब! पैसा देकर हम खाते हैं जनाब! अपनी मर्ज़ी के मुताबिक़ बात भी करेंगे। हमारी ज़बान पर रोक लगाने वाले आप कौन हैं?” गुस्से से भरे वे दोनों पाकिस्तानी बिना बिल अदा किए रेस्तराँ से निकल गए।

“ख़ुदारा शुक्र!” कहता हुआ ख़ुशीजान बैरे की जगह ख़ुद उनकी जूठी प्यालियाँ उठाने लगा। गुस्से से बड़बड़ा तो धीरे-धीरे रहा था मगर सफ़ेद झाग होंठों के दोनों किनारों पर जमा होने लगा था।

“यह पाकिस्तानी पता नहीं क्यों हमेशा हमसे बात-बेबात लड़ने को तैयार रहते हैं? पिछले कई वर्षों से मैं यह बात देखता आ रहा हूँ।” भूरेलाल ने कुछ थके अन्दाज़ से कहा।

“हज़ार बार समझाया कि कश्मीर का मसला ऊपर वाले जानें, हम अपने वतन से दूर चार पैसे कमाने निकले हैं। पिछली बार हाथापाई में फ़र्नीचर अलग टूटा, ऊपर से पुलिस में नाम अलग चला गया। हमें सियासत से क्या लेना-देना! सियासत हमारी माँ है, बाप है, हमको रोटी, कपड़ा, मकान देती है? अरे भाई, सियासत हमें नहीं चाहिए। हमें सिर्फ़ चार पैसे चाहिए और दिल का सुकून।” ख़ुशीजान सीने पर हाथ रखकर बोला।

“वह तो है, मगर इनकी तो जैसे पेट की रोटी ही नहीं पचती जब तक यह अपनी तारीफ़ और हमारी बुराई नहीं कर लेते।” भूरेलाल ने उकताकर कहा।

“वेलकम, वेलकम!...” इकट्ठा पाँच-छः स्कॉटिश ग्राहकों को देखकर ख़ुशीजान की तनी भवें झुक गईं। मुस्कराकर उसने उनका स्वागत किया और चार टेबल के उस अपने छोटे से रेस्तराँ पर नज़रें डालीं। अब सारी कुर्सियाँ भर गई थीं। इंडियन करी-राइस खाने के शौक़ीन स्कॉटिश इस रेस्तरां में ख़ूब आते हैं। ख़ुशीजान ने उनकी पसन्द का सितार का कैसिट लगा दिया और पीछे की तरफ़ मुँह करके पुकारा, “रहमान...”

भूरेलाल चाय के पैसे अदा करके प्रिंसिस स्ट्रीट की तरफ़ बढ़े। बाग़ में फूलों की घड़ी देखते हुए अधेड़ होने को आए हैं, मगर आज भी उमड़ती भीड़ में अपने को रोक नहीं पाते हैं, उसी जोश से भरे फिर घड़ी के बीच से चिड़िया से निकलने का इन्तज़ार करने बूढ़ों, बच्चों, मर्दों और औरतों के साथ खड़े हो जाते हैं।

‘बाग़ फूलों से भरे हैं, कोने जवान जोड़ों से। बहार आती है। दीवानगी अपने साथ ले आती है। हर आदमी मौसम की, धूप की बातें करने लगता है।’ सोचते हुए भूरेलाल पैंट की जेब में हाथ डाले विंडो शॉपिंग करते हुए दुकानों से सटे-सटे गुज़रने लगे। बियर की महक जवान लड़के-लड़कियों के मुँह से निकलकर फ़िज़ा में फैल रही थी। दुकानों के कोनों में एक-दूसरे से चिपके जोड़े नज़र नहीं आते हैं। इस रोशनी में उनके अड्डे बदल गए हैं वरना तो जाड़े में पुलिस हर अँधेरे कोने में चीख़ती नजर आती थी—ब्रेक इट...ब्रेक इट...। क्रिसमस के बाद यह कैसी सेल का

तूफ़ान? दामों के काग़ज़ी बिल्ले पढ़ते हुए भूरेलाल वुलवर्थ से आगे बढ़े और सड़क पार करने के लिए ज़ेब्रा क्रॉसिंग की तरफ़ मुड़े। अभी वह आधे ही रास्ते में थे कि उनके कान गर्म हो उठे। सारे बदन का ख़ून चेहरे पर जमा हो गया और दिमाग़ की नसें चटखने लगीं।

"यू आर इस्टिल हियर?" फुसफुसाती बुढ़िया सामान से भरे दोनों थैले हाथों में उठाए आगे बढ़ गई।

'अभी सन्तोष होती और जो उसको बताता तो वह फ़ौरन कहती, तेरा वहम है। यही जवाब अशोक और रघुवीर देते हैं कि हमें तो कोई नहीं मिलती बुढ़िया...'

'चलता हूँ परवीन सिंह के घर, आज उसे बताता हूँ फिर देखता हूँ, वह क्या कहता है।' सोचते हुए भूरेलाल साउथ एण्ड की तरफ़ मुड़े। शनिवार है। ख़ूब जमकर छुट्टी मनाई जा रही है। शराब की बोतलें टूट रही हैं। बियर कैन बिखर रहे हैं। सबसे बचते-बचाते वह सीढ़ी पर चढ़ने लगे। घंटी बजाई। अन्दर कुछ खटर-पटर हुई, फिर दरवाज़ा खुला।

"ओ भूरेलाल, अपना यार, आओ जी आओ...आज इधर कैसे भूल पड़े?" कहते हुए परवीन सिंह ने बाज़ू पकड़कर भूरेलाल को अन्दर खींचा और कन्धे पर हाथ मार, उसे लिपटाते हुए अन्दर लाया। परवीन की घरवाली रोटी सेंक रही थी और बच्चे लाइन से बैठे खाना खा रहे थे।

"यह पहले काट दे।" कहते हुए परवीन ने पलंग के नीचे प्याज़ों में से दो प्याज़ उठाकर घरवाली की तरफ़ उछालीं।

"आओ, मेरे यार! हो जाए कुछ दिल की बात। यह तो आजकल बोतल को हाथ लगाने नहीं देती है। तुम्हीं सोचो, हमारा यहाँ क्या है? यह वर्दी ब्रिटिश सरकार की है, उन्हीं की बस का मैं ड्राइवर ठहरा और हर महीने जो तनख़्वाह मिलती है वह भी पाउंड में। साले उन्हीं का रुपया और अब उन्हीं की बनाई शराब पीने में हरज कैसा? जो है, वह सब ब्रिटिश सरकार का है। यह बात तेरी भाभी की समझ में नहीं आती है।" गिलास भरते हुए परवीन बोला।

टी.वी. पर एकाएक कुत्ते-बिल्ली के खाने का इश्तहार आने लगा। उनके लिए बाज़ार में आए नए कुरकुरे बिस्कुट का आजकल बहुत शोर है। बार-बार 'किटि कैट' सुनकर जश्न मनाते भूरेलाल इस वक़्त मुस्कराना भूल गए और ग़म की एक बदली उनके दिल पर छा गई। उनके मोहल्ले में उनका असली नाम कोई नहीं जानता है। सब उन्हें ब्राउनी यानी ब्लैक और व्हाइट के बीच में एक नई पहचान जो हिन्दुस्तानी की है, बल्कि कहना चाहिए एशियाई की है, उसी से जानते हैं। इस रंग के अलावा भी इनसे हमारा क्या सम्बन्ध बना रह जाता है? परवीन ठीक कहता है, सबकुछ इनका है। पिछले दो सौ साल से यहाँ रहने के बाद भी आज हमारा कुछ नहीं है।

सबकुछ इनका है। बन्धुआ मज़दूर आख़िर आज भी बन्धुआ मज़दूर ही रहा...। भूरेलाल उदासी के कुएँ में झाँकने लगे।

"क्या सोच रहे हो भाई साहब?" कहते हुए परवीन ने शराब का बड़ा-सा घूँट भरा।

"अब यहाँ अच्छा नहीं लगता परवीन! कभी-कभी लौटने की बात मन में उठने लगती है।" भूरेलाल ने प्याज़ का छल्ला मुँह में डाला और धीरे-धीरे उसको दाँतों से चबाया।

"लौटना? कहाँ?" परवीन को झटका लगा।

"अपने देश, अपने गाँव..." भूरेलाल ने काँपती आवाज़ से कहा।

"वहाँ अब तुम्हारे लिए क्या है? जो रह रहे हैं वही नरक भोग रहे हैं। बेकारी, महँगाई, असुरक्षा...। यहाँ भी वह सब है, मगर कुछ है जिसके भरोसे हम टिके हुए हैं। कुछ है ज़रूर जो वहाँ नहीं है...कुछ..."

"कुछ? मगर क्या?" भूरेलाल ने बेचैनी से आँखें ज़रूर फड़काईं, जैसे बात को उड़कर समझना चाह रहे हों।

"पता नहीं।" परवीन पर उदासी छा रही थी।

"फिर भी?" भूरेलाल ने टहोका दिया।

"फिर भी क्या? पता होता तो मैं खुद से बार-बार क्यों पूछता?" परवीन ने बेबसी से कहा।

दोनों दोस्त ख़ामोशी से पीते रहे। जो जाम ख़ुशी से उठा था, अब आँसुओं का प्याला बन गया था। बच्चे एक-एक करके खाना खाकर जाने लगे। परवीन की घरवाली ने दो प्लेटें सजाकर इन्हें भी आवाज़ दी और फिर गर्म रोटी में घी लगाने लगी।

'यूरेश्यिन शॉप' में मेला लगा है। 'हलाल मीट' के अलावा यहाँ दूसरे आकर्षण भी हैं। हरी साग-सब्ज़ियाँ, बाजरे और मक्के का आटा, सो सारे विदेशी खाने का सामान लेने यहाँ पंक्तिबद्ध खड़े रहते हैं।

"हाँ, लाल साहब, आपको क्या चाहिए?" पाकिस्तानी दुकानदार ने भूरेलाल की तरफ़ देखते हुए कहा।

"किटि कैट प्लीज़!" एक जवान लड़की कुत्ते की ज़ंजीर पकड़े ठीक भूरेलाल के सामने आन खड़ी हुई। उसके सुनहरे गुच्छेदार बाल सीने पर झूल रहे थे। भूरेलाल के माथे पर पसीना छलका। कान की लवें गर्म हो गईं।

"इनके मतलब की तो बस यही एक-दो चीज़ें हैं इस दुकान में, बाक़ी तो हम आपकी ख़िदमत में रहते हैं हुज़ूर!" हाशिम ने भूरेलाल की सूची के अनुसार सामान थैले में भरते हुए कहा।

"हाँ।" भारी आवाज़ से भूरेलाल ने गर्दन हिलाई और दुकान से बाहर निकल आए।

उनके निकलते ही हँसते और चुइंगम चबाते अरब लड़के दुकान में घुसे। तेज़ सेंट की महक से दुकान भर उठी।

'सब मस्त हैं। सब ख़ुश हैं। मुझे ही कुछ होता जा रहा है। मैं शायद चीज़ों को कुछ ज़्यादा ही पढ़ने लगा हूँ, वरना तो यहाँ सब ब्राउनी हैं। चाहे वह इज़िप्ट का डॉक्टर हो या पेट्रोडॉलर में नहाते अरब लड़के या फिर हाशिम, जो पाकिस्तानी होकर बिज़नेस कर रहा है या फिर ख़ुशीजान कश्मीरी, जिसने यहाँ होटल खोल रखा है और स्कॉटिश औरत से ब्याह रचा लिया है। उसके होटल को सब कश्मीरी होटल कहते हैं, न कि ब्राउनी होटल। फिर मैं अपनी पहचान की इस सुई पर क्यों अटक गया हूँ? कहते हैं तो कहते रहें।' अपने को दिलासा देते, थैला उठाए वह फुटपाथ पर भारी क़दमों से चलते रहे।

जाड़ा आया और गुज़र गया। भूरेलाल ओवरकोट, मफ़लर, हैट और फुल बूट में नज़र आने लगे। मौसम ने उनकी छवि ऐसी बदली कि गली के शरीर लड़के उन्हें चिढ़ाना तो दूर, पहचानना भूल गए थे। नाक और मुँह से भाप के बादल उड़ाते भूरेलाल के कान पूरे रास्ते उस वाक्य के इन्तज़ार में खड़े रहते जब तक कि वह गली पार करके बस स्टैंड पर चढ़ न जाते, 'मिस्टर ब्राउनी, यू वाण्ट किटि कैट?'

रिवारी से सन्तोष लौट आई थी। इसलिए नहीं कि उसको भूरेलाल की याद बहुत सताई थी, बल्कि इसलिए लौटी थी कि उसके छठा महीना लग चुका था और स्कॉटलैण्ड में होने वाली औलाद को अपने-आप ब्रिटिश पासपोर्ट मिल जाएगा। एक शाम गुस्से में भरी सन्तोष यह बात कह गई थी कि यदि उस पर दोनों तरफ़ से ज़ोर न डाला जाता और ज़बर्दस्ती हवाई जहाज़ पर न बिठाया जाता तो वह फिरंगियों की इस धरती पर कभी न लौटती, जहाँ एक तरफ़ लाज-शर्म की कमी है तो दूसरी तरफ़ हरदम दब-दबकर, डर-डरकर जीना पड़ता है। न किसी से अपनी भाषा में बोल सको, न अपनी तरह उठ-बैठ सको।

भूरेलाल जब तक लन्दन के साउथ हॉल में थे, खुश थे, मगर जब से एडिनबरा आए हैं तब से अपने को अकेला महसूस करते हैं। यहाँ न कोई मोहल्ला है अपना, न कोई समाज। सारे इंडियन दूर-दूर अपनी सुविधा के अनुसार मकान लेकर रहते हैं। मिलना या तो इंडियन एसोसियेशन के किसी जलसे में होता है या फिर किसी 'इंडियन मूवी शो' में। सब व्यस्त हैं। इससे अच्छा तो ग्लासगो शहर है। टूटे-बिखरे भूरेलाल गुस्से से भुनभुनाते सोचने लगे।

'अगर मैं लौट जाता हूँ तो वहाँ करूँगा भी क्या? नौकरी मिलेगी नहीं। मिली तो यहाँ की कमाई का चौथा हिस्सा हाथ लगेगा। खेती होने से रही और बिज़नेस

जमाने का न शौक़ है और न इतनी पूँजी है, तो फिर वह क्या करें? किधर जाएँ? बाहर निकलो तो दुख। घर में रहो तो दुख। सारी औरतें क्या सन्तोष की तरह होती हैं? नासमझ, कर्कशा?' सोचते हुए वह उठे और घर से बाहर चल दिए।

अभी भूरेलाल ने गली आधी ही पार की थी कि लड़कों की खिलखिलाहट के साथ उनको वही जुमला सुनाई पड़ा—"मिस्टर ब्राउनी! यू वाण्ट किटि कैट?" हमेशा मुस्कराकर टाल जाने वाले भूरेलाल आज तैश में आ गए और गुर्राहट-भरी आवाज़ से दहाड़े, "शटअप!

पीली रोशनी में डूबी ख़ामोश गली 'शटअप' से गूँज उठी। पास से गुज़रते हुए दो अधेड़ व्यक्तियों ने मुड़कर भूरेलाल को देखा और एक ने हँसकर कहा, "हीज़ क्रेज़ी।"

जाड़ा गुज़र गया था। बर्फ़ पिघल गई थी। भूरेलाल एक अदद लड़के के पिता बन गए थे। सन्तोष घर लौटने को व्याकुल थी। भूरेलाल अब किसी क़ीमत पर सन्तोष की दूरी सहन नहीं कर सकते थे, क्योंकि उसकी गोद में उनका अपने दिल का टुकड़ा मौजूद था। उनकी सोच बदलने लगी थी और अब वह चाहते थे कि अगला और अगले से अगला बच्चा यहीं हो और सन्तोष बाक़ी औरतों की तरह उनके इस घर को अपना घर और स्कॉटलैण्ड को अपना देश समझ ले। जब हम यहाँ के नागरिक ठहरे तो फिर दिल लगना या न लगना कैसा? ब्याह के समय उनका स्वयं कौन-सा दिल हिन्दुस्तान में लगा था। हर चीज़ बिखरी, उबली, फैली-सी लगी थी। न कोई क़ानून, न कोई सुरक्षा। व्यवस्था के नाम पर रिश्वत। उन्हें लन्दन बहुत याद आया था। वे छुट्टी रहने पर भी सप्ताह-भर पहले लौट गए थे।

"मुझे यहाँ नहीं रहना है।" एक दिन सन्तोष ने पति को पुत्र-प्रेम में डूबा देखकर फिर वही अपना पुराना राग अलापा।

"क्यों नहीं रहना है?" भूरेलाल की भवें तनीं।

"वह अपना देश है। अपनी मातृभूमि। अपने सगे-सम्बन्धी हैं वहाँ। यहाँ बैठकर पराए देश में हमें क्या करना है?" सन्तोष बोतल में दूध उंड़ेलते हुए बोली।

"वहाँ कुछ होता तो क्या मैं सारे दुख झेलकर यहाँ आता?" भूरेलाल ने जवाब दिया। उन्हें सगे-सम्बन्धियों का व्यवहार, बेकारी, ग़रीबी, बेचारगी याद आने लगी। "यहाँ के धन से ही तो खेत छूटे, गिरवी पहने घर वापस आए। बहन की डोली उठी और पिता का इलाज हुआ और अब...मैं फिर वहाँ लौट जाऊँ? उसी दुख में डूबने के लिए, जिससे मैं भागकर यहाँ आया था?" भूरेलाल बेचैन हो उठे।

"मैं यहाँ रुकने वाली नहीं हूँ। भाई को लिख चुकी हूँ। इससे पहले कि यह हमें निकालें हमको इज़्ज़त से अपने देश लौट जाना चाहिए।" सन्तोष ने उसी स्वर में कहा।

भूरेलाल का दिमाग़ गर्म हो उठा। यह आराम छोड़कर उस नरक में जाने की

सोच रही है, जहाँ भाई भाई की जान का दुश्मन हो रहा है। जहाँ रोटी के चलते इन्सान इन्सान का गला काट देता है। मातृभूमि का प्रेम क्या मेरे दिल में नहीं है? क्या मैं लौटना नहीं चाहता? मगर सुबह-शाम यही एक रट तो नहीं लगाता। घर बैठकर रोटी तोड़ने वाले और रोटी कमाने वाले में यही फ़र्क़ है। यह आज इसको समझाए देता हूँ।

भूरेलाल का उठा हाथ अभी सन्तोष के गाल पर पड़ता, इससे पहले ही नर्स खुले दरवाज़े को खटखटाते हुए कमरे में दाख़िल हुई।

''क्रुएल!'' घृणापूर्ण आश्चर्य से कहती हुई नर्स उलटे क़दम वापस लौट गई।

भूरेलाल अकबकाकर अपने उठे हाथ की तरफ़ देखने लगे। सन्तोष की आँखों में रुके आँसू एकाएक गाल पर बह निकले। पराई औरत ने उसके घर का वह चेहरा देख लिया था जो इससे पहले कभी स्वयं उसने नहीं देखा था। कैसा तिरस्कार था उसकी नज़रों में उसके पति के लिए! यह सब कैसे घट गया?

भूरेलाल मन-ही-मन अपने को कोस रहे थे कि उनका हाथ उठा कैसे, जबकि वह चाय-बिस्कुट के इन्तज़ाम के लिए ही यहाँ बैठे थे कि जब तक नर्स उनका बेटा देखेगी तब तक वह इंडियन टी बनाकर उसको पिलाएँगे ताकि वह हिन्दुस्तानी मेहमानदारी से प्रभावित होकर जाए। बेटे के चलते पहली बार कोई अंग्रेज़ औरत, वह भी सन्तोष की भाषा में अंग्रेज़ मेम, आ रही थी, फिर...?

क्रुएल...क्रुएल की प्रतिध्वनियाँ बेसमेंट के उस इकलौते घरनुमा कमरे में गूँजने लगीं। भूरेलाल के लिए साँस लेना मुश्किल हो गया था।

एक तरफ़ स्कॉटिश नेता ग्रेट ब्रिटेन से स्कॉटलैण्ड को अलग करने का नारा दे रहे थे, दूसरी तरफ़ ग्रेट ब्रिटेन सिर्फ़ अंग्रेज़ों का है, यह भावना अंग्रेज़ नेताओं द्वारा पनप रही थी जिसके चलते ब्रिटिश पासपोर्ट होल्डरों की मुसीबत आ गई थी। बर्मिंघम, डरहम, मानचेस्टर इत्यादि में विदेशियों का रहना मुश्किल हो गया था। उस वक्त भूरेलाल साउथ हॉल में थे। वहाँ जो हंगामे हुए उससे घबराकर वह स्कॉटलैंड की तरफ़ भागे थे। मन ऐसा डरा-डरा रहता कि रात को नींद भी मुश्किल से आती। पुराने दोस्त परवीन सिंह ने काफ़ी सहारा दिया था। नौकरी भी उसी की कोशिश से मिली थी। अंग्रेज़ों की तरह स्कॉटिश उन्हें नकचढ़े नहीं लगे थे, तो भी साउथ हॉल का अपना माहौल उन्हें एडिनबरा में बहुत याद आता। उस तूफ़ान को गुज़रे सात-आठ वर्ष हो गए हैं मगर आज भी वह दहशत उनको ख़ौफ़जदा बना देती है और सड़क पर चलते हुए डर लगने लगता है।

भूरेलाल सारी रात माईन में बेचैन रहे कि वे कौन हैं? यह दुनिया क्या है? यह सब क्या घट रहा है? कल क्या होने वाला है? क्या यह संसार में सिर्फ़ सत्ता के सन्तुलन

का प्रश्न है? कल के छोटे-छोटे गुलाम देश अब सर उठा रहे हैं। वे गुलामी की ज़ंजीरें तोड़ना चाह रहे हैं और उनके इसी संघर्ष के चलते महान् शक्तियाँ एक आन्तरिक पीड़ा से तड़प रही हैं। इस संघर्ष में वे किसकी तरफ़ हैं? महान् शक्तियों की तरफ़ या बग़ावत पर आमादा इन्सानी ताक़तों की तरफ़?

घर लौटते हुए भूरेलाल पूरी तरह टूटे हुए थे, इस ख़याल से कि वह एक मामूली आदमी हैं जिसका कोई महत्त्व नहीं है, चाहे वह किसी भी तरफ़ रहे। उसे तो सिर्फ़ पेट समझा जाता है। इण्टर पास आदमी कर भी क्या सकता है सिवाय रोटी कमाने और ज़िन्दगी चलाने के?

"गुड मॉर्निंग, मिस्टर ब्राउनी। हाऊ आर यू...?" गली में घुसते ही उनका स्वागत हुआ। बिजली के खम्भे से टिका एक जवान होता लड़का खड़ा था। आज उसने 'किटि कैट' खाने को नहीं पूछा बल्कि पास से जब भूरेलाल गुज़रे तो उसने फुसफुसाकर कहा, "मिस्टर ब्राउनी, डू यू हैव त्रा पेंस प्लीज़?"

भूरेलाल ने जेब में हाथ डाला और एक शिलिंग का सिक्का निकालकर लड़के के हाथ पर रखा।

"थैंक्स मिस्टर ब्राउनी, मैनी थैंक्स!" लड़का चहका और भूरेलाल मुस्कराकर आगे बढ़ गए। उनके झुके कन्धे सीधे हुए और पहली बार उन्होंने सर उठाकर गली को पार किया और बड़े विश्वास से घर में दाख़िल हुए।

इधर चन्द महीनों में भूरेलाल की जेब एक-एक शिलिंग के हिसाब से रोज़ ख़ाली होने लगी थी, मगर उनके दिल में एक अहसास भी जाग रहा था कि यह लड़के इतने बुरे नहीं हैं। बेचारे महँगाई, बेकारी से स्वयं परेशान हैं। क्या करें? आख़िर मेरी तरह यह भी तो मज़दूर वर्ग से हैं। फ़र्क़ सिर्फ़ इतना है कि यह गोरे लेबरर हैं और मैं भूरा मज़दूर हूँ। मगर फ़ौरन दूसरा विचार उन्हें दबोचने लगता कि जिस देश का सूरज कभी डूबा न हो, आज वहाँ के जवानों को अपने पुराने; गुलाम के आगे हाथ फैलाने की ज़रूरत पड़ गई?

ऊपर से भूरेलाल बहुत मगन रहने लगे थे। उनके मन की गिरह धीरे-धीरे खुलने लगी थी। इधर ड्यूटी जाने से पहले वह बेटे और सन्तोष को लेकर शाम को मैलविल टैरेस के पास वाले पार्क में जाते। या मैडोज़ में बल खाई पतली सड़क पर फूलों से भरे वृक्षों की छाया में दूर तक टहलने निकल जाते। घास पर लोटते जोड़ों को देखकर सन्तोष मुँह फेर लेती और भूरेलाल देश लौटने और न लौटने के ऊहापोह में डूबे अपने को धकेलते पैदल चलते जाते थे।

घर लौटते हुए कभी-कभी उनको पब से निकलते शराबी मिल जाते और उनके बेटे के काले बाल देखकर बार-बार गार्ज़स बीटिल की रट लगाते हुए 'हाफ़ कराउन' थमा देते थे। मोहल्ले के छोटे बच्चे भी काले बालों को देखकर ख़ुश होते। कोई

जोश में आकर गोद में भी उठा लेता था और प्यार में 'लिटिल डैविल' कहता। एक बच्चे ने इंगलिस्तान की धरती पर पैदा होकर उनके और यहाँ के लोगों के बीच पुल का काम किया था। उनका रिश्ता यहाँ के माहौल से बन रहा था। मिस्टर ब्राउनी जैसे उनका असली नाम समझा जाने लगा था। सन्तोष ने भी उस दिन से अपने हथियार अनमने ढंग से डाल दिए थे, जब से दिल्ली में होते हंगामे ने उसको अन्दर से हिला दिया था। दिल्ली के बाद हत्याओं का घेरा शहर-दर-शहर फैल गया था। औरत का परिवार अन्त में पति और बच्चों तक सिमट जाता है। वही हाल बेटे के जन्म के बाद सन्तोष का हुआ। घरवालों के लिए चिन्तित होकर भी उसने भिवानी लौटने की ज़िद लगभग छोड़ दी थी। अब वह चीज़ें ख़रीदने और गृहस्थी सँजोने में लग गई थी।

समय तेज़ी से गुज़र रहा था। मोहल्ले के जवान होते लड़के अब पूरी तरह जवान होकर कामधन्धे में लग गए थे। गली में भूरेलाल का स्वागत करने और त्रा पेंस माँगने वाली आवाज़ें लगभग समाप्त हो गई थीं। वह कब आते हैं और कब जाते हैं, उन्हें किसी तरह की मदद की ज़रूरत है या नहीं, या फिर वह यहाँ रहते भी हैं या नहीं, इस बात की परवाह न पड़ोसियों को थी और न यह बात मोहल्ले वालों के लिए कोई महत्त्व रखती थी। चूँकि वह यहाँ की सफ़ेद मिट्टी से नहीं बने थे, इसलिए वह किसी के मामा, चाचा, बेटे, मुँहबोले भाई ही सही, नहीं बन पाए थे। भूरेलाल अपनी सीमा पहचानते थे कि इन सफ़ेद चमड़ी वालों के साथ कोई मानवीय रिश्ता नहीं जी सकते हैं तो भी गली में दाख़िल होते ही 'हलो, मिस्टर ब्राउनी, यू वाण्ट किटि कैट?' की कमी बुरी तरह खलती थी।

भूरेलाल को पूरे दिन, कभी-कभी तो कई दिन माईन में बिना किसी से बात करे गुज़र जाता। यस, नो, थैंक्यू के अलावा वहाँ बात करने का कोई आधार उनके पास नहीं था। उनके लिए सम्बोधन का यह सम्मानजनक अभिनन्दन न सही तो भी संवाद का एक सेतु तो था। यही सब सोचते हुए भूरेलाल घर में दाख़िल हुए। मुन्ना सो रहा था। सन्तोष का चेहरा थका और उदास था। बर्तन धोते हुए उसने सर उठाकर आँखों-ही-आँखों में पूछा, "आ गए?"

"बाज़ार से कुछ लाना तो नहीं है?" जूते उतारने से पहले भूरेलाल ने पूछा।

"नहीं।" पपड़ी पड़े होंठों के बीच एक नन्ही आवाज़ निकली।

जूते उतारते, कपड़े बदलते हुए भूरेलाल सोच रहे थे कि सन्तोष भी घर में अकेले रहते-रहते कम बोलने की आदी होती जा रही है। हम दोनों के बीच बात करने को जैसे कुछ बचा ही नहीं है। जो विषय हैं उन पर इतनी बातें हो चुकी हैं कि अब उसमें कोई नयापन नहीं रह गया है। गृहस्थी के झंझट, मान-मनुहार, शिकवा-शिकायत—कुछ भी नहीं बचा है। कम-से-कम पहले सन्तोष झगड़ती तो थी,

मगर अब एक सुख-सन्तोष से भरा सन्नाटा घर में गहराता जा रहा है। अपने चारों तरफ़ फैली ख़ामोशी से भूरेलाल का दिल घबराने लगा था।

इधर लड़की के जन्म के बाद भूरेलाल गम्भीरता से एडिनबरा छोड़ने की बात सोचने लगे। जमा रुपयों का हिसाब और लौटने के बाद भारत में व्यापार शुरू करने का जुगाड़—इसी उधेड़बुन में वह रात-दिन डूबे रहते। उधर सन्तोष दोनों बच्चों में व्यस्त जीवन जीने की अभ्यस्त होती जा रही थी। उसको इस बात में ज़रा भी रुचि नहीं रह गई थी कि उसके आसपास क्या घट रहा है और जिस धरती पर वह अपनी गृहस्थी की बुनियाद डाल चुकी है वहाँ से उसको निकाल देने के लिए ब्रिटिश सरकार एड़ी-चोटी का ज़ोर लगाए हुए है।

जब-जब तनाव बढ़ता, भूरेलाल का ब्लडप्रेशर भी साथ-साथ बढ़ता। इस जगह को छोड़ना जितना वह आसान समझ रहे थे, छोड़ने का इरादा करने के बाद व्यावहारिक रूप से सामान बाँधना उन्हें बहुत मुश्किल नज़र आ रहा था। तो भी वह न जाने का फ़ैसला भी नहीं कर पा रहे थे, क्योंकि हर रोज़ छाती सियासी काली घटाएँ उन्हें बेचैन कर देतीं कि बारिश से पहले वह एक ऐसा ठिकाना ढूँढ़ लें, जहाँ वह भीगने से बच सकें। इस दुविधा में पड़े भूरेलाल अब पहले वाले मस्त भूरेलाल नहीं रह गए थे। अब वह एक अदद लड़की के बाप बन गए थे।

सन्तोष के भाई के पत्र इधर लगातार मिल रहे थे जिनमें उन दोनों के भाग्यवान होने की बात के साथ यह लिखना वह नहीं भूलता था कि गाँव में ज़िन्दगी दिन-ब-दिन कठिन होती जा रही है। मौत का ख़ौफ हर रात डरावने सपने देखते हुए गुज़र जाता है। ऊपर से महँगाई, बेकारी और ...पत्र पढ़कर हर बार भूरेलाल उदास मुस्कान के साथ सोचते :

'दूर के ढोल सुहावने लगते हैं। यहाँ आकर रहें तो पता चले कि हम क्या झेल रहे हैं। कम-से-कम वह ग़रीबी व बेकारी के बाद किसी से हँस-बोल तो सकते हैं, दोस्ती और दुश्मनी कर सकते हैं, मगर हम यहाँ सिर्फ़...-'

सन्तोष घर से आए ख़त को बार-बार पढ़ती। कभी छुपकर रोती, कभी चुप उदास नज़र आती। फिर दो-तीन दिन के बाद बहुत दार्शनिक अन्दाज़ से कहती, "तुम जो भी कहो मगर यहाँ रहने से वहाँ हमारा रोब तो उन पर जमा है। फिर यह रहन-सहन, यह सुख-सुविधा वहाँ कहाँ मिलती? चीज़ें ऐसी ख़ालिस कि बिना खाए वज़न कहाँ-से-कहाँ पहुँच रहा है। वहाँ मिलावट होगी। बच्चे दूध-दही के लिए तरस जाएँगे। गालों की लाली ख़त्म हो जाएगी। मुझे तो अब वहाँ लौटकर जाने के विचार से ही भय महसूस होता है।" इतना कहकर वह बड़ी मीठी इत्मीनान से भरी हँसी हँसती, जैसे वह किसी बड़ी मुसीबत में फँसने से साफ़ बच गई है।

कुछ दिनों से भूरेलाल ने मिलना-मिलाना बहुत कम कर दिया है। जिधर जाओ, वही सियासत की बात करता है। अब अपने निजी दुख-सुख की चर्चा की जगह वह पूछता है कि अख़बार पढ़ा? फलाँ नेता आज फलाँ देश गया है। उनके हँसने-मुस्कराने में अर्थ तलाश करते हुए हमपने अपनी छोटी-छोटी ख़ुशियों का गला घोंटना शुरू कर दिया है। आख़िर ग़लती किसी है? हमारी या उनकी या इस व्यवस्था की, जो मानवीय दृष्टिकोण से ख़ाली होती जा रही है?

"यू आर इस्टिल हियर?" बुढ़िया थैला उठाए उनके पास से गुज़र गई।

"यस! आई एम इस्टिल हियर?" भूरेलाल ने चौंककर जैसे अपने से सवाल किया।

भूरेलाल जब घर पहुँचे तो सन्तोष को रोते पाया। पास रखा ख़त उठाकर पढ़ने लगे। अपनों ने अपनों की हत्या का बीड़ा उठा रखा है। उन्होंने सन्तोष के भाई के सारे कुटुम्ब को भूनकर रख दिया है। जबकि दोनों एक-दूसरे के लिए अनजान थे। भूरेलाल सर से पैर तक पसीने से डूब गए।

कहाँ जाएँ वह भागकर? मौसम तो संसार के हर शहर का ख़राब हो रहा है। वह तो न अब घर के रहे न घाट के। किधर जाएँ...कहाँ पनाह लें...? सियासी घटाओं के काले बादल तो हर देश पर लहरा रहे हैं। भूरेलाल ने सन्तोष के कन्धे पर हाथ रखा।

सन्तोष को धीरज बँधाकर, गर्म दूध पिलाकर और बिस्तर पर लिटाकर भूरेलाल बेटे के साथ बाहर निकले ताकि छोटी-मोटी ख़रीदारी कर लाएँ। इस बीच शायद बेहाल सन्तोष को नींद आ जाए।

"हलो मिस्टर ब्राउनी, हाउ आर यू?" एक जवान अंग्रेज़ मर्द ने उन्हें देखकर दूसरी तरफ़ से हाँक लगाई। भूरेलाल ने चौंककर देखा, सामने त्रा पेंस माँगने वाला लड़का सूट पहने खड़ा था। छुट्टियों में घर आया लगता है, सोचकर भूरेलाल आगे बढ़े। वह जवान भी इनकी तरफ़ आया। भूरेलाल का मन उसे लिपटाने को चाहा, जैसे उनका कोई अपना जवान हो गया हो। बढ़ा हाथ कन्धे तक जाकर रुक गया। उनके प्यार से भरे स्पर्श का अंग्रेज़ नौजवान ने हाथ मिलाकर बड़े जोश से जवाब दिया और बेटे का गाल थपथपाते हुए कहा, "मास्टर ब्राउनी। स्पेशली फॉर यू डार्लिंग!"

जेब से चॉकलेट निकालकर बेटे के हाथ में दी और बोला, "सो, हाऊ इज़ द लाइफ़ मिस्टर ब्राउनी!"

"नॉट बैड!" अरसे बाद भूरेलाल गुनगुनाए। तंग ख़ामोश गली उदासी झाड़कर उन्हें हँसती महसूस हुई।

"दैट सिट! ओ.के. मिस्टर ब्राउनी!" वह जवान हँसता हुआ आगे बढ़ गया।

बहार की सुबह धूप खिली थी और तंग गली में बच्चे प्लास्टिक फुटबॉल खेलने में मस्त थे। एकाएक उनके कानों में एक आवाज़ टकराई :

"मास्टर ब्राउनी...कैच...कैच!"

भूरेलाल चौंके, फिर उनके कान लाल हुए। लगा, चेहरे पर गर्म ख़ून दौड़ रहा है। त्रा पेंस माँगने वाला लड़का जाते-जाते संवाद का एक बीज बो गया है, तभी यह लड़के...भूरेलाल ने सोचा, लम्बी साँस खींची और सोचने लगे कि अब यहाँ से जाना कहाँ? फ़िलहाल यही हमारा घर है और यही पहचान हमारा रिश्ता, फिर उससे भागना क्या? वैसे भी मौसम तो हर देश का बदल रहा है। बारिश कहीं भी किसी समय किसी नाम से हो सकती है, फिर...अभी इतना ही सोच पाए थे कि गली में आवाज़ गूँजी :

"मास्टर ब्राउनी...मास्टर ब्राउनी...कैच...कैच!"

लाल फुटबॉल नीले आसमान की तरफ़ उचका और कारों की क़तारों के बीच खड़े दो नन्हे हाथों के बीच आकर अटक गया।

●

कशीदाकारी

डी.आई.जी. राजकुमार जब अपने बीमार बेटे को देखकर ग्वालियर से लौटे तो गेंदालाल धोबी को ग़ायब हुए दो दिन बीत चुके थे। पूछताछ से जो बात सामने आई वह सिर्फ़ इतनी कि रोज़ की तरह गेंदालाल इलाही बावर्ची के साथ एक पलंग पर सोया था। गई रात तक सावन, ठुमरी, मल्हार अपनी बेसुरी आवाज़ से गाता रहा था। सुबह जब इलाही उठा तो उसने गेंदालाल की जगह ख़ाली पाई। यह सोचकर कि आज जल्दी उठ गया है, इलाही अपने काम में व्यस्त हो गया। किसी को ध्यान नहीं आया कि आज धोबी कपड़े क्यों नहीं धो रहा है। वह तो रात को इलाही को गेंदालाल की याद आई तो सबका ध्यान उधर गया।

अब हिन्द-पाक सरहद पर पड़ी यह सीमा सुरक्षा बल की टुकड़ी अपने खोए धोबी को ढूँढ़ने का जतन कर रही थी। धोबी के अपहरण का कोई तर्क किसी की समझ में आ नहीं रहा था। इधर दोनों देशों के बीच न तनाव था न ही छोटी-मोटी छेड़छाड़ ही हुई थी कि समझा जाता कि छुटपुट मुठभेड़ों में ग़लती से गोली लगने से गेंदालाल किसी खाई-खन्दक में गिरकर मर गया होगा। सुरक्षा बल के जवानों ने इलाक़े का चप्पा-चप्पा छान मारा था। अब तो उसे ग़ायब हुए भी हफ़्ता बीत रहा था।

इधर डी.आई.जी. राजकुमार की तरक्क़ी हो गई थी। उनके ट्रांसफर का ऑर्डर भी निकल आया था। दो माह बाद उन्हें आई.जी. की हैसियत से भारत-बंगला देश सरहद पर ड्यूटी ज्वाइन करनी थी। चार्ज देने से पहले वह चाहते थे कि गेंदालाल का पता चल जाए, वैसे रोज़ की परेशानी देखकर नए धोबी को भेजने की बात वह लिख चुके थे।

सीमा सुरक्षा बल की टुकड़ी ने आज शाम को राजकुमार के सम्मान में एक विदाई-समारोह का आयोजन किया था। सुबह तीन बजे से पकवान बनने शुरू हो गए थे। सफ़ाई-सजावट हो रही थी। एक चहल-पहल-सी ख़ेमों में फैली हुई थी। राजकुमार आराम से बिस्तर पर लेटे ग्रामोफ़ोन पर रिकॉर्ड सुनते हुए पुरानी यादों में खोए हुए थे। इलाही उनको बेड-टी दे गया था।

"सर!" भागते क़दमों और फूली साँस लिए सेवाराम अन्दर दाख़िल हुआ और सैल्यूट करके खड़ा हो गया।

"क्या बात है?" राजकुमार ने उसे ऊपर से नीचे तक घूरा।

"सर! वह अपना गेंदालाल वापस आ गया है।" उत्तेजना से भरा सेवाराम का लहजा काँप रहा था।

"गेंदालाल वापस आ गया? कब...कहाँ है वह?" राजकुमार चौंके।

"सर, वह बिल्कुल भला-चंगा है और पहले से कहीं ज़्यादा मोटा होकर आया है। वहाँ पलंग पर पड़ा सो रहा है।" सेवाराम का स्वर अब तक संयत हो चुका था।

"पकड़कर लाओ।" राजकुमार का दिमाग़ भन्ना गया था।

"सर, अभी जगाकर लाया!" सेवाराम तीर की तरह बाहर भागा जहाँ गेंदालाल बड़ी-सी तोंद के साथ चारों खाने चित लेटा खर्राटे भर रहा था।

राजकुमार का मूड बिगड़ चुका था। वह सोच रहे थे, अपने-आप एकाएक ग़ायब होना, फिर एकाएक वापस आ जाना। ज़रूर दाल में कुछ काला है। यह पाकिस्तानी अपनी हरकतों से बाज़ नहीं आते हैं। जाने इन्हें बैठे-बैठे क्या हो जाता है? कुछ नहीं तो धोबी के पीछे पड़ गए हैं।

राजकुमार उत्तेजना में उठकर टहलने लगे। ज़रूर पाकिस्तानियों ने इसे मुख़बरी का काम सौंपा है! कुछ बातें भी डरा-फुसलाकर निकाली होंगी। अब गेंदालाल का इस सीमा पर रहना सुरक्षा की दृष्टि से ठीक नहीं है। ग़द्दारी का इनाम ऐसा दिलवाऊँगा कि इसको ज़िन्दगी-भर याद रहेगा। हम सबकी आँखों में धूल झोंक पूरे दो सप्ताह ग़ायब रहा और अब ख़ाला जी का घर समझकर लौट आया है। हम तस्करों, आतंकवादियों और अपराधियों को पकड़ने बैठे हैं ताकि सीमा पर शान्ति-सुरक्षा क़ायम रहे, उलटे घर का भेदिया ही लंका ढाहने पर उतारू है।

"सलाम सर!" गेंदालाल दरवाज़े पर आकर खड़ा हो गया। उसके चेहरे पर नींद का ख़ुमार था। खड़े होने के अन्दाज़ में वही लापरवाही-भरा ढीलापन था।

"कहाँ थे इतने दिन?" अपने को सहज रखते हुए राजकुमार धीरे से बोले।

"सीमा पार सर!" गेंदालाल की आँखों में चमक और होंठों पर मन्द मुस्कानउभरी।

"सीमा पार जानते हो कौन देश है?" राजकुमार की तेवरी पर बल पड़ गए।

"जी सर, पाकिस्तान...। लेकिन सर, वे बहुत अच्छे लोग थे। बिल्कुल पाकिस्तानी नहीं लगते थे।" गेंदालाल ने बच्चों के कौतूहाल से भरकर कहा।

"मतलब? क्या इससे पहले किसी पाकिस्तानी को देखा है?" व्यंग्य से पूछा राजकुमार ने।

"नहीं सर!" गेंदालान ने मोटी गर्दन हिलाई।

"फिर कैसे जाना कि वे बहुत अच्छे थे?" राजकुमार की आँखों और चेहरे पर सख़्ती उभरी।

''सर, वे हमारी तरह ही बोल-बतिया रहे थे। उनका चेहरा, क़द-काठी हम लोगों जैसी थी। हमारी बड़ी आवभगत की। पेटभर बढ़िया खाना और सोने के लिए पूरी बड़ी-सी चारपाई दी थी। सच सर! बड़े हँसमुख लोग थे!'' गेंदालाल उत्साह-भरे स्वर में बोला।

''और बदले में तुमने काम भी किया होगा उनका?'' राजकुमार ने बड़ी संयत मगर ऊँची आवाज़ से पूछा।

''जी साहब! वे सारे अफ़सर हमारे काम से बहुत खुश थे। चलते हुए ढेरों पैसा दिया। फिर कहने लगे कि दोबारा आना। मैंने भी कह दिया कि ज़रूर आऊँगा। जब काम पड़े सर, बुला लेना।'' जोश में भरे अन्दाज़ में मगन हो गेंदालाल बोला।

''शटअप!'' राजकुमार अब क्रोध दबा नहीं पाए।

''जी सर?'' गेंदालाल को झटका-सा लगा। उसके चेहरे पर आश्चर्य उभरा।

''एक तो चोरी ऊपर से सीनाज़ोरी...पता है, तुम क्या बक रहे हो? इसकी तुम्हें क्या सज़ा मिलेगी? ज़िन्दगी-भर जेल में चक्की पीसोगे। रोओगे-गिड़गिड़ाओगे। सज़ा कम नहीं होगी।'' राजकुमार ने डपटकर कहा।

''मगर सर...!'' गेंदालाल ठगा-सा रह गया।

''सच-सच बताओ, वहाँ कैसे पहुँचे थे और उन्हें कौन-कौन-सी ख़बरें पहुँचाई हैं?'' राजकुमार की आँखें चढ़ चुकी थीं।

''सर, कहा न, वह तो मुझे सोते से उठा ले गए थे और उसी तरह सोते में ही यहाँ छोड़ गए। मुझे तो कुछ पता नहीं सर!'' गेंदालाल कुछ बौखलाए अन्दाज़ में बोला।

''देखो गेंदालाल, ज़्यादा चालाक बनने की ज़रूरत नहीं है वरना...'' राजकुमार ने धमकाने वाले स्वर में कहा।

''सर, सारा दिन काम करता था। बातचीत का समय कहाँ था?'' गेंदालाल चकराया-सा बोला।

''झूठ, बिल्कुल झूठ।'' गुस्से में खड़े हो गए राजकुमार।

''भगवान् क़सम, मुझे सोते से ले गए...'' राजकुमार के बदले तेवर देखकर गेंदालाल का जुमला अधूरा रह गया।

''जब जाग रहे थे तो वहाँ क्या करते रहे?'' राजकुमार का कड़ाकेदार स्वर गूँजा।

''सर, काम...बताया तो, कपड़ा धोते रहे।'' गेंदालाल ने घिघियाते हुए कहा।

''कपड़ा धोने के बच्चे! सच बोलो, तुमने उनके साथ कौन-सा समझौता किया है वरना मुझसे बुरा कोई नहीं होगा। सख़्त से सख़्त सज़ा दूँगा कि छठी का दूध याद आ जाएगा।'' राजकुमार का क्रोध बढ़ रहा था।

''सर, उनका धोबी मर गया था। कपड़े बहुत जमा हो गए थे। इसलिए वे

मुझे उठाकर ले गए थे ताकि मैं उनके कपड़े धो-सुखा दूँ। अब उनका नया धोबी आ गया तो उन्होंने मुझे इधर भिजवा दिया।'' अचकचाकर गेंदालाल ने कहा और घबराई नज़रों से डी.आई.जी. राजकुमार को देखा।

''ओह!'' राजकुमार का तनाव का पारा एकाएक गिर गया, फिर भी तेवरी पर बल डालकर बोले, ''सच कह रहे हो न?''

''बिल्कुल सच! अन्न क़सम, बच्चों की सौगन्ध!'' गेंदालाल हाथ जोड़कर खड़ा हो गया।

''ठीक है।'' कहकर उन्होंने जाने का इशारा किया।

''नमस्ते सर!'' गेंदालाल ने अकड़कर सैल्यूट किया और बाहर निकल गया।

सेवाराम ने चकराई आँखों से अफ़सर को देखा, फिर वह टैंट में बिखरा सामान समेटने लगा।

''चाय!'' राजकुमार ने अन्दर से उमड़ती हँसी को रोका और सेवाराम से कहा। वह तेज़ी से बाहर निकल गया। राजकुमार ने हल्का-सा क़हक़हा लगाया। खोदा पहाड़ निकला चूहा!

आज शाम की पार्टी में सुनाने के लिए यह लतीफ़ा बुरा नहीं होगा, राजकुमार ने सोचा। उन्हें बरसों पहले की वह शाम याद आ गई जब पाक-हिन्द के बीच शिमला में हुए अनुबन्ध के समय पाउडर मिल्क समाप्त हो गया था। चाय पेश करनी ज़रूरी थी। दूध कहाँ से आए? आख़िर सीमा के पार चरती बकरियों को सिपाही हाँक लाए थे और पाकिस्तानी बकरियों के दूध की चाय उस दिन सबने पी थी। गेंदालाल के जाने के बाद डी.आई.जी. ने अपने मातहत को आगाह कर दिया कि वह इस धोबी पर कुछ दिनों कड़ी निग़ाह रखे।

''सीमा पर रहना और सीमा के पार रहना कितना अलग-अलग अनुभव है।'' कहते हुए राजकुमार उठे और नहाने की तैयारी करने लगे। उन्होंने सोच रखा था, पूरे दो माह परिवार के साथ छुट्टी मनाएँगे, फिर ड्यूटी ज्वाइन करेंगे। बच्चों की पढ़ाई को लेकर वह अक्सर चिन्तित रहते थे। अपने साथ उन्हें रखने का प्रश्न उतना ही बेकार था जितना कोशिश करना कि वह परिवार के साथ ग्वालियर रहें।

आसमान पर घनघोर घटाएँ छाई थीं। नदी के उस पार पेड़ों के घने जंगल की ओर शायद पानी पड़ रहा था। हवा में एक ठण्डी नमी तैर रही थी। डी.आई.जी. राजकुमार ने पुराने ग्रामोफ़ोन में कूक भरी और रिकॉर्ड लगाया। इस ग्रामोफ़ोन से उनकी बचपन की यादें जुड़ी हुई हैं। दादी को संगीत का बहुत शौक़ था और दादा को उससे सख़्त नफ़रत थी।

दादा नाच-गाने और नाटक, नौटंकी को चरित्रहीनता से जोड़ते थे। उनकी इस मानसिकता के पीछे उनके पिता का दीवानापन था जो बाई के कोठे पर दादरा,

ख़याल और ग़ज़ल सुनने की लत आख़िरी दम तक नहीं छोड़ पाए थे। इस नशे में उन्होंने अपना सब कुछ लुटा दिया था जबकि दादी के पिता क्लॉसिकल गायक थे। भाग्य की बात, कला ने उन्हें नाम और धन नहीं दिया और गुमनामी में ही परलोक सिधार गए थे। दादी अपने बचपन से अपने को कैसे मुक्त कर सकती थीं? संगीत उनकी आत्मा थी। बड़े से बड़े संगीतकारों को देखकर उनके साथ उठ-बैठकर वह बड़ी हुई थीं।

दादा के दौरे पर जाने के बाद दहेज में मिला वह ग्रामोफ़ोन बड़े से लकड़ी के बक्स से निकालतीं और जी भरकर सुनतीं। उनके पास कोई दो सौ रिकॉर्ड थे। जब दादा का देहान्त हो गया तो वह ग्रामोफ़ोन कभी लकड़ी के बक्स के बाहर नहीं आया। उसके रोने, मचलने, रूठने के बावजूद भी। जब दादी की मृत्यु हुई और उनके कमरे के सामान को माँ सम्भाल रही थीं तो उसने सबसे पहले लकड़ी का बक्स खोलकर वह ग्रामोफ़ोन उठाकर अपने कब्ज़े में कर लिया। उस 'एण्टीक पीस' को देखने और पुराने गाने सुनने उसकी छोटी बहन स्वाति की सहेलियाँ अकसर उसके कमरे पर कब्ज़ा जमा लेती थीं। उन्हीं में लारा थी। लारा उन्हें पसन्द थी। थोड़ा-बहुत रोमांस शुरू भी हुआ तो गर्मी की छुट्टियाँ शुरू हो गईं और जब यूनिवर्सिटी में दाख़िला लेने का समय आया तो पता चला कि लारा के पिता का ट्रांसफ़र हो गया।

कुछ वर्षों पहले तक इस ग्रामोफ़ोन के पास बैठकर राजकुमार को दादी की गर्म-नर्म गोद याद आ जाती थी, जिसमें बैठकर वह कटोरी से खीर खाते थे। उनका लाड़-दुलार और फिर उसके बाद लारा की यादें इससे जुड़ गईं। घर में सबको इस बात का अहसास है कि राजकुमार जहाँ जाएँगे ग्रामोफ़ोन साथ रहेगा और इसीलिए भारत-बँगला देश सरहद की ओर जब वह आने लगे तो ग्रामोफ़ोन उनके साथ था।

इस समय उनके ज़ेहन में लारा का चेहरा था। अक्सर वह सोचते थे कि एक अच्छी पत्नी जिसे वह बेहद प्यार करते हैं, उसके अलावा किसी की तरफ़ नज़र तक नहीं उठाते, फिर लारा के मोह से मुक्त क्यों नहीं हो पाते हैं? जब भी सुहावना मौसम देखते हैं, कोई कविता, कोई गीत, कोई ग़ज़ल सुनते हैं तो उस रोमाण्टिक दिमा़गी फ़िज़ा में पत्नी की जगह लारा क्यों उभरती है? वह तो बीस साल पहले कहीं गुम हो चुकी थी। आख़िर आदमी अपने बचपन से मुक्त क्यों नहीं हो पाता है? सोचते हुए वह ख़ेमे से बाहर निकले। काले बादल भारी होकर नीचे उतर आए थे। ठण्डी हवा बह रही थी। दूर से कुछ शोर आता सुनकर वह अन्दर गए और ग्रामोफ़ोन बन्द करके पलटे।

''सर...इन मछेरों की पूरी बारात नदी पार कर रही थी।'' एक सिपाही तेज़ी से चलता हुआ उनके सामने आन खड़ा हुआ।

''यू मीन बँगला देश?'' राजकुमार ने नया सिगरेट सुलगाया।

"यस सर!" सिपाही ने कहा।

राजकुमार ने बाहर निकलकर आँखों पर दूरबीन लगाई। दूर खुले मैदान पर रंग-बिरंगी तहमदों और सर पर अँगोछा डाले एक झुण्ड हरी-हरी घास पर क़दम बढ़ाता नज़र आया। सिपाही उनसे कुछ कह रहे थे और वे हाथ उठाकर जाने क्या जवाब दे रहे थे। बात कानों तक केवल मक्खी की भिनभिनाहट के रूप में पहुँच रही थी।

एकदम से मोटी-मोटी बूँदें गिरने से राजकुमार अन्दर चले आए। सिपाही ने गर्म कॉफ़ी की ट्रे लाकर रखी। अभी पाँच-दस मिनट ही गुज़रे थे कि अँगोछा मुँह पर रखे सूखा विलाप करते मछेरे ख़ेमे के अन्दर आ सीधे राजकुमार के पैरों पर गिर पड़े।

"हम बर्बाद हो जाएँगे...हमको जाने दें।"

"ठीक है! ठीक है!" कहकर राजकुमार ने पैर पीछे हटाया।

"हमारा क़सूर क्या है?" एक ने पूछा।

"नदी पार कर कहाँ जा रहे थे?" राजकुमार ने कहा।

"लड़के का ब्याह है, समधियाने जा रहे थे।" एक बूढ़े ने कहा।

"दूल्हा कहाँ है?" अधेड़ और बूढ़े चेहरों को देख राजकुमार ने पूछा।

"करीम...ओ करीम!" एक बूढ़े ने पुकारा। उसकी पुकार के साथ एक उन्नीस-बीस वर्ष का लड़का सामने आन खड़ा हुआ। सर पर फूलों की मुकुट-माला। शायद वे सेहरे की लड़ियाँ थीं जिसको समेट दिया गया था। मेहँदी लगे हाथों में भय नाच रहा था।

"बहू लाने बँगला देश जाओगे और बिना किसी क़ानूनी आज्ञा-पत्र, काग़ज़-पत्री के? पता है, एक देश की सरहद से बिना इत्तिला के दूसरे देश की सीमा में दाख़िल होना अपराध है? इस अपराध की सज़ा पता है? ठहरो। अभी सबको हथकड़ी लगवा देता हूँ।"

"अब हम रोज़ के आने-जाने वाले हैं। सरहद-सीमा को क्या जानें सरकार? तैर के उधर पहुँचे, तैर के इधर आ गए। नदी के दोनों पाट अपने हैं। उसमें पूछना क्या है?" हाथ जोड़कर एक अधेड़ बोला।

"हम भी तो अपना घर-बार छोड़कर इस चटियाल बियाबान में यूँ ही नहीं आकर बैठे हैं। किसी कारण से ही तो हम यहाँ तैनात किए गए हैं।" राजकुमार ने उन्हें समझाने की कोशिश की।

"अब मालिक आप हैं, जो चाहे करें, मगर हमको जाने दें।" बूढ़े ने अपनी बात ऊपर रखी।

"शादी इधर की लड़की से क्यों नहीं की?"

"साहब, वे हमारी जात-बिरादरी के लोग अपने मछुआरे भाई हैं। शादी-ब्याह तो अपनों में होता है...अब जाएँ हम लोग सरकार?"

‘‘कैसे समझाऊँ तुम लोगों को? ख़ैर...बारात वापस ले जाओ। कल तक सारे काग़ज़-पत्र ठीक हो जाएँगे तब जाना। समझे?’’ राजकुमार उलझकर बोले।

‘‘अरे, हम लोग ग़रीब आदमी हैं। लड़की वालों ने पचास बारातियों का खाना बनवाया होगा। वह लोग बर्बाद होंगे। हमारी भी बदनामी होगी।’’ फिर सूखा विलाप शुरू हो गया।

‘‘कहा था न बाबा! मैं शादी नहीं करूँगा...जेल गया तो नौकरी भी हाथ से जाएगी।’’ दूल्हा इतना कहकर रो पड़ा।

‘‘देखो साहब! बेकार बात आगे मत बढ़ाओ...कल कहोगे कि मछुआरे, जाल में आई मछली छाँटो। अपनी इधर रखो, उस किनारे वालों की उधर, तो बड़ा मुश्किल होगा।’’ एक जवान मर्द ने एकदम से सपाट लहजे में कहा।

‘‘कुछ लेना-लिवाना है तो ले-देकर हमारी छुट्टी करो। निक़ाह का समय आठ बजे है।’’ उसी जवान के साथ खड़े आदमी ने कहा।

‘‘अगर मुझे गुस्सा आ गया तो सबको जेल में डलवा दूँगा। बात समझे बिना बकवास कर रहे हो। शेरसिंह, ले जाओ इन सबको और बन्द करो बिना इजाज़त सीमा पार जाने के जुर्म में।’’ राजकुमार एकाएक तैश में आ गए।

सारे मछुआरे बंगाली भाषा में हाय-तौबा मचाने लगे। कोई रो रहा था, कोई सर पीट रहा था। कोई राजकुमार का पैर ज़ोर से पकड़े बैठा था। सिपाही भी उनके इस हाहाकार से कुछ झुँझला-से गए थे।

‘‘तीन दिन पहले मेहँदी की रस्म थी। हम बीस लोग गए थे तब क्यों नहीं पकड़ा?’’ वही जवान चिढ़कर बोला।

‘‘देखो सरकार! यह रही हमारी टोपी। तुम्हारे पैरों पर रखते हैं। मैं लड़के का दादा हूँ। हमारी इज़्ज़त तुम्हारे हाथ है। जो फ़ैसला करो, हमें मंज़ूर है।’’ यह कहकर बूढ़े ने सफ़ेद टोपी राजकुमार के पैरों पर रख दी। पता नहीं इशारा पाकर या स्वयं दुखी होकर दूल्हा भी मुकुट सम्भालता रोता हुआ राजकुमार के पैरों में पड़ गया।

अजीब दुविधा में पड़े राजकुमार पूरा दृश्य देख रहे थे। सबके चेहरों पर गिड़गिड़ाहट थी। सबके हाथ जुड़े हुए थे। शादी में जाते खुश-खुश लोग इस समय वास्तव में रुआँसे खड़े थे।

‘‘साहब! हमारा विश्वास करें। चाहें तो हमारी तलाशी ले लें। अगर हमारी बात पर यक़ीन न हो तो ब्याह के घर हमारे साथ किसी को भेज दें।’’ लड़के के बाप ने कहा।

‘‘आप जैसे लोग हमारे अतिथि बनें, इससे बड़ी हमारी खुशक़िस्मती और क्या होगी?’’ दूसरे अधेड़ मर्द ने कहा जो शायद लड़के का चचा था।

अजीब मुश्किल में जान है। न यह समझते हैं न वह समझते कि वर्तमान

स्थिति में ऐतिहासिक पृष्ठभूमि कितनी विपरीत और कठिन स्थिति सामने ला देती है विशेषकर तब, जब इन्सान शताब्दियों पुराने ज़मीन से बने रिश्ते को अपना अधिकार समझकर सहज रूप से जी रहा हो। तब नई सरहदों के क़ानून को उन पर लादना अपराध जैसा लगता है, जो हर इन्सानी भावना से परे मुर्दा फ़ाइलों में टाँग पसारे पड़ा है। ऐसी संकट की घड़ी में मुझे क्या करना चाहिए? बेचैनी से राजकुमार पहलू बदलने लगे। थोड़ा समय ख़ामोशी से गुज़रा, फ़िरा शोर शुरू।

''सरकार! मालिक! अन्नदाता!'' जैसे शब्दों के बीच खड़े राजकुमार कुछ देर बाद किसी फ़ैसले पर पहुँचकर मुड़े।

''शेरसिंह! जाने दो इन्हें...और हाँ, सबके नाम-पते लिख लो।''

इतना सुनते ही बिन पानी की तड़पती मछलियों की तरह मछुआरे जाल से छूट पानी में ग़ोते लगाने लगे। खुशी में आवाज़ें निकालते, धन्यवाद-शुक्रिया कहते, पैर छूते, हाथ मिलाते मछुआरों की बारात मैदान की ढाल उतरने लगी थी।

बाहर बारिश रुक गई थी। धूप निकल आई थी। हरे मैदान पर रंग-बिरंगी तहमदों और अँगोछों के आगे बढ़ती क़तार किसी झालर की तरह नज़र आ रही थी। उन्हें जाता देखकर राजकुमार ने सोचा कि घर-आँगन, गाँव, गली को बाँटने वाली वह लकीर धरती पर कंगूरे की तरह उभर आई है। इतना कुछ गुज़र जाने के बाद...?

राजकुमार बड़ी तेज़ी से टहल रहे थे। उनके अन्दर बहुत कुछ उमड़ रहा था। ज़मीन का नंगा सच और राजनीति का झूठा पर्दा उनके सामने जलते-बुझते बल्ब का दृश्य उपस्थित कर रहा था। समाचार-पत्रों में छपी ख़बरें, राजनेताओं के वक्तव्य केवल दिमाग़ के फ़ैसले होते हैं, उन्हें दिलों का हाल...ख़ैर, मैं इतना भावुक क्यों हो रहा हूँ? क्यों नहीं एक पुलिस अफ़सर की तरह बेहिस और निर्मम हो पाता? इस समय बड़ी आसानी से इन्हें पिटवाकर वापस भिजवा देता, भले ही रात के सन्नाटे में सरहद पार कर लेते मेरी बला से, मगर...

दूरबीन आँखों से लगाकर देखा। नन्ही-सी रंगीन पंक्ति नदी-किनारे खड़ी थी। देखते हुए मन-ही-मन बोले, 'शायद इन्हें बँगला देश बनने की ख़बर न हो। अगर ख़बर हो भी तो सरहद के बँटवारे का सच यह नहीं जानते हैं। यह सच इन्हें कैसे समझाया जाए जिनके लिए जल की धारा एक है, लोकगीत की ज़मीन एक है, आसमान का रंग और नदी के उठते उफ़ान की भाषा एक है, जिनके अन्दर आदिम रिश्तों की पैठ इतनी गहरी है कि उन्हें उस बन्धन से मुक्त कराना आसान काम नहीं है। मगर धरती पर सरहदों की कशीदाकारी करने वाले इस सच से किस क़दर बेख़बर हैं!

•

नयी हुकूमत

हाजरा अधेड़ उम्र की दहलीज़ पार कर लुटी-पिटी तन व तन्हा शौहर के घर से जब माँ की चौखट पर पहुँची तो जवानी की दौलत लुटा चुकी थी। खिचड़ी होते बाल, रूखा चेहरा, वीरान आँखें और साथ में चन्द रंग-उड़े टीन के बक्से, जो रिक्शेवाले ने दरवाज़े के अन्दर धकेल दिए थे।

आँगन में कबूतरों को दाना डालती हाजरा की माँ ने फीकी आँखों से बेटी को ताका, फिर जज़्बात से बिलबिला घुटनों पर हाथ रख बड़ी मुश्किलों से उठी और बेटी की बलाएँ ले, उसे छाती से लिपटा सुबक पड़ी। माँ-बेटी जब गले मिल चुकीं तो एकाएक हाजरा की माँ ने टूटे दरवाज़े की तरफ नज़रें घुमाकर पूछा—"नौशाद दूल्हा कहाँ रह गए?"

"मैं अकेली आयी हूँ अम्माँ!" हाजरा ने दरवाज़े की चौखट पर रखे बक्स दालान की तरफ घसीटे।

"अकेले?" बूढ़ी माँ ने उलझे जटा बालों पर दुपट्टा जमाया।

"अकेले और दुकेले क्या?" कहती हुई हाजरा ने घर पर उचटती नज़र डाली। शहतूत और अंजीर की सूखी पत्तियाँ पूरे घर-आँगन में हवा में मचल रही थीं।

"ठहरो! मैं चाय बनाती हूँ, सफर में थकन हो गयी होगी।"

"तुम बैठो अम्माँ, मैं बनाती हूँ।" कहती हुई हाजरा बावर्चीखाने की तरफ बढ़ी। ठण्डे चूल्हे पर धुएँ से काली पतीली चढ़ी थी। खोला तो देखा अन्दर जली खिचड़ी पड़ी थी।

"परसों खिचड़ी बनायी थी। थोड़ा-थोड़ा खाती हूँ। अब खाना कहाँ हजम होता है।"

हाजरा ने माँ का थका चेहरा देखा और कोने में खड़ी झाड़ू उठा दालान आँगन बटोरने लगी। कूड़ा समेट उसने टोकरी में डाला और चूल्हे की राख निकाल पतीली को खँगाल चाय का पानी रखा। ताक पर न दियासलाई थी न डिब्बे में चाय की पत्ती थी। हाजरा ने सारे डिब्बे खोल डाले। माँ की ज़िन्दगी की तरह सब खाली थे। एक पुड़िया में मूँग की दाल अलबत्ता बड़ी थी और कुछ नमक के ढेले...तभी उसने देखा माँ कूड़े की टोकरी से सूखी पत्तियाँ निकाल रही है।

"यह क्या अम्माँ?"

"चूल्हा नहीं जलाओगी क्या?"

रात का खाना खाकर दोनों माँ-बेटी सोने लेटीं। सारे दिन की थकान ने हाज़रा को बिस्तर पर लेटते ही थपकियाँ देनी शुरू कर दीं। हाज़रा नींद में डूब ही रही थी कि उसे महसूस हुआ कोई दरवाज़ा खोलकर अन्दर दाखिल हुआ है। हड़बड़ाकर उठी तो सामने महज़बीन को खड़ा पाया। अँधेरे में ज़ेवर उसके बदन पर दीवाली के दीयों की तरह झिलमिला रहे थे। उसके चेहरे पर हल्की मुस्कान की छाया-सी थी। हाजरा झुँझला पड़ी।

"अब यहाँ तो मेरा पीछे छोड़ दो।"

"यहाँ और वहाँ क्या? मैं तो बरछी बन तुम्हारे जिगर में गहरी उतर गयी हूँ। तुम्हें छोड़कर अब जाना मुश्किल है।" महज़बीन ने लचके-गोटे लगे दुपट्टे को उँगली में लपेटते हुए बड़ी अदा से कहा।

"या अल्लाह यह कैसा जुल्म है?..."

हाजरा बेहाल-सी बिस्तर पर लेट गयी। बार-बार करवटें बदलने के बाद ज़रा-सी झपकी लगी तो उसके नथुनों में उबटन की तेज़ महक आयी और चेहरे पर ठण्डा गीला-सा स्पर्श महसूस हुआ। ढोलक और सुहाग गीत उसके गानों में मचलने लगे। हाजरा हड़बड़ाकर उठ बैठी। उसे याद आया, सत्ताईस साल पहले इस घर में वह लाल जोड़ा पहनकर अलताफ़ के साथ बिदा हुई थी। आँचल में गुड़-चावल डालते हुए दादी ने कुरान के साये से निकालते हुए उससे कहा था कि बेटी, लड़की का असली घर शौहर का होता है जहाँ से उसका जनाज़ा ही उठता है। हाजरा को लगा, वह एक ज़िन्दा लाश है जो शौहर के घर से कब्र की तलाश में लौटायी गयी है। वह बेक़रार-सी उठी और आँगन में आकर खड़ी हो गयी। आसमान पर दूज का चाँद बड़ी मक्कारी से मुस्करा रहा था। उसे एकाएक अलताफ़ का चेहरा याद आ गया।

'तलाक़ तो मुझे अलताफ़ को देनी चाहिए थी। मगर गुज़ार दी सारी जवानी उस आदमी के साथ, जिसका चेहरा मुझे कभी न भाया और आज उसने किस तरह दूध की मक्खी की तरह मुझे निकाल फेंका?'

"क्या बात है हाजरा?"

"कुछ नहीं अम्माँ!"

"जब से आयी है, बिन पानी की मछली की तरह बेकरार है। मियाँ-बीवी में तो मनमुटाव होता रहता है। देखना, नौशाद दूल्हा दो दिन बाद तुम्हें लेने आ पहुँचेंगे।"

"अब वह कभी नहीं आएँगे मुझे लेने।"

"आख़िर क्यों भला?" हँस पड़ी बूढ़ी माँ।

''हाजरा ने माँ के क्यों का कोई जवाब नहीं दिया, क्योंकि उसको खुद अलताफ की इस चाल का पता नहीं था। वजह ढूँढ़ती है तो कुछ समझ में नहीं आता है। तीन बच्चे उसने पाल-पोसकर बड़े किए। खर्च की तंगी में उसने सिलाई कर बच्चों को हर तरह का सुख दिया। अब दोनों लड़कियाँ ससुराल में खुश हैं और बेटा दुबई कमाने गया है।

अब ज़रा सुख की साँस ली थी। दिल पहनने-ओढ़ने, घूमने-फिरने को चाहा था। जब सब तरफ से इतमीनान हुआ तो महज़बीन ने बिजली की तरह गिरकर आशियाना जला डाला।

''यह तुम्हारी छोटी बहन की तरह है।'' अलताफ़ ने एकाएक नयी-नवेली दुल्हन के साथ कमरे में दाखिल होकर कहा और वह अकबकायी-सी उन दोनों को देखती रह गयी। जब उसे होश आया तो जाने कैसे मुँह से निकल गया, ''बहन? बहनें सौत नहीं बनतीं।''

''मगर सौत को बहन तो समझा जा सकता है।'' अलताफ़ का लहजा बेहद नरम था।

''तुम क्यों नहीं निभाते यह रिश्ता?'' हाजरा का खून खौल उठा।

''यह तुम्हारी बाँदी बनकर रहेगी। मैं भी तुम्हारे सुख में कोई खलल नहीं डालूँगा। सब-कुछ वैसा ही चलेगा जैसा पिछले सत्ताईस सालों से चलता आया है।''

''सच?''

''मेरा यकीन करो, हाजरा।'' अलताफ़ मुसीबत में हमेशा हथियार डालने का आदी था।

''तो फिर हमेशा की तरह हर रात तुम मेरे पहलू में गुज़ारोगे और सुबह उठकर मैं गरम-गरम नाश्ता तुम्हें पलँग पर खिलाऊँगी?''

''यह कैसे मुमकिन है? आखिर नयी दुल्हन के अरमान...मेरा फ़र्ज़...''

''फ़र्ज़? पुरानी दुल्हन के लिए तुम्हारे फ़र्ज़ और मेरे अरमान?''

''देखो हाजरा, अब तुम ज़्यादती कर रही हो। तुम इस घर की मालकिन हो, कुंजी तुम्हारे हाथ होगी...''

''यह घर, जिसकी आधी गृहस्थी मेरी मेहनत से बनी है, उसकी मालिक तो मैं हूँ, उसमें नयी बात क्या है? मगर...इतना बड़ा कदम तुमने उठाया और मुझे भनक भी नहीं लगने दी? जवान बच्चों के रहते तुमने यह क्या कर डाला?''

हाज़रा ने अपने दोनों हाथ सिर पर मारे।

''जो करना था कर डाला। निक़ाह करके लाया हूँ, भगाकर नहीं।'' अलताफ़ के तेवर बदल गए। लहजा नरम से गरम हो उठा और वह तेज़-तेज़ कदमों से बाहर निकला। उसके पीछे दुल्हन भी पायजेब बजाती, उसको तलवार से काटती निकल गयी। दर्द की ताब न रही तो चीख पड़ी।

"इसके साथ मेरा गुज़र नहीं होगा। यह मेरा घर है मेरा...इसका बँटवारा नहीं होने दूँगी। ईंट-से-ईंट बजाकर रख दूँगी। कल ही तार देती हूँ अनवर को. ..आओ, देखो बाप की करतूत, बूढ़े मुँह मुँहासे...मुँह पर कालिख पुतेगी तब पता चलेगा आटे-दाल का भाव..." हाजरा बड़बड़ाती रही। रोती-चीखती, चीज़ें पटकती रही मगर अलताफ़ मियाँ के कान पर जूँ न रेंगी। जो पिछवाड़े नया कमरा बनवाया था उसमें वह नयी बीवी के साथ दाखिल हो गए। उनकी रात शब-बरात थी। उनको इससे क्या कि कोई कुढ़ रहा है या जल रहा है।

सूखे पेड़ के नीचे बैठे-बैठे हाजरा ने बची रात गुज़ार दी। पौ फटते ही चिड़ियों की चहकार गूँज उठी। उसने घुटनों से सिर उठाया और बेदिली से उठ चूल्हे के पास जा लकड़ियों को जोड़ मिट्टी का तेल डाला। आग जला वह मुँह धोने गयी। इस वक्त उसे अपना घर याद आ रहा था, जहाँ आराम की सारी चीज़ें थीं। गैस पर खाना पकाते हुए रेडियो सुनती। मेज़ पर खाना खाते हुए टीवी देखती और कूलर की ठण्डी हवा में सोती। सिंक पर खड़ी ब्रश करती मगर यहाँ तो सब उलट गया था। आराम का आदी बदन बुरी तरह टूट चुका था। माँ की गरीबी, बीमारी दूर रहकर सह ली जाती थी मगर यहाँ आँखों के सामने सब घट रहा था। उससे आँखें कैसे बन्द कर लेती। एक-दो गहने बदन पर पड़े थे। पर्स के रुपये थे ही कितने, वह भी राशन-पानी में खत्म हो गए। उसे अपनी ज़िन्दगी बोझ-सी लगने लगी। दिल में घर छोड़ने का मलाल टीस बनकर उभरा।

"आज हफ्ता गुज़र गया तुम्हें आए, मगर नौशाद दूल्हा नहीं आए?"

"मैं तुम पर बोझ हूँ क्या अम्माँ?" हाजरा चिड़चिड़ा उठी।

"कैसी बातें करती हो बेटी, तुम्हारे आने से पेट भर रहा है...मगर तेरे घर की फ़िक्र भी तो है। बेटियाँ अपने घर अच्छी लगती हैं।"

हाजरा चुप रही। कैसे कहती कि वह रात अंगारे के बिस्तर पर गुज़र गयी थी। सुबह आँगन, दालान, गुसलखाने में गूँजती पायजेब की छुन-छुन उसके दिमाग में सुई चुभो रही थी। वह चुपचाप लेटी थी। धूप छत से गुज़रती आँगन में उतर आयी। उसे अपना वजूद उस घर में बेकार लगा। सारी चीज़ें परायी लगीं। जब मर्द ही पराया बन गया तो इस घर-गृहस्थी को लेकर वह क्या करती? उसने कबाड़ी को देने के लिए अपने जहेज़ के बक्स निकाले थे। चमड़े, प्लास्टिक के खूबसूरत सूटकेसों के आगे टीन के छापेदार बक्स रखकर वह क्या करती, मगर आज वही बक्स उसे अपने लगे। उठकर उसने उन्हें खोला। फिर कागज़ बिछाकर अपने कुछ कपड़े, जो उसे अब छोटे पड़ते थे, निकाल-निकालकर रखने लगी। अपने जहेज़ की चीज़ों को याद करती, उन्हें ढूँढ़ती बौरायी-सी कमरे में यादों के गोले को बेतहाशा खोले जा रही थी। जब वह अपने में पूरी तरह उलझी हुई थी, उस वक्त अलताफ़ आया और बेहद सपाट लहजे में बोला, "महज़बीन कह रही थी तुमने नाश्ता नहीं किया?"

‘‘वह कौन होती है कहनेवाली कि मैंने नाश्ता किया है या नहीं, मैं उसकी पैर की जूती नहीं हूँ, अपनी मर्ज़ी की मालिक हूँ।’’

‘‘मानता हूँ, देखो आज चौथी है। महज़बीन के भाई आने वाले हैं। हालात को समझो।’’

‘‘मुझे तलाक़ दे दो, फिर ख़ातिर करना अपने नए ससुरालवालों की। मुझसे उम्मीद मत रखो कि उनके आगे खासा लगाऊँगी।’’ हाजरा की ज़बान इतनी कड़वी भी हो सकती है इसका अन्दाज़ा खुद उसे भी नहीं था। अलताफ़ के अन्दर बैठा जानवर भी अब हुमकने लगा था। आखिर जिस बात की उन्हें इजाज़त मिली है, उसी पर वार करना बेकार था। वह हाजरा से छीन क्या रहा था, बस अपने लिए कुछ खुशियाँ ही तो लाया था? सारे फर्ज़ निभा दिए। अब जो ज़िन्दगी बच गयी है उसे अपनी तरह जीने का भी उसे कोई अधिकार नहीं है फिर तो मौत ही भली। थोड़ी देर टकटकी बाँधे हाजरा को घूरता रहा, फिर नहले पर दहला जड़ दिया, ‘‘तलाक़ चाहती हो तो ले लो तलाक़...तलाक़, तलाक़, तलाक़,...’’ इतना कहकर गुस्से में अलताफ नए कमरे की तरफ लौट गया।

हाजरा पर दूसरा दिमागी सदमा बम के गोले की तरह फूटा। बौखलायी-सी वह नयी स्थिति को समझ पाती, इससे पहले उसके अन्दर से एक तूफान उसके सारे वजूद को झिंझोड़ता बाहर निकला। गुस्से और गम ने समझ की सारी दीवारें गिरा दीं। घर में समझाने और रोकनेवाला कौन बैठा था जो तूफान पर रोक लगाता? यहाँ तो उल्टे पायजेब की छुन-छुन आग पर तेल का काम कर रही थी।

‘‘वह मुझे तलाक़ देगा...मैं खुद उसे छोड़कर जा रही हूँ। मैं खुद उसे तीन बार नहीं छह बार तलाक़ देती हूँ–तलाक़, तलाक़, तलाक़, तलाक़, तलाक़, तलाक़...’’ बच्चों की गिनती की तरह बोल गयी हाजरा। उसका दिल चाहा कि नए कमरे में जाकर अलताफ़ के बदसूरत चेहरे को नाखूनों से नोच डाले जिससे वह ज़िन्दगी भर नफरत करती आयी थी। आज समझौते का पुराना बाँध टूट चुका था। अन्दर का दबा ज्वालामुखी आँख और मुँह के रास्ते फूटकर बाहर निकलने लगा था।

‘‘मैं तलाक़ से डरकर ऐरे-गैरों की जूतियाँ सीधी करनेवाली नहीं हूँ। लो सँभालो अपना घर...’’ इतना कहते-कहते बौरायी हाजरा की आवाज़ भर्रा गयी। फूटकर रो पड़ती अगर सामने से महज़बीन शरबत का जग उठाए गुज़र न जाती। अन्दर की नरमी फिर धधकते लावे की तरह उबल पड़ी।

‘‘इस घर का सारा तामझाम उठा ले जाऊँ तो मियाँ को पता चलेगा कि इनकी कमाई में कितना दम था।’’ कहती हुई हाजरा ने तीनों छोटे-बड़े टीन के बक्स घसीटे और दालान तक लाकर छोड़ दिए। तभी नए कमरे के खिड़की-दरवाज़ा बन्द होने की आवाज़ उसके कानों से टकरायी जैसे अलताफ़ कह रहा हो, ‘‘आओ मेरी बला से, और जो जा रही हो तो फिर लौटना नहीं।’’

स्टेशन तक पहुँचने और रेलगाड़ी में बैठने तक उसका जोश बदस्तूर कायम था मगर जैसे ही गाड़ी हिली, उसके अन्दर कुछ काँपा था। दो घण्टे के छोटे-से सफर में गुस्सा काफूर बन उड़ता गया और उसकी जगह गम का चेहरा निखरता गया। भागते पेड़ों, खेतों, पुल और बस्ती को देखकर भी उसकी नज़रें अपनी ज़िन्दगी की राह में उलझी हुई थीं। कच्चे मकान की लिपाई से लेकर पक्की दीवारों तक का सफर याद आ रहा था। उस घर को घर बनाने में अपना दाँत से पकड़कर पैसा खर्च करना याद आ रहा था। गाड़ी जब स्टेशन पर रुकी तो आँखों से गरम सोते उबल पड़े। भीड़ में कुली के पीछे चलती हुई वह अपने को बीमार महसूस कर रही थी, जैसे गिरते आँसू उसके बदन की सारी ताकत निचोड़ रहे हों। रिक्शे पर बैठ उसने अपने को सम्भाला। ठण्डी हवा ने गीली आँखों पर पंखा झला। जब घर की ड्योढ़ी पर पहुँची तो उसे सिर्फ अपना अपमान याद रहा। दिल व दिमाग में नफरत ही नफरत थी, महज़बीन के लिए कम, अलताफ़ के लिए ज़्यादा।

पन्द्रह दिन में साथ लाए रुपये चिड़ियों की तरह फुर्र हो गए तो हाजरा नींद से जागी। अनवर ने दो माह पहले पाँच हज़ार उसे भेजे थे जो पर्स में पड़े थे, जिससे उसने टूटा दरवाज़ा और दालान की टपकती छत ठीक करवायी थी। बावर्चीखाने के खाली डिब्बे भरे थे। अब किसके भरोसे आगे के दिन गुज़ारेगी? अनवर का पता वह जल्दबाज़ी में वहीं छोड़ आयी थी। उसका मनीऑर्डर आएगा वह अलताफ़ रख लेगा। वह बेटे को अपने साथ घटे हादसे की इत्तला भी नहीं दे सकती है। लड़कियों को उसने खत डाल दिया था मगर उसे यकीन नहीं था कि बेटे का पता उनके पास होगा। उनको जो कुछ लिखवाना-मँगवाना होता था वह माँ को लिख देती थीं। और हाजरा बहनों की फरमाइश उनके भाई को लिख भेजती थी। अब तो एक ही रास्ता था कि बदन पर पड़े ज़ेवर को उतारकर बेचे और सिलाई की मशीन खरीदकर अपनी रोज़ी-रोटी खुद कमाए। आँखों में पहली जैसी रोशनी न सही तो भी चश्मे से काम तो चलाना पड़ेगा।

"हाजरा, तुम्हारा इरादा क्या अपने घर लौटने का नहीं है जो यह सारा खटराग पाल रही है?" मशीन जिस दिन आयी, माँ का माया ठनका।

"वहाँ जाकर क्या करूँगी?"

"मतलब...?"

"अलताफ़ ने दूसरी शादी कर ली है।"

"यानी कि..." माँ को साँप सूँघ गया।

"मुझे तलाक़ देना पड़ा पूरे छह बार..."

"बौरा गयी है क्या जो औलफौल बक रही है तू?"

"उन तिलों से अब तेल नहीं निकलनेवाला है," कहती हुई हाजरा ने कटे कपड़ों को उठाया।

"ज़माने को आग लग गयी है। जबसे आयी थी तभी से मेरा दिल धड़क रहा था कि कुछ अनहोनी घटनेवाली है।" माँ बड़बड़ा रही थी।

हाजरा की सिलाई मशीन खट-खट करती, कटे कपड़ों को जोड़ती, तूफानी रफ्तार से बढ़ रही थी। हाजरा ने जहाँ से ज़िन्दगी शुरू की थी वहीं पहुँच गयी। माँ-बेटी ने बड़ी तकलीफें उठायी थीं। ज़िन्दगी कभी खुशियों से भरी थी। हाजरा का बचपन भी बड़ा सुखी गुज़रा था, मगर बाप की अचानक मौत ने सब-कुछ बदल डाला था। फाके तक करने पड़े थे। जब फण्ड का रुपया मिला तो दादी ने हाजरा के हाथ पीले कर दिए थे। घर में कुँवारी लड़की बैठी हो तो नींद यूँ ही उड़ी रहती है, फिर वह भी यतीम और बेसहारा। हाईस्कूल पास हाजरा अलताफ़ के साथ ब्याह दी गयी थी, जो शीशे काटने का काम करता था। आज वे दोनों माँ-बेटी उसी तरह बेसहारा हो गयी थीं। उनकी समझ और दूर-अन्देशी काम न आयी और समय के घूमते पहिये ने बता दिया कि दुनिया गोल है, जो जहाँ से चला है वहीं लौट आता है।

रात को खा-पीकर जब माँ-बेटी बिस्तर पर लेटीं तो उस फैले अँधेरे में उनकी खुली आँखों के जुगनू काफी देर तक चमकते रहे। सारे दिन घर में आना-जाना लगा रहने से माँ हाजरा से कुछ पूछ नहीं पाती थी। अब जो मौका मिला है तो एक-साथ ढेरों सवाल दिमाग में कुलबुला रहे हैं, कौन-सा पूछें? किस सवाल से बात शुरू करें? हाजरा ने जो करवट बदली तो एकाएक माँ कह उठी–"खाक पड़े इन मर्दों की अक्ल पर...देखना नाकों चने चबवाएगी। बूढ़े और जवान का कभी जोड़ा बैठा है कहीं?"

"पता नहीं कौन किस को चने चबवाएगा।"

"तलाक़ के साथ कुछ दिया भी या नहीं?" माँ ने दिल पर पत्थर रखकर पूछ लिया।

"नहीं।"

"तलाक़ दी थी मर्द की तरह तो 'मताह' भी देता। आखिर औरत खाती-पीती भी है, वह भी इन्सान है, उसे भी सर्दी-गर्मी लगती है। सच है, आज ज़माना बदला तो मर्द भी बदल गए, अब पहली वाली बातें कहाँ उनमें?"

"अलताफ़-जैसे मर्द हर दौर में थे।" नफरत से हाजरा बोली।

"माना कि मर्द तोताचश्म होते हैं। उनके प्यार-मोहब्बत की मियाद बहुत छोटी होती है। मगर इन्सानियत भी एक चीज़ होती है। शादियाँ करो, मगर इस तरह तलाक़ देकर पहली को बेसहारा तो मत बनाओ। सच कहती हूँ, पहले तलाक़ देकर खाली हाथ औरत को वापस भेजना उनकी मर्दाना गैरत के खिलाफ था मगर अब..."

"छोड़ो अम्माँ, कुछ लाती भी तो कितने दिन चलता?"

"बात चलने की नहीं है बल्कि कायदे की है। तुमने अपना हक़ क्यों न लिया? जब तलाक़ ली थी तो फिर छाती पर चढ़कर गुज़ारा भी तो लेती।"

“नहीं अम्माँ, जिस घर में इतनी बेइज़्ज़ती हुई हो वहाँ से कुछ लेना मुझे कुबूल न था।”

“खुला मैदान छोड़ आयी? तुम लड़कियाँ भी अजीब हो! जहाँ हक़ बनता है वह लेती नहीं हो, जहाँ लड़ना होता है वहाँ खामोश रह जाती हो और जहाँ कुछ भी नहीं करना होता है वहाँ तूफान उठा देती हो...? कभी-कभी तो लगता है कि जैसे तुमने ही मर्दों को बिगाड़कर रख दिया है अपनी हेकड़ी में...”

“अब इन सब बातों से क्या फायदा! जो गुज़र गया सो गुज़र गया। अब सो जाओ अम्माँ।”

हाजरा ने रूखा-सा जवाब देकर माँ को चुप करा दिया, मगर वह खुद जानती है कि उसने बहुत जल्दबाज़ी से काम लिया है। कुछ दिन सब्र से बैठती, तेल देखती, तेल की धार देखती, फिर तिरिया चरित्र दिखा नयी-नवेली को एक किनारे बिठा उसका पत्ता काट देती। मियाँ का दिल ऐसा फेरती कि महज़बीन की जवानी उसके बुढ़ापे के आगे गिड़गिड़ाती नज़र आती। उसे खर्चे-पानी की कमी क्या थी, बेटा कमाकर भेज रहा था। ठाठ से रहती, पहनती-ओढ़ती, दोनों को जलाकर खाक कर देती। आखिर उसकी तीन-तीन औलादें थीं, जिनकी वह माँ थी। उसने तो लड़कियों से उनका मायका ही छीन लिया है, अब वह पहले की तरह किसके भरोसे आएँगी? बेटा भी दोराहे पर खड़ा हो गया है कि लौटे तो किसके पास, जहाँ पैदा हुआ उस घर में बाप के पास या वहाँ जहाँ माँ रूठकर बैठी है?

“सब्बो और शम्मो का कोई खत आया?”

“नहीं।”

“नानी को देखने के बहाने ही चली आतीं। दोनों को ब्याह के बाद देखा कहाँ है? आँखें तरस गयी हैं। अब तो मेरे चल-चलाव के दिन पास हैं, जाने कब आँखें बन्द हो जाएँ?”

“अम्माँ, तुम बेकार परेशान मत हो, सब ठीक हो जाएगा।”

“अल्लाह पर भरोसा है।”

अँधेरे में चमकते जुगनू बन्द हो गए। रात आधे से ज्यादा ढल चुकी थी। अँधेरे में देखी जानेवाली यह फिल्म भी कुछ देर बाद दिल व दिमाग को थका देती है। सोच का परिन्दा अन्त में बेदम-सा आँखों के बन्द घोंसले में समा जाता है।

उस रात माँ सचमुच गहरी नींद सो गयीं। सुबह चाय के वक्त माँ का साकित बदन देख हाजरा धक् से रह गयी। दोपहर तक कफन-दफन हो गया। पुरसा देनेवाली औरतें भी हाजरा को दिलासा देकर चली गयीं। शाम धीरे-धीरे करके रात की तरफ बढ़ रही थी। माँ की लहद पर चिराग जला हाजरा चुपचाप दालान में बिछी दरी पर जाकर बैठ गयी। घर का सन्नाटा उसे काटने दौड़ रहा था। खौफ का अनकहा हाला उसको चारों तरफ से घेर रहा था। उसने उठकर दरवाज़ा बन्द किया और

बिना खाए-पिए बिस्तर पर जाकर लेट गयी। पास का पलँग खाली देख उसकी आँखें भर आयीं।

ज़िन्दगी एक-दो दिन बाद पहले की तरह गुज़रने लगी। वही औरतों की भीड़, मशीन की खटखट और कपड़ों के रंगों के तागे, बटन खरीदती हाजरा—सब-कुछ भुला देनेवाली हाजरा—पहले की तरह कुछ भी न भुला पायी। अब तो हरदम उसे एक ही बात परेशान करती रहती थी कि कहीं वह माँ की तरह लम्बी उम्र पा गयी तो कब तक इस अकेले घर में भटकेगी। उसकी भरी-पूरी ज़िन्दगी ने उसे क्यों तन्हा छोड़ दिया, आखिर उससे खता कहाँ हुई? वह तो अलताफ़ से नाराज़ थी,...फिर उसको घर से निकालने की जगह वह खुद क्यों निकल आयी? गलती उसने नहीं, अलताफ़ ने की थी, फिर सज़ा उसने पूरे खानदान को दे डाली। मर्द रिश्ता बनाता है मगर औरत उसे निभाती है, क्योंकि सृष्टि के इस खेल की सूत्रधार तो औरत है। वह रचती है, बनाती है, ज़िन्दगी का क्रम पूरा करती है।

''नहीं-नहीं, मेरी गैरत कभी वहाँ मुझे नहीं रहने देती। यह कमज़ोरी-भरी सोच शायद मेरे अकेलेपन की देन है। मैं भला कैसे उस आदमी के साथ रह सकती हूँ जिसने शीशे की तरह दिल पर भी एक महीन लकीर खींच हलकी-सी ठेस से उसे तोड़ दिया।'' दिन में मशीन चलाती हुई हाजरा बदल जाती। सूरज की तेज़ी और चमक उसे जोश से भर देती थी।

कई माह गुज़र गए। हाजरा ने ऊपरी तौर से हालात से समझौता कर लिया। चन्द उठने-बैठनेवालियाँ मिल गयीं, जिनके साथ सिनेमा देख आती। हँसी-मज़ाक, खाना-पीना कर अपने को खुश रखने लगी थी। यह घर भी धीरे-धीरे सजने लगा था। ज़रूरत का सामान आने लगा था। पेड़ की जड़ों में पानी जाने से उसमें पत्तियाँ निकल आयी थीं। और उसी की एक शाख पर उसने तीतर का पिंजड़ा यह सोचकर टाँग दिया था कि एक से भले दो। खुद खाना खाती तो तीतर को भी दाना डाल देती थी। उससे इस तरह बातें करती जैसे वह सब-कुछ समझ रहा हो।

सालभर बाद एक सुबह जब वह आँगन में झाड़ू दे रंगीन कपड़ों की कतरनें बटोर रही थी, उस वक्त दरवाज़े की कुण्डी खड़क उठी। झाड़ू छोड़ जो दरवाज़ा खोला तो धक् से रह गयी, सामने अनवर खड़ा था। बेटे को छाती से लगाने की जगह वह खुद उसकी छाती से लग बिलख उठी। माँ के सिर पर हाथ फेरता अनवर कुछ पल वहीं खड़ा रहा, फिर माँ को कन्धे से पकड़ अन्दर आया और पलँग पर बिठाकर खुद गिलास में पानी उंड़ेलने लगा। पानी पीकर हाजरा संभल गयी। हमदर्दी पाकर उसकी ज़बान अलताफ़ के खिलाफ बोलने के लिए कुलबुलाने लगी, मगर बेटे के चेहरे पर छायी संजीदगी को देखकर वह दम साध गयी। दोनों कुछ देर ख़ामोश बैठे रहे। अनवर ने उचटती नज़र से घर को देखा।

''अम्माँ को मरे छह माह गुज़र गए।''

अनवर कुछ बोला नहीं। चुपचाप उठा और साथ लाया बैग खोलने लगा। हाजरा ने उठकर चाय का पानी चढ़ा आटा गूँधना शुरू कर दिया। उसके दिल में पंख लगे थे। वह सब-कुछ बताना चाहती थी कि क्या कुछ घटा, परायी औरत की खातिर वह बेघर-बार हुई। इस बुढ़ापे में रोटी कमाने के लिए कपड़े सिलने बैठी। अनवर जब मुँह-हाथ धोकर आया तो नाश्ता तिपाई पर लग चुका था।

"अम्माँ, जल्दी से सामान समेटो। गाड़ी ठीक बारह बजे छूट जाएगी।" कहता हुआ अनवर अपनी पसन्द का नाश्ता रौगनी टिकियाँ और अण्डा खाने लगा। बरसों बाद जैसे उसकी भूख शान्त हुई हो, ऐसा हाजरा को लगा हो या नहीं, मगर अनवर को ज़रूर महसूस हुआ। पूरे पाँच साल का काण्ट्रैक्ट खत्म कर वह लौटा है। रेगिस्तान से अपने साथ कमाया धन ही नहीं बल्कि कुछ सपने भी साथ लाया है। उस सपने में माँ भी है। बचपन का वह घर भी है जहाँ नए समीकरण की कोई गुंजाइश नहीं है। ये सारी बातें वह बाप से कहकर आया है। घर माँ को नहीं, बाप को अपनी नयी दुल्हन के संग छोड़ना होगा, क्योंकि वह कटे हैं परिवार की ईकाई से। यह सब वह माँ को नहीं बताना चाहता है, न यह कहना चाहता है कि उसने माँ की खातिर बाप से लड़ाई कर ली है।

बेटे के हुक्म को हाजरा ने बिना किसी हील-हुज्जत के मान लिया और सामान बाँधा। आखिर उसका दूसरा वारिस आया था उसे लेने, जिसको उसने खुद पैदा किया था। इस नयी हुकूमत की बागडोर अब वह छोड़ना नहीं चाहती थी।

•

सरहद के इस पार

खपरैल तड़ातड़ कच्चे आँगन में गिरकर टूट रही थी। मगर किसी में हिम्मत नहीं थी कि आँगन में निकलकर या फिर दालान से ही रेहान को आवाज़ देकर मना करता। अम्मा को दौरा पड़ गया था। हाथ-पैर ऐंठ गए थे। मुँह से झाग निकल रहा था। उनके पास सिर्फ एक ही अभिव्यक्ति रह गयी थी और वह थी–गिरकर बेहोश हो जाना।

"मुसीबत जब आती है तो चारों तरफ से आती है!" दद्दा ने अम्मा का हाथ सहलाते हुए कहा।

"रोने से काम नहीं चलेगा लड़की। पीछे की खिड़की से किसी को पुकारो। शायद शकूर घर पर मिल जाए।" दद्दा से नरगिस से कहा, जो माँ का चेहरा देख-देखकर रो रही थी। दद्दा की बात सुनकर वह भागी।

"शकूर चचा...शकूर च...चा!" नरगिस की भर्रायी आवाज गूँजी।

"क्या है बन्नो?" शकूर चचा शेव बनाते हुए सामने आए।

"भैया आज फिर सारे खपरैल आँगन में फेंक रहे हैं!" नरगिस ने रोते हुए कहा।

"आ रहा हूँ।" कहकर शकूर कमरे में लपके।

खपरैल के टूटने की आवाज़ के साथ एक और आवाज़ उभर रही थी–"मैं बता दूँगा। गिन-गिनकर बदला लूँगा। मुझसे बचकर कोई नहीं भाग सकता है, मैं पूरी दुनिया जलाकर राख कर दूँगा!"

रेहान भाई को पीछे से पकड़कर शकूर चचा कमरे में ले आए थे। इस पकड़ा-धकड़ी में उनके हाथ-पैर कई जगह से ज़ख्मी हुए थे। नरगिस को रेहान भाई की हालत देख-देखकर सुरैया आपा से नफरत हो गयी थी। वह अगर ऐसा न करती तो क्या भैया की ऐसी हालत बनती?

अम्मा को होश आ गया था। दद्दा उनको रूह-अफज़ा पिला रही हैं। अब्बा को शकूर चचा ने फोन कर दिया है। भैया कमरे में बन्द हैं। खिड़की से उसने झाँका। वह सुस्त, बेदम, फर्श पर पसीने से नहाए औंधे पड़े हुए हैं।

सात साल की नरगिस सबकुछ देख रही है। दद्दा सुरैया आपा को दुपट्टा फैलाकर कोस रही हैं। अम्मा उन्हें मना कर रही हैं। ऊपर नीम पर बैठी चील चीख रही है।

इन्हीं चीलों को रेहान भाई कितना परेशान करते थे। जिस दिन बाज़ार से वह गोश्त लाते, साथ में छिछड़े ज़रूर लाते थे। फिर आँगन के ऊँचे चबूतरे पर खड़े होकर छीछड़े उछालने का नाटक करते चीखते थे—'अण्डे-बच्चेवाली चील चिलोरिया... ।'

एक बार खिसियायी चील उनकी उँगली को ज़ख्मी कर गयी थी। कितना खून निकला था। सुरैया आपा भी क्या चील है? भैया को पागल बना दिया। दद्दा कहती है, 'नासपीटी, जहन्नुमी है। जाने कितने घर उजाड़ेगी हर्राफा!'

"नरगिस! इधर आओ!" अम्मा की कमज़ोरी में डूबी आवाज़ उभरी।

"आयी अम्मा!" नरगिस दौड़ी हुई आयी।

"मेरी तिलेदानी से ज़रा महीनवाली सुई निकाल लाना।"

नरगिस भागती हुई असबाबवाली कोठरी में घुसी। अन्दाज़े से तिलेदानी टीन से बक्स से उठायी और कोठरी से बाहर भागी। इस अँधेरी कोठरी से नरगिस को बड़ा डर लगता है। जाने अम्मा इसमें कैसे सामान रखती-उठाती हैं।

"जाकर ज़रा खलिकुन को तो बुला लाओ। कहना, नवाब दुल्हन की तबीयत ठीक नहीं है। दद्दा ने फौरन बुलाया है।"

नरगिस दरवाज़े की तरफ बढ़ी।

"बेकार आप परेशान हो रही हैं, मैं ठीक हूँ।" अम्मा ने रेहान भाई की बुशर्ट उठाते हुए कहा।

"मेरे जीते-जी सारे चोंचलें हैं। मर गयी तो कौन आएगा यहाँ पर?" दद्दा ने कहा और मरतबान से कुछ मेवे, जड़ी-बूटी जैसी चीज़ें निकालकर पुड़िया बाँधने लगीं।

गली में सन्नाटा था। हिन्दू-मुसलमान फसाद हुए अभी दो ही दिन गुज़रे थे, मगर अम्मा के लिए दो युग। खपरैल पर बैठकर रेहान के जो मुँह में आता, बकता था। माँ-बाप को शर्मिन्दगी के सिवाय कुछ हाथ नहीं आ रहा था।

"मारो सारे हिन्दुओं को, गले दबा दो इनके! साले, कहते हैं कि तुम पाकिस्तानी हो। जाकर पूछो इनसे, तुम्हारे बाप-दादा कहाँ हैं? मेरे बाप-दादा इसी धरती के आगोश में गढ़े हैं। सबूत चाहिए तो जाकर देखो हमारे कब्रिस्तान, सबके सब मौजूद हैं वहाँ—खुद गद्दार हैं और हम पर इल्ज़ाम लगाते हैं।...नौकरी न देने का अच्छा बहाना ढूँढ़ा है! आखिर कहें भी क्या? मारो सब कातिलों को! मारो, खून की नदियाँ बहा दो मार-मार-कर!"

सबको पता था, रेहान के दिमाग़ पर असर है। पैट्रोलिंग पुलिस के सिपाही

भी हँसते गुज़र जाते थे। कुछ 'पागल है' कहकर थूकते और कुछ सिपाही जाने क्या सोचकर सिर हिलाते, जैसे वह सब समझ रहे हों।

शकूर कई बार नीचे से समझा चुका था मगर कौन समझता है। पूरा मोहल्ला हिन्दुओं का है, सिर्फ तीन-चार घर मुसलमानों के हैं। गली के पार सारा-का-सारा मुहल्ला मुसलमानों का है। बात यहीं नहीं रुकी। जब कर्फ्यू खत्म हुआ तो जान-बूझकर रेहान शेरवानी पहनकर निकला।

"देखें किस माई के लाल में ताकत है मुझे छूने की!"

दद्दा ने सिर पीट लिया, "यह हमें रुस्वा कराके रहेगा। भुस में चिनगी डाल रहा है। आग न लगती होगी तो लग जाएगी।"

दोपहर में वर्माजी की पत्नी अम्मा से कह गयी थीं, "बहिनजी! परेशान न हों। हम रेहान को हमेशा से जानते हैं, अपना लड़का है। उसकी बातों को सब समझ रहे हैं। आप चिन्ता न करें।"

इस तरह से कई पड़ोसिनें अम्मा के शर्मिन्दा सरापे को सहारा देकर और दद्दा के हाथों का पान खाकर चली गयी थीं। अम्मा सुता मुँह लिए बैठी रहीं। क्या कहतीं?

रेहान ने फर्स्ट क्लास में एम.ए. पास किया था। पाँच साल से नौकरी की तलाश थी। पी-एच.डी. से मन उचटा हुआ था। सुरैया से उसकी दोस्ती बी.ए. में हुई थी। दोस्ती इश्क में बदली और फिर शादी के वायदे में, मगर जब घरवालों को पता चला तो उन्होंने सुरैया से साफ कह दिया कि सैयद की लड़की शेखों में नहीं जाएगी। खानदान भी छोटा, औसत लोग हैं, फिर दो वर्ष से बेकार लड़का। लड़की का गला न घोंट दें ऐसे घर में शादी करने से?

बहुत दिनों तक यह बात रेहान से छुपी रही, मगर जब सुरैया की मँगनी हो जाने की बात उसके कान में पहुँची तो उसे एकाएक यकीन ही नहीं आया। परसों ही तो सुरैया से उसकी मुलाकात हुई थी। उसने ज़रा भी जो इशारा किया हो। अपनी बेबसी पर वह बेकरार हो उठा।

सुरैया के घर तो जा नहीं सकता था। घुटता रहा। वायदे के मुताबिक सुरैया जुमे के दिन आयी भी नहीं।

बेकारी, इश्क में नाकामी और बेवफाई ने रेहान को दीवाना बना दिया। दद्दा का ख्याल था कि सुरैया की फूफी ने रेहान पर जादू-टोना किया है। वह बहुत जल्लाद दिल की औरत है। उसने अपनी सौत के गुप्त अंगों को जलते चिमटे से दागा था। ऐसे बुरे लोगों के बीच में रेहान जाकर फंस गया। जितना रेहान को सुरैया से नफरत दिलायी जाती, उतना ही वह उसके लिए अधिक व्याकुल होता गया।

फसाद फिर हो गया। शहर में तनाव बढ़ गया। पुलिस हरकत में आ गयी और

रेहान बेकरार। ऊपर छप्परों पर बैठा फिर औल-फौल बकने लगा। आज उसे नौकरी मिल जाती तो क्या सुरैया की शादी की तारीख तय हो पाती? नारायणजी का जुमला नश्तर चुभो रहा था–'रहते हैं हिन्दुस्तान में, मगर सपने देखते हैं पाकिस्तान के!' दिल चाहा, पटख-पटखकर नारायण को मारकर पूछे–मन्दिरों की मूर्तियाँ डॉलर और पाउण्ड के लालच में कौन बेचता है? उसकी बातों की हकीकत को कोई समझना नहीं चाहता है। सब उसे पागल, दीवाना कहते हैं। कोई नहीं पकड़ता इन गद्दारों को, जो शराफत का लिबास पहनकर दूसरों पर कीचड़ उछालते हैं। उसका खून फिर गर्म होने लगा। सुरैया की छत पर उसके कपड़े फैलाकर बुआ नीचे गयी है। धानी दुपट्टा हवा में लहरा रहा है। छींटदार शलवार व कमीज़ हवा में फड़फड़ा रही है।

"मारो कातिलों को, मारो मेरे कातिल को। सब नामर्द अन्दर बैठे हैं। कोई नहीं बाहर निकलता है। यह मेरा वतन है, मेरा वतन। देखता हूँ कौन मुझे जीने से रोकता है? हिम्मत है तो आओ, निकलो। एक-एक का सिर फोड़ डालूँगा!" कहकर उसने खपरैल फेंकने आरम्भ कर दिए। गनीमत यह थी कि दो घण्टे के लिए कर्फ्यू हटा था।

शकूर चचा गुस्से से काँपते हुए ऊपर चढ़े। बिना कुछ कहे दो ज़ोरदार चाँटे रेहान के मुँह पर जड़े और पीठ पर दो घूँसे–'बदतमीज़! बेअदब! जो मुँह में आता है, बकता चला जा रहा है!" धक्का देकर नीचे आँगन में रेहान को गिराया और लात-घूँसों की बारिश कर दी।

"सुरैया सिर पर सवार है! हिम्मत है तो उसके बाप को गालियाँ दो। उससे डरता है। डरपोक!" शकूर चचा रेहान भाई को मार-कूटकर दद्दा के पास आकर बैठ गए। उनके चेहरे से दुख और ग्लानि टपक रही थी।

"मोहल्ले में इसकी बेहूदगी की वजह से नज़रें चुरानी पड़ती हैं। कम्बख्त ने कहीं का नहीं रखा।" अभी शकूर कुछ और कहते कि बम के धमाके से वह चौंक पड़े। लपककर बाहर भागे।

आँगन में रेहान भाई औंधे पड़े थे। मुँह से राल बहकर आँगन की मिट्टी भिगो रही थी। नरगिस का दिल भैया के सिर से मिट्टी झाड़ने का चाह रहा था मगर सबके फूले मुँह देखकर वह सहमी बैठी रही।

ऊपर नीले आसमान पर बेशुमार चीलें पंख फैलाए ऊँची उड़ान भर रही थीं। बाहर खामोशी छा गयी। कर्फ्यू शुरू हो गया था। शकूर चचा ने खिड़की से पुकारकर कहा, "अम्मा! कल्लन मियाँ चल बसे। अफज़ल के बनाए बम फट गए। पुलिस उनके घर में है। कल्लन मियाँ की बीवी भी जख्मी हुई हैं और अफज़ल, उसकी बोटियाँ छत की बल्लियों से लटक रही हैं!"

"हाय...कैसा बुरा ज़माना लगा है।" दद्दा इतना कहकर रह गयीं। नरगिस की आसमान पर टिकी आँखें खौफज़दा हो गयीं। कहीं भैया को मरा समझकर चीलें

उनसे बदला लेने न आ जाएँ? इस खयाल के आते ही नरगिस भागी और रेहान भैया की चौड़ी पीठ से लिपट गयी।

रात अँधेरी थी। शहर खामोश। धड़कते भयभीत दिल, भारी बूटों और लाठियों की ठक-ठक को सुनते-सुनते सो गए थे। रेहान चुपचाप छप्पर पर बैठा दूर तक फैली खाली सड़क पर नज़रें गाड़े जाने क्या देखने की कोशिश कर रहा था।

रेहान के मन में आज सुरैया के लिए नफरत-ही-नफरत उफन रही थी। सुरैया का विवाह पाकिस्तान में किसी बड़े ऑफिसर से हो रहा था। इसीलिए वह चुप रही थी कि शादी के बाद सरहद के पार निकल जाएगी। सरहद के इस पार किसी के दिल पर कौन-सी बिजली गिरेगी, वह इन सारे अहसासों से पूरी तरह से आज़ाद होगी।

घण्टाघर ने बारह बजाए। रात की खामोशी फट गयी। रेहान ने आसमान पर नज़र डाली—तारे छिटके थे। वह व्याकुल हो उठा। खड़े होकर उसने चारों तरफ देखा। पीली मलगिज़ी रोशनी में गलियाँ बन्द दरवाज़ों से लिपटी सिसक रही थीं। मन में बवण्डर उठा। छप्पर-छप्पर आगे बढ़ने लगा। गर्मी के दिन थे। लोग अपने आँगनों में लेटे सो रहे थे। सुरैया का पक्का ऊँचा मकान पल-पल उसके समीप होता जा रहा था। काश! एक बार उस बेवफा से मुलाकात हो जाती तो बताता कि नफरत में भी उतनी ही शिद्दत होती है, जितनी इश्क में। अपने अल्फाज़ों से आग लगा दूँगा उसके खामोश सरापे में, सारी उम्र अंगारों पर लोटती रहेगी।

नीचे आँगन में कोई भयभीत आवाज़ उभरी, "कौन है? कौन है?"

"क्या हुआ?" नीचे आँगन में घरवाले जाग गए थे और एक-दूसरे से पूछ रहे थे। रेहान चौंक पड़ा। जाने किसका घर है? वह दबे पाँव घर की तरफ लौटने लगा।

"कुछ नहीं, बिल्ली होगी, तुम सो जाओ।" आँगन से आवाज़ उभरी। फिर खामोशी छा गयी।

लौटते हुए उसके कानों में उन्हीं घरों में से एक से दबी-दबी महीन आवाज़ पहुँची, 'बचाओ! बचाओ!' बढ़ते कदम रुक गए। ठीक उसी के पैरों के नीचे कुछ घट रहा है। तड़पकर वह उस घर के आँगन में कूदा और तेज़ी से दालान की तरफ बढ़ा। आवाज़ कमरे से बुलन्द हो रही थी। पैर की ठोकर दरवाज़े पर मारी। दरवाज़ा भिड़ा हुआ था। दोनों पट भड़-से खुल गए।

एक लड़की को पकड़े दो लड़के खड़े थे और वह उनसे अपने को छुड़ा रही थी। पास ही सूखा-सा लड़का बैठा बीड़ी पी रहा था।

"क्या बात है?" रेहान की आवाज़ से वह चौंककर उछले और फिर उग्रता से आगे बढ़े।

"कौन हो तुम? इस घर में कैसे घुसे?" एक ने लड़की की कलाई मोड़ते हुए कहा।

"पहचाना नहीं? अपना पार्टनर है यार! रेहान है रेहान!" एक ने हँसते हुए कहा।

"वह दीवाना रेहान?" दूसरे ने हैरत से पूछा।

"यह कौन है...?" रेहान ने अन्दर घुसते हुए पूछा।

"दिखता नहीं है क्या? लड़की है और कौन है?" एक लड़के ने हँसकर कहा।

"सुझायी तो तुम्हें कुछ नहीं दे रहा है दरिन्दे!" इतना कहकर रेहान ने उसके मुँह पर घूँसा मारा। खून का फव्वारा छूटा और सामने के दाँत उछलकर दूर जा गिरे।

लड़की हिन्दू थी और कमसिन भी। कर्फ्यू लगने की आपा-धापी में यह लोग उसे उठा लाए थे। भीड़-भड़क्के में किसी को पता भी न चला, कौन किधर जा रहा है। सबको इतने कम वक्त में सामान खरीदना, मिलना-जुलना रहता था कि बौखलाए लोग यह समझ नहीं पाते थे कि उनके आस-पास क्या घट रहा है।

घृणा की आग में वासना की लकड़ी दहक उठी थी। दोनों लड़के पगलाए हुए थे। इतनी मुश्किल व कोशिशों से वह बहला-फुसलाकर लड़की लाए थे। रेहान सारा मज़ा किरकिरा कर रहा है।

"तुमको बड़ी हमदर्दी हो गयी है इस हिन्दू लौंडिया से?" दादा टाइप दूसरे लड़के ने गर्दन से रूमाल निकालकर पैर पर मारते हुए बड़ी शाने बेनियाजी से कहा, जिसमें भिड़ने की चुनौती थी।

"बहुत...!" रेहान ने कूल्हों पर अपने बड़े-बड़े हाथ रखते हुए कहा।

"सारे दिन साला दीवाना बना हिन्दुओं की माँ-बहन तौलता है और अब रात के अँधेरे में हिन्दू लौंडियों की वकालत करने निकला है!" उस मरियल-से लड़के ने बीड़ी हाथ से फेंकते हुए कहा।

"इस वक्त मेरे तन-बदन में उतनी ही आग लगी है जितनी तुम्हारी बहन को किसी हिन्दू के घर में इस हालत में देखकर लगती।" रेहान ने सीना तानकर गर्दन ऊपर उठायी।

"यार, मज़ाक मत करो! तुम्हारा भी हिस्सा होगा, समझे!" दादा टाइप लड़के ने पैंतरा बदलते हुए रेहान को आँख मारते हुए कहा।

"फिर निकाला मुँह से यह अल्फाज़ तो..." काँपता हुआ रेहान का हाथ उठा।

"हिन्दू लौंडिया के लिए मुसलमान भाई पर हाथ उठाओगे?" उसी लड़के ने आस्तीन चढ़ायी।

"कोई अपनी जगह से हिला तो मार-मारकर भूसा भर दूँगा!" रेहान ने धीरे-धीरे लड़की की तरफ बढ़ते हुए लड़कों को धमकाया।

"हमारे घर कौन जला रहा है? हमारी माँ-बहन को कौन खराब कर रहा है? हम या वे?" खून आस्तीन से पोंछता हुआ पहला लड़का बोल उठा।

"इस पर दूसरा पागलपन का दौरा पड़ा है।" मरियल लड़के ने धीरे-से कहा।

"मेरे जीते-जी इस मोहल्ले में किसी ज़ालिम औरंगज़ेब की पैदाइश नहीं हो सकती। तारीख दोबारा मेरे सामने नहीं दोहरायी जाएगी वरना...।" रेहान ने लाल आँखें तरेरीं। लड़की को आगे बढ़कर कन्धे के पास से सहारा दिया।

"उसे यहीं छोड़ दो वरना हम तीन हैं।"

"मैं एक ही काफी हूँ तुम सबको सम्भालने के लिए। हाथ-पैर मरोड़कर फेंक दूँगा। सुलझाते रह जाओगे!" रेहान ने मरियल-से लड़के को एक लात घुमाकर मारी और दूसरों की घूँसों से खातिर की। लड़की से कहा कि बाहर खड़ी हो जाए।

मार-कूटकर उसने तीनों लड़कों को कमरे में बन्द किया और लड़की को लेकर कच्ची दीवार पर चढ़ा। फिर लड़की को दोनों हाथों से ऊपर उठाया। नरगिस से दो-तीन साल ही बड़ी होगी। छप्पर पर बिठाकर धीरे-से बोला–

"तुम्हारे पिताजी का नाम?"

"रामखिलावन।" लड़की ने काँपते हुए कहा।

"नुक्कड़वाली पंचूरिया की दुकान?"

"हाँ, वह हमारे बापू की है।" लड़की ने उत्साहित होकर कहा।

"अच्छा! अब इस भयानक माहौल में तुम्हें घर तक कैसे पहुँचाऊँ?"

"हमार चचा पुलिस में सिपइया है।" लड़की ने भोलेपन से कहा।

"होंगे।" लापरवाही से रेहान ने कहा। उसके दिमाग में एक ही बात थी कि लड़की की बदनामी न हो। सामने एक ही रास्ता है। छप्पर-छप्पर चलता उधर जाए, मगर यह लड़की...?

"तुम चल पाओगी छप्पर पर बिना शोर किए?" रेहान ने पूछा।

"काहे नाहीं!" लड़की उसी उत्साह से बोली।

घण्टाघर से तीन का गज़र गूँजा।

"चलो।" रेहान उठा।

"मगर भैया! बीच में गली पड़िए, ओका कैसे लाँघब?"

"चलो उठो तो!" रेहान ने लड़की के सिर पर चपत मारी।

खामोश कदम छप्परों पर उठ रहे थे–खपरैल के बीच में रास्ता बनाते हुए। काम जोखिम का था। तैश में भी रेहान को लड़की की बदनामी का डर लगा हुआ था। नीचे गलियों में गश्त करती पुलिस भी ऊँघ रही थी।

लड़की को उसके घर की छत पर चढ़ाकर रेहान जब लौटने लगा तो सुबह का उजाला फैलनेवाला था। सामने सुरैया का मकान गर्दन ऊँची किए खड़ा था। रेहान ने नफरत से मुँह फेर लिया।

दावतनामा अम्मा की पलँग पर पड़ा था। सुनहरे हर्फों से सुरैया और इम्तियाज़ का नाम लिखा हुआ था। परसों सुरैया की शादी थी। नायन ने बताया कि चौथी के

दूसरे दिन सुरैया पाकिस्तान चली जाएगी।

नायन के जाने के बाद अम्मा चुपचाप हाथ में पकड़े कपड़े की बखिया उधेड़ती रहीं, मगर दद्दा ने कोसना शुरू कर दिया। नरगिस को एक ही बात समझ में नहीं आ रही थी कि हर एक से भिड़नेवाले निडर रेहान भैया सुरैया आपा से क्यों डरकर बैठ गए? उनका सारा ज़ुल्म सह रहे हैं, जबकि हमेशा खुद कहते थे, 'अम्मा! ज़ुल्म सहनेवाला ज़ालिम के हाथ और मज़बूत करता है।' तो क्या रेहान भाई की खामोशी सुरैया आपा के हाथ और मज़बूत कर देगी? बहुत बड़े और भारी हो जाएँगे उनके हाथ क्या?

"उस हुराफा के सीने में मर्द का दिल है, इस निगोड़े के सीने में लड़की का दिल है। उल्टी गंगा बह रही है।" दद्दा सुरमेदानी में सुरमा भरती हुई बोलीं।

पलँग पर सोए रेहान भाई के पास दबे पाँव नरगिस पहुँची। धीरे-धीरे उनके बाजुओं पर हाथ फेरा। मछलियों की सख्ती का अन्दाज़ा लगाया। पत्थर है पत्थर, नरगिस ने सोचा। मुड़कर सामने गयी ताकि चेहरे का मुआयना करे। गाल अब भी लाल हैं। बीमार कमज़ोर होते तो चेहरा पीला होता। मुँह पर बैठी मक्खी हँकाते हुए नरगिस को इत्मीनान हुआ।

"क्या है, भाई के क्यों चक्कर लगा रही है? सोने दे उसे।" दद्दा ने नरगिस को झिड़का।

आँगन में चबूतरे पर बैठकर नरगिस चुपचाप ऊपर आसमान को ताकने लगी। नीले आसमान पर पंख फैलाए चीलें उड़ रही थीं।

'होली जल रही है क्या?" हँसते हुए किसी का जुमला उछला।

"हाँ, खयाल और परवाज़ की होली नहीं, बल्कि चिता कहें।" रेहान ने कागज़ के ढेरों से लपकते शोलों को देखकर कहा।

"किसके ख़याल और परवाज़ की चिता है?" सड़क से गुजरते हुए किसी ने पूछा।

"इक़बाल! शायरे अज़ीम, जिसने पाकिस्तान बनने का ख्वाब देखा था!" रेहान ने किताब के और पन्ने फाड़े और ढेर पर डाले। शोले लपके।

"अरे-अरे रेहान! यार, तुम वाकई पागल हो गए हो? क्या इसीलिए सुबह-सुबह इक़बाल का दीवान माँगने आए थे?" परेशान-सा परवेज़ कह उठा।

"सब घरों से इक़बाल को बटोर लाया हूँ।" रेहान ने शोलों को ताकते हुए कहा।

"मगर क्यों?" परवेज़ ने पूछा।

"जो शायर दिलों को काटने की बात करते हैं, इन्सानी रिश्तों को तोड़ने की बात करते हैं उनका अदब कोयला है, जिसे छूकर हाथ काले होते हैं और दिमाग

तारीक़। समझे मियाँ परवेज़!" रेहान ने, वहीं गली में उकड़ूँ बैठते हुए कहा।

"खुद इक़बाल आए थे, कहने तुमसे क्या?" सलीम ने उसे झिंझोड़ा। गली में चारों तरफ इक़बाल के शेर काला कागज़ बनकर उड़ रहे थे।

"नहीं! मगर जो कहते हैं और समझते हैं वे यह जान लें कि ऐसे इल्जाम के कटघरे में खड़ा करके कोई उस शायर की शख्सियत के परखचे भी उड़ा सकता है।" रेहान ने गोद में रखे कागज़ उसमें फेंके।

"कौन उड़ा सकता है सिवाय जनाब रेहान, दीवाने नम्बर वन के! इतने अहमक होंगे यार, मुझे मालूम न था? निरे पागल ही हो उठे हो क्या?" असलम ने ग़म और गुस्से से कहा।

"सुरैया का ग़म इक़बाल को जलाकर कम हो जाएगा क्या?" परवेज़ ने धीरे-से कहा।

"कौन सुरैया?" रेहान ने हँसकर पूछा।

"तुम्हारी महबूबा और कौन?" असलम जलकर बोला।

"दीवाने हो क्या? मेरी महबूबा मेरे दिल के दायरे में होती। किस कम्बख्त का नाम ले रहे हो, जो अपनी सरहद का आर-पार भी नहीं समझती है अहमक़!" रेहान ने कहकहा लगाते हुए कहा।

"अंग्रेज़ों ने हमें फसाद की शक्ल में पाकिस्तान तोहफे में दिया है और हम इस ज़ख्म को जब तक जीएँगे, पालते रहेंगे—करें भी क्या? कर ही कुछ नहीं सकते हैं। अपाहिज जो ठहरे...।" रेहान ने बुझते, अधजले कागज़ों को डण्डी से हिलाया। पूरी गली में जले छोटे-बड़े कागज़ के टुकड़े उड़ रहे थे।

"मेरे ग़म को सुरैया की सरहदों में कैद करके तुम सब हकीकत से फरारी चाहते हो।" रेहान ने हँसते हुए कहा।

जेब से सुनहरी डिबिया निकालकर बची राख उसमें अहतियात से भरी और डिबिया बन्द करके दोबारा जेब में रख ली।

"मगर दोस्त! यह फरारी कब तक? कहीं पर जाकर बन्द गली में सिर फूटेगा ही, तब इस दीवाने को याद कर लेना।" रेहान ने कहा और घर की तरफ चल पड़ा।

आलम और परवेज़ के साथ खड़े दूसरों ने नाउम्मीदी से सिर हिलाया, जैसे कह रहे हों—'अब इसका ठीक होना नामुमकिन है...। बेचारा!'

राख से भरी डिबिया शादी के दिन सुरैया को भेजकर रेहान के दिल को करार आ गया था।

दद्दा को जितना डर था, वह सब धरा-का-धरा रह गया। पूरे दो दिन ऐसा घोड़ा बेचकर रेहान सोया जैसे उसी के घर से लड़की की डोली उठी है।

गली में कुछ लड़के अवश्य दुकानदारों से पूछ रहे थे कि क्या बात है, वह

दीवाना रेहान नज़र नहीं आ रहा है?

हँसकर दुकानदार चुप हो जाते। सबको रेहान से प्यार था। राम खिलावन तो जैसे रेहान के हाथों बिक ही गया था। सरस्वतीवाली बात क्या भूलनेवाली है?

घर में सबने खुदा का शुक्र अदा किया कि यह खतरे के दिन खैर व आफियत से टल गए। शकूर भी मुत्मईन-से शाम को बैडमिण्टन खेलने जाने लगे।

दो दिन से रेहान का पता न था, घर नहीं लौटा था। जाता भी कहाँ था? या तो छप्पर पर बैठा चीखता-चिल्लाता रहता था या फिर गली में इधर-उधर घूमता-फिरता और फिर घर लौटकर चुपचाप पलँग पर पड़ जाता था।

शकूर चचा थककर दद्दा के पास आकर बैठ गए।

''अम्मा! तमाम ढूँढ़ लिया, अस्पताल, नदी, कुआँ...उस रेहान के बच्चे का कहीं पता नहीं है।''

''अपने हिफ़ज़ा मान में रखना परवरदिगार!'' दद्दा ने कहा।

''अजीब-अजीब उन्हें शौक हुए हैं। कुछ दिन पहले रामखिलावन के घर से हाथ में राखी बँधवाए, माथे पर टीका लगवाए निकल रहे थे। अभी भी किसी डिसूज़ा या गुरमीतसिंह के यहाँ पड़े होंगे सैकुलर इण्डिया का जाम पिए! हम यहाँ खूने जिगर पीएँ, उनकी बला से!'' शकूर चचा ने गुस्से से उबलते हुए कहा। परसों उनका मैच है। प्रैक्टिस पर जा नहीं पा रहे हैं। उनकी बीवी रज़िया भी मायके गयी हुई हैं। वहाँ उनके भाई की तबियत खराब है। उनकी कभी की झुँझलाहट भी इस गुस्से में मौजूद थी।

अम्मा चुपचाप काम में लगी थीं। रेहान भाई के मामले में उनकी कोई राय नहीं रहती है।

घर में हंगामा है। अम्मा की लम्बी खामोशी उनकी अपनी चीखों से छनाकेदार आवाज़ के साथ टूटी है। शीशे-ही-शीशे बिखर रहे हैं। चीखें हैं कि रुकने का नाम नहीं ले रही हैं। शकूर चचा घुटनों के बल रेहान भाई की लाश के पास बैठे हैं। अब्बा दीवार से सिर टिकाए खामोश खड़े हैं। दद्दा का हाल बुरा है। किसे कौन संभाले?

दो हफ्ते बाद रेहान भाई की लाश नैनी के पास नाबदान से निकली है। बदन पर ढेरों चाकू के निशान हैं। ज़ख्मों से बदबू फूट रही है और पेट की अँतड़ियों में कीड़े रेंग रहे हैं!

घर में पूरा मोहल्ला उमड़ा है। सरस्वती और रामखिलावन का रोना तो रुक ही नहीं रहा। नरगिस सरस्वती की लाल आँखें देखकर सोचती है, अगर सुरैया आपा यहाँ होती तो क्या वह रोती? अगर सुरैया आपा यहाँ होती तो भैया मरते ही क्यों?

भीड़ में तीन लड़कों के बारे में कानाफूसी चल रही है। कुछ लोगों को उन्हीं

पर शक है। कौन होंगे वह तीन लड़के? नरगिस सोचते-सोचते थक जाती है। परवेज़ भाई, असलम भाई, शाहिद भाई—तीनों तो भैया के पास बैठे रो रहे हैं। यह भैया को क्यों मारेंगे?

धूप आधे आँगन में भर गयी थी। भीड़ छँटने लगी थी। नरगिस अपने को बहुत तन्हा महसूस कर रही थी। उठकर चबूतरे पर उकड़ूँ बैठ गयी और आसमान की ओर ताकने लगी। नीले आसमान पर चीलें डैने फैलाए उड़ रही थीं। कहीं दूर से आवाज़ उभरी :

'अण्डे-बच्चेवाली चील चिलोरिया!'

घबराकर नरगिस ने भैया को देखा। आज तो भैया सचमुच मर गए...कहीं चील...? वह तेज़ी से भैया से लिपटने भागी। आधी राह में ही दादी ने उसे पकड़ लिया, 'कहाँ चली?'

नरगिस ने घबराकर दद्दा को देखा। उसे यह बात समझ में नहीं आ रही थी कि बदला भैया से चीलों को लेना था मगर यह कीड़े कहाँ से आ गए! भैया तो चींटियों, कीड़े-मकौड़ों को कागज़ से उठाकर घर में किनारे जाकर फेंकते थे कि कहीं किसी के पैर के नीचे दबकर मर न जाएँ। फिर यह सब कीड़े भैया के बदन को क्यों काट रहे हैं?

दद्दा ने उसे सीने से लिपटा लिया। सफेद मलमल की जम्पर से उठती खुशबू में उसे भैया की महक आती लगी। दद्दा की आवाज़ दूर आती सुनायी पड़ी, 'सुरैया का ग़म इसे घुन की तरह चाट गया।'' घुन तो गेहूँ में लगता है, खलिकुन गेहूँ पछोड़ते हुए शिकायत करती थी। नरगिस को याद आया—घुन का चाटा खोखला गेहूँ का दाना। दद्दा के सीने से मुँह हटाकर उसने भैया की तरफ देखा : 'तो क्या सुरैया आपा घुन थीं?

•

यहूदी सरगर्दान

शराबख़ाने में मेरी मेज़ के ठीक सामने वह बैठा था। मुझे यहाँ बैठे लगभग चार घंटे हो रहे थे और इस बीच मैं उसे सिर्फ मयख़ोरी करते देख रहा था। अपने में डूबा जाने किन वादियों का सफ़र तय कर रहा था। बड़ी देर से दबी ख़्वाहिश को अब ज़्यादा देर न दबा सका। बैरे को बुलाकर मैंने कार्ड पर उसके लिए पैग़ाम लिखा और बैरे को थमा दिया।

बैरे के हाथ से लेकर उसने पैग़ाम पढ़ा। देर तक उस पर नज़र गड़ाए रहा। फिर उसने मेरी तरफ देखा और बहुत शालीनता के साथ अपनी कुर्सी से खड़ा हो गया। मैं अपनी जगह से उठा और उसकी तरफ बढ़ा। उसने अपना हाथ आगे बढ़ाया।

"डॉक्टर प्रताप।"

"डॉक्टर बोरहान।"

"बड़ी ख़ुशी हुई आपसे मिलकर..."

"मुझे भी। ख़ासकर यह जानकर कि आप भी डॉक्टर हैं।"

"इत्तफाक़ है।"

"तशरीफ़ रखें।"

"आपका वतन...।"

"मेरा कोई वतन नहीं है, मैं यहूदी सरगर्दान हूँ। सारे जहाँ को अपना घर समझ रहा हूँ।"

"फिर भी..." डॉक्टर प्रताप ने दिलासे के अन्दाज़ से कहा, मगर उस पर इस मरहम का कोई असर न हुआ। वह सिर झुकाए ख़ामोश अपने में डूबने लगा। डॉक्टर प्रताप ने चुप्पी तोड़ी।

"मैं हिन्दुस्तान से हूँ। पन्द्रह दिन के लिए एक कॉनफ्रेंस के सिलसिले में आया हूँ। अभी चंद दिन और रहूँगा।"

डॉक्टर बोरहान हल्के से मुस्कराए, फिर लम्बी साँस भरी। हल्की-सी खँखार के साथ बोले, "क़ायदे की बात तो यह है कि मैं भी आपको बताऊँ कि पेरिस में कब तक रहूँगा...मगर जब मुझे ख़ुद पता हो तब न? कब तक मुझे रुकना पड़ेगा

और फिर यहाँ से कहाँ जाना पड़ेगा...? आपके लिए पेग मँगाता हूँ...बैरा ...!'' फिर ख़ामोशी छा गई। पेग के आ जाने पर उसने बोतल उठाई और मेरे लिए जाम बनाया।

''मैं कब तक गज़-भर वतन के लिए दर-ब-दर फिरता रहूँगा। उसे ढूँढ़ता रहूँगा, हाथ कुछ भी नहीं लगेगा।'' इतना कहकर उसने ख़ाली मुट्ठी खोली, बंद की, फिर अपनी हथेली को डॉक्टर प्रताप के सामने खोलकर रखा।

''देखिए! चंद लकीरें सपाट हथेली पर उभरी हैं। इन लकीरों की दिशा और ज़बान अनजान है और मैं अज्ञानी नहीं जानता कि ईरानी क़ौम की यह सरगर्दानी कब समाप्त होगी?''

डांस के लिए म्यूज़िक आरम्भ हो गया था। जोड़े खड़े होने लगे थे। डॉ. प्रताप फैली आँखों से काले-सफ़ेद, जवान-अधेड़ जोड़ों को जाते हुए देखने लगे। एकदम से एक महीन सुरीली आवाज़ सुन वह चौंक पड़े। एक औरत! उसे बेहद हसीन कहा जा सकता था। मेज़ के समीप खड़ी थी। डॉ. बोरहान अपना सारा खोयापन भूलकर उससे बड़ी गर्मजोशी से हाथ मिला रहे थे। डॉ. प्रताप से क्षमा-याचना करते उसकी कमर में हाथ डालकर डांसिंग-फ्लोर की तरफ़ ले गए। डॉ. प्रताप दो पल स्तंभित हुए, फिर संकोच से मुस्करा पड़े।

लाल, पीली, नीली रोशनी के बनते-बिगड़ते हॉल में डॉ. प्रताप की नज़रें उन दोनों को ढूँढ़ रही थीं। वे दोनों नाचते बदन के बीच छिपते फिर नज़र आने लगते थे। वह बहुत अच्छा नाच रहा था और इतना ज़्यादा पीने के बाद वह मदहोश न था। मैं अकेले उँगलियों में मेज़ पर ताल देता अपना अकेलापन दूर करता रहा। हफ़्ते-भर में ऐसा अवसर मुझे एक बार भी प्राप्त नहीं हो पाया था। दिन-भर काम में व्यस्त रहता, मगर शाम काटने दौड़ती थी। शाम से गई रात तक पत्नी और बच्चे बेहद याद आते थे।

वे दोनों मेरी ही मेज़ पर आ गए। डॉ. बोरहान ने मेरा परिचय कराया, ''मारिया, मेरी मित्र, बहुत बढ़िया चित्रकार हैं। संवेदनाओं की पत्तियों पर फैली नसों के समान चेहरे पर बड़ी सूक्ष्मता से ब्रश द्वारा उभारती हैं। चेहरे की हर चीज़ आपसे बात करने लगती है!''

''बड़ी ख़ुशी हुई आपसे मिलकर!'' सचमुच डॉक्टर प्रताप को उस औरत से मिलकर ख़ुशी हुई थी। हफ़्ते-भर में यह पहली शाम थी जो ख़ाली नहीं थी और दिलचस्प लोगों के साथ गुज़र रही थी।

बातों-बातों में पता चला कि वह बहुत अच्छा हार्ट-स्पेशलिस्ट है। किसी पिकनिक स्पॉट पर वह मारिया से मिला था। दो-तीन मुलाक़ातों में ही दोनों बड़े अच्छे दोस्त बन गए थे। खाने के बाद मारिया को वह उसकी कार तक छोड़ने के लिए बाहर निकला। मैंने खाने का बिल मँगवाया। मालूम हुआ, उसने बाहर जाते हुए पे कर दिया है। मुझे अजीब फुर्तीला आदमी लगा। थोड़ा बुरा भी लगा।

कुछ देर बाद वह तेज़ क़दमों से मेरे समीप आया और बोला, "माफ़ करिएगा, मैंने आपको तन्हा छोड़ा। यदि आप थके न हों तो बाग़ में टहलते हैं। मैं पास ही होटल बेलफास्ट में ठहरा हूँ।"

"चलिए!" कहकर मैं खड़ा हो गया। संयोग से मैं भी उसी होटल में ठहरा हुआ था।

सड़क पर टहलते हुए मुझे एहसास हुआ कि वह मुझसे काफी लम्बा है। पेड़ों के साये के साथ उसकी छाया मेरे ऊपर पड़ रही थी।

"मारिया से जब भी मिलता हूँ, ईरान बड़ी शिद्दत से याद आने लगता है—उसके बदन से, बातों से उसके पूरे वजूद से ईरान की ख़ुशबू की लपटों को मैं महसूस करता हूँ उसका स्पर्श करता हूँ। मारिया पाँच साल ईरान में रही है। पूरा ईरान घूमी है। मेरे ग़म को ख़ूब पहचानती है।"

"आप कभी हिन्दुस्तान गए हैं?"

"गया था, लगभग दस वर्ष पहले।"

"ईरान आने का प्रोग्राम मेरा भी बना था मगर एकदम से प्रोग्राम टल गया। तेहरान में ग़ज़ब की गड़बड़ शुरू हो गई थी।"

"हाँ, तब मैं अमेरिका में था। ईरान लौटा तो सारे देश का नक़्शा ही बदला हुआ था। धर्म की जोंक हम ज़रदुश्तियों का ख़ून पीने के लिए इरान के जिस्म पर चिपक गई थीं।"

"धर्म में आख़िर बुराई क्या है?" डॉ. प्रताप ने आश्चर्य से पूछा।

"कौन-सी बुराई नहीं है, डॉ. प्रताप?" ऊँची आवाज़ से अँधेरे को फाड़ता हुआ उसका क़हक़हा दरख़्तों पर सोती चिड़ियों के दिल दहला गया।

"मन और आत्मा को सुकून...।" डॉ. प्रताप की बात बीच में ही कट गई।

"हमारा सुकून, हमारी सभ्यता, संस्कृति को अरब इस इस्लाम-रूपी धर्म के बुलडोज़र से उखाड़ फेंकना चाहते हैं...। तीन सौ वर्षों की अथाह कोशिशों के बाद भी वे यह काम अंजाम नहीं दे पाए। हाफ़िज़ और फिरदौसी जैसे शायरों ने उन्हें मुँहतोड़ जवाब दिया था। अब ईरान पर दोबारा अरब आक्रमण हुआ है। उसकी सत्ता को ईरानी मन से क़बूल नहीं करेंगे। गोली का ख़ौफ समय की ज़बान पर चाहे ताले डाल दे।"

डॉ. प्रताप ख़ामोशी से चलते रहे। वह जब तक आधा घण्टा सुबह पूजा नहीं कर लेते थे, मन अनमना-सा रहता था। बचपन से अब तक यही आदत पड़ी थी उन्हें! क्या कहते बोरहान की इन बेतुकी बातों पर?

"डॉ. प्रताप, यदि आपके मुल्क हिन्दुस्तान पर किसी विदेशी सत्ता का आक्रमण हो जाए तो आप ख़ुश होंगे?"

"बिल्कुल नहीं, इसमें ख़ुशी की क्या बात है?"

“तो फिर मेरे घाव पर नमक न छिड़कें।” ख़ामोश रहकर, “कहिए कि वास्तव में ईरान पर ज़ुल्म हुआ है, ईरानी बेघर-बार हुआ है। आपसे यदि आपके रीति-रिवाज छीन लिए जाएँ तो आप पर क्या गुज़रेगी?

“पागल होकर मर जाऊँगा।” डॉक्टर प्रताप ने फौरन जवाब दिया।

“हम ईरानी पहले मरना पसन्द करते थे। उस समय हमारे ईरान में शहीद होने का चलन आम नहीं हुआ था। हमारे कूचे और बाज़ार, सड़क और फुटपाथ जब से लाशों से पटने लगे हैं हम मौत नहीं, संग्राम चाहते हैं जिसमें दीवानावार इन विदेशियों की जड़ें, जड़ से उखाड़ फेंके।”

होटल सामने नज़र आ रहा था। दोनों के क़दम आगे बढ़ गए। डॉक्टर प्रताप को ख़ामोश रहने से डर लगने लगा था कि कहीं डॉक्टर बोरहान फिर ख़फा न हो जाएँ।

“आपका क्रोध अपने स्थान पर उचित है। धर्म आपका शत्रु नहीं है बल्कि वह व्यक्ति जो उस धर्म को अपनी सत्ता के लिए प्रयोग करे, वह बुरा है!” डॉक्टर प्रताप ने धीमे-से कहा।

“आपका विचार और नज़रिया एकदम सही है, मगर इस्लाम ने हमें दिया ही क्या है, केवल इस भावना के लिए कि धर्म का अर्थ कोड़े और ज़ंजीरें हैं? जुल्म और सितम हैं? जिस धर्म की अभिव्यक्ति पिछले चौदह सौ वर्षों से ख़ून-ख़राबा, कत्ल-ग़ारतगरी रही हो उससे आपकी आशा तो बँध सकती है मगर मुझ ज़रदुश्ती की नहीं...। मेरा नाम हुसैन था। जब होश आया तो महसूस हुआ मेरा नाम ईरानी नहीं, विदेशी है। आख़िर क्यों? माँ-बाप से जी भरकर लड़ा और अपना नाम कुरुश रखा...! नाम बदलवाने में दाँतों पसीना आया। मान लें, आपका नाम डॉक्टर ब्राउन होता और आप हिन्दू होते। तब मुझे हक़ था कि मैं आपके दोग़लेपन पर आश्चर्य करता। क्या आप स्वयं अपने पर करते?”

“ज़रूर करता, डॉ. बोरहान! आपकी बातें—क्षमा करें, मेरी मालूमात बहुत कम है और ये गूढ़ बातें समझने के लिए मुझे ईरान के अतीत और वर्तमान को समझना पड़ेगा। हम तो सिर्फ इतना ही जानते हैं कि शाह एक अच्छा शासक था। उसने ईरान की मान-मर्यादा को चार चाँद लगाकर उसे संसार में एक ऊँचा स्थान दिलवाया था और बस!”

“शाह की ग़लतियाँ ही तो थीं जो हमने यह दिन देखा। उस पर दूसरा देश सवार था। अमेरिका से ईरान फैशन और करप्शन में केवल अस्सी घंटे पीछे था। सब कुछ घुन खाया, दीमक लगा, खोखला था। ख़ैर, छोड़िए...कुछ पिएँगे?” डॉ. बोरहान ने हँसते हुए कहा।

“कुछ ठण्डा...सॉफ्ट ड्रिंक...!” डॉ. प्रताप ने कहा।

“बच्चोंवाली बात...गोल्ड स्पॉट, कोकाकोला, पाइनएपिल...यह तो बच्चे पीते हैं।” डॉक्टर बोरहान के क़हक़हे की आवाज़ लॉबी की छत फाड़ने लगी। आस-पास के लोग चौंककर देखने लगे। डॉ. प्रताप भी उनकी मासूमाना ख़ुशी पर अपनी हँसी

दबा नहीं पाए।

लॉबी में भीड़ काफी थी। एक तरफ पड़ा सोफ़ा ख़ाली देखकर वह उधर जाकर बैठ गए। बैरे को ऑर्डर देकर डॉ. बोरहान ने अपनी आँखें छत पर गाड़ दीं, फिर थोड़ा झुककर डॉ. प्रताप की तरफ मुड़े और कहने लगे :

''बड़ी उम्मीदें लेकर हिन्दुस्तान गया था। उस धरती को ढूँढ़ने, जहाँ पर पंचतंत्र जैसी आबे-हयात, खाने-पीने से बेगाना आबिद, हिमालय की चोटी पर ध्यानमग्न रहते हैं, मगर नाउम्मीदी हुई। वहाँ मुझे वह सब कुछ न मिला जो मैंने टैगोर की कविताओं, नेहरू और गांधी की जीवनी में पढ़ा था। आगरा जाकर उन ईरानी क़ारीगरों के लिए रो पड़ा जिन्होंने ताजमहल जैसा शाहकार बनाकर अपने हाथ कटवा लिए—फ़न की ऊँचाई फ़नकार को क्या देती है—अपंगता? यह पहली बार हिन्दुस्तान ने मुझे समझाया।'' डॉ. बोरहान ने पेग में शराब उँड़ेलते हुए कहा। डॉ. प्रताप ख़ामोश रहे। नींद उनकी मांसपेशियों पर हावी होकर उन्हें शिथिल बना रही थी। रात के दो बज रहे थे। दस बजे दूध का एक गिलास पीकर सो जानेवाले डॉक्टर प्रताप बहुत विचलित-से हो रहे थे। जूते और पैंट में कसे उनके पैर ढीली-ढाली तहमद के लिए तड़पने लगे थे।

''आपको नींद आ रही है?'' डॉ. बोरहान ने अपना तीसरा पेग एक के बाद एक ख़ाली करते हुए डॉ. प्रताप के पहले पेग को देखते हुए पूछा।

''जी! जी नहीं—। यूँ ही आँखें झपक गई थीं।'' डॉक्टर प्रताप ने जेब से रूमाल निकालकर मुँह पोंछते हुए कहा। पीछे के दाँत न होने के कारण सोते में राल बहती हुई गालों पर आ जाती है।

''आपने कभी इश्क़ किया है, डॉक्टर प्रताप?'' डॉ. बोरहान ने बुझी लकड़ी पर फूँक मारी।

''इश्क़? मैंने?'' बुझी लकड़ी चिनगारी पकड़ने लगी।

''जी, आपने जनाब?'' पैने लहजे ने चिनगारी को हवा दी।

''जवान होने से पहले ही शादी हो गई। इश्क़ कह लें या जो भी—वह मैंने अपनी पत्नी सावित्री से किया है।'' लकड़ी ने आग पकड़ ली।

''इश्क़ पत्नी से नहीं, महबूबा से होता है।'' लकड़ी पर तेल छिड़का।

''जी?'' लकड़ी दिवानावार लपकते शोलों से भर गई।

''हाँ। मैं दस वर्ष पहले आशिक़ हुआ था। उस समय मेरी शादी को नौ साल गुज़र गए थे और...।

''शादी के बाद आपने...? डॉ. प्रताप की नींद उनकी आँखों से कोसों दूर भाग गई थी। उनकी हालत ग़ैर हो चुकी थी, इस ख़याल से कि ऐसा अनर्थ और पाप करनेवाला उनके समीप बैठा उनके साथ मयख़ोरी कर रहा है।

''इसमें हैरत की क्या बात है? इश्क़ तो कभी भी हो सकता है। आशिक़ होने की कोई उम्र नहीं है। जब तक दिल जवान है, एहसास की कोंपलें फूटती हैं, आप इश्क़ कर सकते हैं। जब मैं दुबारा आशिक़ हुआ था तब मेरी उम्र तीस वर्ष की थी।

पहली बार जब मैं अपनी वर्तमान पत्नी पर आशिक़ हुआ था उस समय केवल उन्नीस वर्ष का था। उसे मैंने अपने चचा के बाग़ में ऊपर छत से एकदम नंगी अवस्था में देखा था। वह कपड़े उतारकर हौज़ में तैर रही थी, मगर मैं अपना ईमान खोकर खुदकुशी पर आमादा हो गया और घरवालों को धमकी देकर बताया कि शादी उसी से करूँगा वरना नहीं। मजबूरन उसे मेरी मोहब्बत को तसलीम करना पड़ा। उसकी मँगनी हो चुकी थी। मेरे पास अब उसी से चार बच्चे हैं। पत्नी और बच्चे ईरान में मेरी प्रतीक्षा कर रहे हैं। उन्हें रोज़ मेरे ख़त का इन्तज़ार रहता होगा कि कब मैं उनके लिए टिकट भेजूँ। मैं पूरी कोशिश में हूँ कि वे किसी प्रकार वहाँ से निकल आएँ...। ख़ैर...हाँ तो, मैं अपने दूसरे इश्क़ का ज़िक्र कर रहा था। तीस साल, मर्द की भरपूर जवानी का जाम छलकने की उम्र होती है और तीस वर्ष औरत की काम-वासना की पराकाष्ठा का समय होता है। सहर तीस वर्ष की भरपूर औरत थी। इश्क़ और जवानी की दीवानगी हमारे बीच पाँच साल तक चली। शहद और शराब के नशे में हम मदहोश थे—डॉ. प्रताप, आपने सेब से भरा दरख़्त देखा है? ऐसी ही जवानी और हुस्न सहर में था जो आपको फ़ौरन तोड़कर अपने को खाने के लिए मजबूर करता है। जाने कैसे उसके पति को हम पर शक हो गया। मैं उसका जीवन ख़राब नहीं करता चाहता था। इसलिए ख़ामोशी से अमेरिका चला आया, इस ख़्याल से कि फसाद स्वयं दब जाएगा। मैं उसे दिलोजान से चाहता था।''

''मारिया...?'' डॉ. प्रताप को बेचैनी थी कि डॉ. बोरहान उन्हें अब बता दें कि मारिया से उन्हें चालीस साल की उम्र में फिर तीसरी बार इश्क़ हो गया है।

''मारिया की मैं बहुत इज़्ज़त करता हूँ। मारिया मेरे वतन को प्यार करती है। मैं मारिया के व्यक्तित्व के आईने में ईरान की छवि देखता हूँ। वह आईना... उसे मैं तोड़ नहीं सकता हूँ। हम दोनों बड़े अच्छे दोस्त हैं, और बस।'' डॉ. बोरहान ने डॉ. प्रताप की उत्तेजना पर ठण्डे पानी के छींटे मारे।

''सहर से आपकी मुलाकात फिर नहीं हुई?'' डॉ. प्रताप ने उत्तेजना से भरे धुएँ से उबरते हुए पूछा।

''हुई थी। वह मुझे भूल नहीं पाई थी। उसने शौहर के सामने इक़रारे-जुर्म कर लिया था। विश्वास से भरी तब तलाक़नामा लेकर वह मेरे पास पहुँची तो उसे मालूम हुआ कि मैं ईरान छोड़कर लम्बे अरसे के लिए विदेश चला गया हूँ। कहाँ? पता नहीं। वर्ष-भर बाद जब मैं लौटा तो वह ग़म से निढाल सूखे दरख़्त में तब्दील हो चुकी थी। उसके पति की मौत भी कार-दुर्घटना में हो गई थी। हर तरफ से लुटी-उजड़ी वह स्वयं धरती छोड़ने लगी थी। जब मैं उससे मिला तो वह मेरी बाँहों में किसी खोखले पेड़ की तरह गिर गई। इन्हीं बाँहों के बीच, इसी सीने पर उसने दम तोड़ दिया। मैंने उसे अमृतपान कराना चाहा था। उसकी ज़िन्दगी में खुशियाँ भरना चाही थीं और हुआ उसका उलटा...।'' डॉ. बोरहान के कंधे झुक गए। आवाज़ में पानी की नमी का गीलापन था। घड़ी की सुई तीन बजा रही थी मगर डॉ. प्रताप

की आँखों से नींद काफ़ूर की तरह उड़ चुकी थी।

"आज उसे गुज़रे पूरे छह वर्ष हो गए हैं। बुध की रात थी जब मैं उससे मिलने गया था। जब उसने मेरे दिल पर दम तोड़ा था तब वह जुमेरात की सुबह थी। यानी रात के तीन बजे... ।" बोरहान ने शराब की पूरी बोतल गिलास में उलट ली।

"उस दिन से आज तक मेरे लिए कोई..."

"आपका कॉल है, सर!" बैरा ने बोरहान से कहा।

"अच्छा! डॉ. प्रताप, मैं अभी हाज़िर होता हूँ।" कहकर बोरहान नपे-तुले क़दमों से टेलीफ़ोन की तरफ बढ़ने लगा।

इसी बीच डॉ. प्रताप ने अपना सिर सोफ़े पर पीछे टिकाया, पैर फैलाए और आँखें बन्द कर लीं। इससे पहले कि डॉ. बोरहान लौटते, वे गहरी नींद में डूब चुके थे।

दो दिन तक डॉ. प्रताप, डॉ. बोरहान की ख़बर लेने के लिए बेचैन रहे, फिर थककर शाम को अकेले ही घूमने जाने लगे। सुबह और रात को कब डॉ. बोरहान आते और जाते हैं, होटलवालों को भी इसकी कोई विशेष जानकारी नहीं थी।

तन्हाई से डॉ. प्रताप थक चुके हैं। हिन्दुस्तान लौटने में अभी दो दिन बाक़ी हैं। बच्चों और सावित्री के लिए थोड़ा-बहुत सामान ख़रीद लिया है। फिर भी किसी नई, सस्ती, अच्छी चीज़ की आशा में बाज़ार की ओर निकल गए। हिन्दुस्तान से वह अकेले हैं। अधिकतर लोग मध्य-पूर्वी देशों से हैं। उनके साथ दोस्ती केवल मीटिंग तक रहती है। फिर वह शाम होते ही कैबरे और महँगी तफ़रीह की तरफ चल पड़ते हैं। एक-दो बार तो वे भी पिगाल की ओर घूम आए हैं। सेक्स-शॉप को भी घबराहट में देख आए हैं, मगर उन्हें यह सब कुछ भाया नहीं। एक-दो साथी जो फ्रेंच थे, उन्होंने एक बार सबको डिनर पर बुलाकर अपना कर्त्तव्य पूरा कर लिया। इसीलिए विदेश अकेले जाते हुए डॉक्टर प्रताप घबराते हैं। मीट खा नहीं पाते हैं। शराबनोशी भी पिछले पाँच वर्षों से शुरू की है। ज़िन्दगी के चालीस वर्ष शुद्ध शाकाहारी भोजन और नशे से दूर रहकर गुज़ार चुके हैं।

बाज़ार से लौटते हुए डॉक्टर प्रताप ने सोचा कि डॉक्टर बोरहान हार्ट स्पेशलिस्ट हैं। उनसे एक बार अपना चेकअप करा लेना बुरा नहीं है। दो वर्ष पहले हलका-सा हार्ट-अटैक उन्हें हुआ था। कमरे में सामान रखकर वह लेट गए। डॉ. बोरहान का जुमला याद आने लगा। आशिक़ होने की कोई विशेष उम्र नहीं होती है। अजीब आदमी है। उनके वजूद का लक्कड़ पछतावे की आग में धू-धू करके जल उठा। सारी जवानी सावित्री के काले बालों की छाँव में गुज़ार दी है। सुनहरे अखरोटी भूरे रंग के मुलायम गुच्छेदार बालों को अब तक उन्होंने केवल रेशम की लच्छियों से अधिक महत्त्व नहीं दिया था। नीली आँखें, सफ़ेद रंग उन्हें कभी प्रभावित नहीं कर पाए थे। मगर आज–? मर्यादा और लज्जा की सारी दीवारें गिरा देने के लिए मन मचल रहा है। सावित्री को क्या पता चलेगा–मैं यहाँ सात समंदर पार क्या कर रहा हूँ।

डॉ. प्रताप ने करवट बदली। तकिये को बाँहों से भरा। उस दिन शाम को डॉक्टर बोरहान की किस्मत पर वह ठगे-से रह गए थे। भूरे बालों और शहद की रंगतवाली आँखोंवाली लड़की के साथ वह रेस्तराँ के बाहर पड़ी कुर्सियों पर बैठे बड़ी उन्मुक्त हँसी हँसते शराब पी रहे थे। उस समय डॉ. प्रताप बस में बैठे शांज़ालिजा से गुज़र रहे थे।

डॉ. बोरहान को देखकर कोई कह सकता था कि वह दुखी हैं? उनके मन को कोई दर्द मथ रहा है? शराब के हर जाम को उठाते हुए धीरे-से कहते थे, खुमैनी की मौत पर—सलामती—। कहकर हलकी शीशे की आवाज़ जाम टकराने से उठती थी।

चियर्स की जगह डॉ. प्रताप भी सलामती कहने लगे थे। मगर इस प्रश्न का उत्तर उन्हें न मिल पाया कि किसी के मन में प्यार और घृणा के भाव एक साथ कैसे खौल सकते हैं? डॉ. प्रताप की आँखें थकान से मुँदने लगीं। बोझिल नींद से डूबते दिमाग़ पर मारिया की छवि उभरने लगी। मारिया के साथ वह सोमनाथ की सीढ़ियाँ चढ़ रहे हैं। उसके नाजुक पैर पर उनकी...बाँहों का तकिया पैरों के पास आ गया।

उनके खर्राटे कमरे की सफ़ेद दीवारों से सिर टकराने लगे। सपने में डूबी लक्कड़ देव दावाग्नि की लपट में झुलस रही थी।

रात को डॉ. प्रताप की उड़ान थी। सारा सामान बँध गया था। तभी दरवाज़े पर दस्तक हुई। दरवाज़ा खोला तो सामने डॉ. बोरहान को खड़ा पाया। चहकते हुए डॉ प्रताप बोले, "कहां थे, डॉक्टर बोरहान? मैं आपके लिए काफ़ी परेशान था। सोच रहा था, जाने से पहले मुलाक़ात होती भी है या नहीं? आइए!" डॉक्टर प्रताप ने उन्हें कमरे में आने की दावत दी।

"मैं कुछ कामों में मशगूल हो गया था। आपका ख़याल मुझे बराबर आता रहा। आपके जाने की तारीख़ मुझे याद थी। आज रात आपकी फ़्लाईट है न?" डॉ. बोरहान ने हँसते हुए कहा।

"जी, रात के बारह बजे? यह रहा मेरा कार्ड। कभी हिन्दुस्तान आना हुआ तो मेरे गरीबख़ाने पर तशरीफ़ ज़रूर लाइएगा।" बड़ा विनम्र अनुरोध किया डॉ.प्रताप ने।

"जाने से पहले एक-एक पेग हो जाए, अभी तो काफ़ी समय है।" डॉ. बोरहान ने कार्ड को माथे से लगाकर उसे जेब में रखते हुए कहा।

"चलिए! दावत मेरी तरफ़ से होगी।" डॉ. प्रताप ने पैन और रूमाल सूट की जेब में सजाते हुए कहा।

"आपकी ख़्वाहिश हमारे सिर-आँखों पर, डॉ. प्रताप।" डॉ. बोरहान ने गद्गद भाव से कहा।

होटल का बार लोगों से भर रहा था। वे दोनों एक कोने में बैठ गए, जहाँ से शहर की गगनचुंबी इमारतें रोशनी के दीये बदन पर सजाए खड़ी हुई थीं। पेग बनाकर दोनों ने सलामती कहा और सिप लिया।

"मैंने आपको जब पहली बार देखा तो ग़लतफ़हमी में पड़ गया था कि आप हिन्दुस्तानी हैं। साँवला रंग, काले बाल, काली आँखें। ईरानी अधिकतर गोरे और भूरे बालोंवाले होते हैं।" डॉ. प्रताप ने हँसते हुए कहा।

"मैं शिराज़ शहर से हूँ। वहाँ का साँवलापन पूरे ईरान में अपने नमक और लावण्य के लिए प्रसिद्ध है।" हँसते हुए डॉ. बोरहान बोले।

"अच्छा!"

"खुमैनी की मौत के बाद तशरीफ़ लाएँ, शिराज़ में हमारे पुश्तैनी मकान में ठहरें। आपको ईरान का असली चेहरा दिखाऊँगा।" डॉ. बोरहान ने उत्साह से कहा।

"सर, आपकी कॉल है।" बैरा ने इत्तला दी।

"अभी आया। मेरे घर से फ़ोन होगा।" कहकर बोरहान चले गए।

लगभग आधा घण्टा बाद डॉ. बोरहान लौटे—लड़खड़ाते। मेज़, दीवार, कुर्सी का सहारा लेते हुए, पकड़ते हुए। उन्हें देखकर डॉ. प्रताप आश्चर्य में पड़ गए। आज पिए बिना डगमगा रहे हैं। उनके चेहरे पर शरारत-भरी मुस्कराहट उभरी। डॉ. बोरहान के समीप जाने पर वह कोई मज़े का जुमला कसना चाह रहे थे, मगर उनके चेहरे पर नज़र पड़ते ही डॉ. प्रताप की हँसी और शरारत ग़ायब हो गई थी। डॉ. बोरहान का चेहरा पसीने में डूबा था। डॉ. प्रताप घबरा गए। अपने स्थान से उठकर आगे बढ़े।

"क्या बात है, डॉक्टर बोरहान?" डॉ. प्रताप ने उनके चेहरे और आँखों से उबलते पानी को देखकर व्याकुलता से पूछा।

"कुछ ख़ास नहीं, मेरे दोस्त!" कहकर वे टूटे-से कुर्सी पर बैठ गए। उनकी आँखों में जमा पानी गालों पर बह निकला।

"फ़ोन तो तेहरान से था न? सब ख़ैरियत है न?" डॉ. प्रताप ने रूमाल से उनका चेहरा ख़ुश्क करते हुए पूछा।

"मुझ जैसे यहूदी सरगर्दान की ख़ैरियत पूछते हो?" डॉ. बोरहान ने आँखें कसकर बन्द करते हुए कहा। पानी का वेग आँखों से निचुड़कर गालों पर पछाड़ें खाने लगा।

"चाहें तो कुछ बताएँ—मन हलका होगा, डॉ. बोरहान।" डॉ. प्रताप ने उनके हाथों पर अपना हाथ रखा।

"यह देखो।" डॉ. बोरहान ने यह कहकर जेब से पाँच टिकट निकालकर मेज़ पर रखे।

"भेजनेवाले थे इन्हें तेहरान...?" डॉ. प्रताप ने कुछ न समझते हुए पूछा।

"हाँ, मगर...। वे पाँचों शिराज़ की सरज़मीन छोड़कर ऊपर आसमान में विलीन हो गए हैं।"

"आपका मतलब क्या है इन बातों से?" डॉ. प्रताप व्याकुल हो उठे।

"हैलो, डॉक्टर बोरहान!" सामने मारिया आसमानी लिबास पहने खड़ी थी। बोरहान उसे देखकर भी वैसा ही लुटा-लुटा बैठा रहा। हाथ मिलाना भी भूल चुका था।

"क्या बात है, डॉक्टर?" मारिया ने घबराकर पूछा।

"मेरा घर...शिराज़ में मेरा ख़ानदान...सब कुछ समाप्त हो गया है। सब कुछ धर्म की ज्वाला में जलकर राख हो गया है।" डॉ. बोरहान ने अपने को सम्भालते हुए कहा।

"घर से तार मिला या ख़त?" मारिया ने काँपते हुए पूछा।

"फ़ोन आया था। कल शाम बम के विस्फ़ोट में पाँचों उड़ गए।" डॉ. बोरहान ने धीरे-से कहा।

मारिया और डॉ. प्रताप पत्थर की तरह ख़ामोश हो गए।

"कल तक वतन न था, आज अपना कोई न रहा।" डॉ. बोरहान ने कहा और तीन पेग बनाने लगे।

डॉ. बोरहान जितना अपने को सम्भालने की कोशिश कर रहे थे, उतना ही उनका चेहरा उनके दुःख का आईना हो रहा था। घड़ी की सुई नौ पर पहुँच गई थी। मेरा रिपोर्टिंग टाइम दस बजे था। मैंने इजाज़त ली और कमरे की तरफ चल पड़ा। सामान नीचे रखवाकर मैंने टैक्सी के लिए कहा। सामने बार में भीड़ लगी हुई थी। मैंने काउण्टर पर चाबी दी। बिल अदा किया।

"हार्ट-अटैक हुआ है।" बैरा कहता हुआ लपका और फ़ोन घुमाने लगा। मैं चलने से पहले डॉ. बोरहान से मिलना चाह रहा था। टैक्सी के लिए कहकर आगे बढ़ा। हमारी मेज़ के चारों तरफ भीड़ जमा थी। क्या बात है? डॉ. बोरहान यहीं किसी का मुआयना तो नहीं करने लगे हैं? मारिया—? हाँ, ठीक तो है, डॉ. बोरहान मारिया का भी इलाज कर रहे थे। कहीं उसे हार्ट-अटैक न हो गया हो? औरतें नाज़ुक दिल होती हैं। फिर ठहरी चित्रकार, संवेदनाओं से जुड़ी। भीड़ हटाकर मैं आगे बढ़ा। सुई नौ से आगे भाग रही थी।

कंधों, हाथों के बीच से जैसे ही मैं आगे बढ़ा, सामने का दृश्य मेरे लिए किसी सदमे से कम न था। मारिया की गोद में डॉ. बोरहान का सिर था और उसकी आँखों से आँसू गिर रहे थे। पास में डॉक्टर अपना बैग उठाकर ख़ामोश खड़ा था।

लाश उठाने के लिए इन्तज़ाम हो गया था। मारिया के कंधों पर डॉ. प्रताप ने धीरे-से हाथ रखे। उसने उनकी तरफ़ देखा। वहाँ मैं ही तो था अकेला जो डॉ. बोरहान और उसका जान-पहचान का था, जिससे वह अपना दुःख व्यक्त कर सकती थी।

एयरपोर्ट की ओर जाते हुए डॉ. प्रताप का मन भारी था। ईरान का अतीत और वर्तमान उनके सामने खुला पड़ा था और उस खुली किताब के हर पन्ने पर डॉ. बोरहान और उनके ख़ानदानवालों की लाशें थीं।

जहाज़ पर बैठकर डॉ. प्रताप ने खिड़की से नीचे देखा। गगनचुंबी इमारतें सिरों पर जलती कंदीलें उठाए खड़ी थीं। इन्हीं गगनचुंबी इमारतों के बीच भटकता यहूदी सरगर्दान याद आया—अपने वतन की गज़-भर ज़मीन ढूँढ़ता हुआ।

•

नौ-तपा

लच्छू की कमज़ोर काँपती आवाज़ 'क़लई करवा लो क़लई...' अभी गली के नुक्कड़ पर नमूदार हुई थी कि घरों में हलचल मच गई और बर्तन-भाँडे जमा होने लगे। महीनों बाद तो आज लच्छू के दर्शन हुए थे। क़लई बिना ताँबे, पीतल के बर्तन कसाव देने लगे थे। अब चार बर्तनों की ख़ातिर कौन छः कोस चल के ठठेरी बाज़ार जाए और फिर सारा दिन गँवा कर आए?

"अरे लच्छू!" रँगरेज़िन ने दरवाज़ा खोल पुकारा। लच्छू ने जाते-जाते पीछे मुड़कर देखा।

"मैं रोज़ तेरी राह देखती थी। यह लो पानदान...जी लगाकर काम करना।" अधेड़ रँगरेज़िन ने रंग-बिरंगे फड़फड़ाते हुए कपड़ों के बीच से निकलते हुए कहा। और पानदान के साथ एक-दो बर्तन और ज़मीन पर लुढ़का दिए।

"आज तक लच्छू ने कभी शिकायत का मौका दिया है? हराम की कमाई अपने को कब रास आई?" लच्छू कंधे पर पड़ा बोरे का झोला उतारता हुआ बोला।

"तुम तो बुरा मान बैठे...मेरा मतलब कुछ और था। अपनी झब्बो के ब्याह की तारीख़ तय हो गई है। बख़रीद की पहली को बारात रातपुर से आएगी। तुम तो जानते हो, लड़की के जहेज़ की रौनक़ पानदान से ही बढ़ती है।"

"बस...बस, समझ गए...ऐसी क़लई चढ़ाऊँगा कि चाँदी के बर्तन भी इसके आगे शरमाएँगे।" लच्छू ने पानदान खोल कत्थे-चूने की कुलहियाँ उलट-उलट कर देखते हुए कहा।

"ताँबा तो आजकल आसमान से बातें कर रहा है। यह तो मेरे दहेज़ का है। सेंत कर रखे हुए थी। अब्बा मुरादाबाद जाकर लाए थे। हो गए इस बात को कोई बीस साल।" रँगरेज़िन के चेहरे पर रंगों की पिचकारी फूटी।

"हाँ, यह नक़्क़ाशी का फूलदार काम अब घरों में कम दिखता है। स्टील, आलमोनियम के आगे इस ज़माने में ताँबा, पीतल कोई नहीं रखता है।" लच्छू ने कोयले सुलगाते हुए किसी बूढ़े की तरह कहा।

चढ़ते सूरज की धूप गली में झाँक रही थी। इकलौता बड़ का गंजा पेड़ सुस्त

खड़ा था, जिसकी जड़ के पास दो-तीन कुत्ते सोए पड़े थे। लच्छू की खटर-पटर से उठकर अब अँगड़ाई तोड़ रहे थे। लच्छू ने काम ख़त्म कर अँगोछे से पसीना पोंछा और दरवाज़े की तरफ़ देख आवाज़ लगानी चाही, मगर वहाँ दरवाज़े की झिर्री से किसी को झाँकते देख रुक गया। जेब से बीड़ी निकाल उसने सुलगाई फिर झिझकती नज़रों से दरवाज़े को ताका। आँखें बदस्तूर लगी हुई थीं। कुछ सोचकर उसने आवाज़ लगाई—''क़लई करवा लो क़लई...''

''आती हूँ।'' अन्दर आँगन में रँगरेज़िन की आवाज़ गूँजी। लच्छू ने बीड़ी का आख़िरी क़श खींच उसे फेंका और पानदान आगे सरकाकर अँगोछे से उसे झाड़ा।

''कितना हुआ?'' रँगरेज़िन की आँखें पानदान देख चमक उठीं।

उसके चेहरे की खुशी देख लच्छू के चेहरे पर सुख की पर्त बैठ गई।

''जो मन में आए दे देव, झब्बो के ब्याह की बात कह कर तो तुमने पहले ही हमारे मुँह पर ताला डाल दिया है, अब का कहें?'' लच्छू ने इतना कह जो आँख उठाई तो देखा, दरवाज़े के दोनों पट खोल झब्बो सामने खड़ी है। वह गुलाबी दुपट्टे के साथ उड़ते लंबे बाल, काली जंपर और गुलाबी सलवार पहने खड़ी थी। आँखों में शरारत और हाथ कान को छू रहे थे। उसने अनजाने में हाथ उठा अपना काटा कान छुआ और मन ही मन बोला, 'यह कान काटने का खेल ससुराल जाकर न खेलना बहिनी, वरना...'

''यह लो रुपये और सुनो कुछ रँगवाना-चुनवाना हो तो बेझिझक जब दिल चाहे दे जाना। समझना, घर की बात है।'' इतना कह रँगरेज़िन नोट थमा पानदान उठा मुड़ी, झब्बो तेज़ी से दरवाज़े की आड़ में छुप गई।

''माँ, रंग दे बसंती चोला।'' लच्छू ने गाना गाते हुए रुपये गिने और सामान समेटना शुरू किया।

''पानी पी लो, मैं पूछना ही भूल गई...नौ-तपा लगता है, आज से शुरू हो गया है...यह दिन भी अब तंदूर से बदतर गुज़रेंगे।'' रँगरेज़िन ठण्डा पानी लेकर निकली।

''भला हो तेरा माई।'' कहकर लच्छू ने चुल्लू बना बर्तन का सारा पानी गटागट पी लिया। भीगे अँगोछे से उसने चेहरा पोंछ सामने वाले मकान को ताका जिस पर मधुमालती का छत्तर तना हुआ था। उसने अपनी आवाज़ भारी बना हाँक लगाई—'क़लई करवा लो क़लई।''

लच्छू को निराशा हाथ लगी। सफ़ेद मकान का दरवाज़ा नहीं खुला। अलबत्ता उसकी आवाज़ गली के दाएँ-बाएँ घूम आसपास के घरों के आँगन में उतर गई और उसी के साथ एक आठ-दस साल की लड़की आती दिखी।

''अम्मा ने कहा है कि पतीली फिर रिस रही है। इस बार टाँका मज़बूत लगाना चाचा।''

''पूरी पतीली में पहले क्या कम टाँके लगे थे कि पतीली फिर रिसने लगी...

अरे...यह तो पूरा सुराख है चूहे के बिल की तरह...माँ से कह इस छलनी को बेच डाले न।'' लच्छू पतीली को ठोक-बजाकर परेशान नज़रों से उसे चारों तरफ़ से घुमाता हुआ बोला।

''माँ गई थी। दुकानदार ने यह कहकर ख़रीदी ही नहीं कि इसमें ताँबा कहाँ है, सारी जगह तो राँगे की जुड़ाई है।'' लड़की वहीं लच्छू के पास ज़मीन पर बैठती बोली।

''तेरी माँ बेचना नहीं चाहती है वरना जो है उसी को बेचकर दूसरी...''

''चार रुपया दे रहा था। माँ को रोना आ गया। बोली—मेरी दादी की निशानी चार रुपये में बेचने से अच्छा है घर में पड़ी रहे।'' माँ की नक़ल उतारती हुई लड़की ऊँची आवाज़ में बोली।

''तब ले जाओ और घूरे पर फेंक आओ।'' खीजा-सा लच्छू बोला।

''बना दो चाचा...यही सबसे बड़ी पतीली है हमारे घर में...न बनी तो फिर इस बार नयाज़ का खिचड़ा किसमें पकेगा?'' लड़की का चेहरा उदास हो गया।

''कैसे बना दूँ?'' उसकी खुशामद सुन लच्छू मन ही मन बोला, ये लड़कियाँ भी कितनी जल्दी सयानी हो जाती हैं!

''जैसे भी हो चाचा...पतीली नहीं बनी तो फूफी मुँह बनाएँगी। आख़िर उनसे ही माँगने जाना होगा...तुम तो जानते हो, बाबा को मरे साल भी पूरा नहीं हुआ।'' मासूम आँखें दहशत से भर गईं।

''अच्छा...अच्छा, बस...यह बता तेरी माँ खुद क्यों नहीं आई, अपनी जगह तुझे सिखा-पढ़ाकर भेज दिया है?''

''माँ के भैया हुआ है। वह बीमार है। उठ नहीं सकती। यह लड्डू...नहीं पींड़ी...मैं नाम भूल जाती हूँ नानी लाई थीं। माँ के पास क़लई के पैसे नहीं हैं सो तुम्हारे लिए भेजा है...बड़ी मीठी है चाचा।'' लड़की ने बड़े लुभावने अन्दाज़ में कह पोटली आगे बढ़ाई। लच्छू के चेहरे पर मुस्कान उभरी, जिसे देख लड़की खिसियानी हँसी हँस पड़ी।

''कोशिश करता हूँ।'' लच्छू इतना कह काम में लग गया। लड़की के चेहरे पर एक सन्तोष उभरा जैसे वह सर पर रखा पहाड़ गिराने में सफल हो गई हो।

इधर-उधर के घरों से रेंगती औरतें एक-दो बर्तन उठाए चींटी की चाल चलती उसके पास आकर बैठ गईं। कनखियों से लच्छू ने उनके बर्तनों को देखा। उसे सब के सब कबाड़ी के हाथ बेचने वाले लगे। इस्तेमाल की अधिकता से इतना घिस चुके थे कि लच्छू को उन पर क़लई फेरते डर लगता है, मगर यह लोग क्या-क्या कबाड़ी को देंगे जिनकी पूरी गृहस्थी ही कबाड़ख़ाना हो। वह खुद इस मोहल्ले में कौन-सा कमाई करने आता है। सच पूछा जाए तो उसकी लागत भी बड़ी मुश्किल से निकल पाती है। मगर हर काम पैसे के लिए ही तो नहीं करता आदमी...उसने अपनी बेचैन आँखें सामने सफ़ेद मकान पर गाड़ दीं। एकाएक उसे लगा कि घर के सामने लुंगी

पहने कोई खड़ा है और एक लड़का गुल्ली-डंडा खेल रहा है। अन्दर घर से आवाज़ आती है–"समीह...हो समीह, अन्दर आइयो ज़रा..."

"क्या सोचने लगा? हाथ चला बेटा...मुझे जल्दी है।" सामने बैठी बुढ़िया ने टोका। लच्छू ने चौंककर देखा...घर के सामने कुछ नहीं था सिर्फ़ खुला धूप से तपता मैदान...उसने हाथ तेज़ी से चलाए। औरतें लुटिया, डोइ, जग, रक़ाबी लेकर चली गईं और लच्छू खोया-सा बैठा रह गया।

जून का तपता महीना। सूरज का गोला अपने पूरे तैश में आसमान का आधा रास्ता तय करता अब सीधे सिर पर आकर सवार हो गया था। बाएँ हाथ को जो छोटा-सा बाज़ार था, वहाँ की चहल-पहल सन्नाटे में बदल गई थी। भीगे बोरे के नीचे ककड़ी बेचने वाले तक भरी दोपहर में जाने कहाँ ग़ायब हो गए थे। लच्छू को भूख, प्यास एक साथ सताने लगीं। उसने धूप से भरी गली को देखा, फिर बड़ी नाउम्मीदी से अपना सामान समेटा और गली पार करने लगा। सफ़ेद घर के सामने से गुज़रा तो उसे दरवाज़े में ताला लटकता दिखा।

सूरज का तंदूर धीरे-धीरे बुझने लगा। किरणों की तेवरियाँ तिरछी पड़ अँधेरे में गुम हो गईं। हवा की गर्मी सूखे पत्तों की तरह झड़ने लगी। आसमान पर चाँद का बारीक चेहरा लचके के टुकड़े की तरह टेढ़ा पड़ा था और अफ़शाँ की शीशी रात के काले दुपट्टे पर बिखर गई थी।

लच्छू ने कथरी के नीचे से गन्दा मुड़ा-तुड़ा काग़ज़ निकाला। उसकी तह खोली। उस पर लिखा था, समीह : कक्षा चार प्रथम श्रेणी में उत्तीर्ण, उसने काग़ज़ तह कर वापस कथरी के नीचे रख दिया। आँखों के सामने छवि उभरी...लाल सफ़ेद करौंदों से लदे पेड़ के पास बैठी औरत अपने पाँच-छह साल के बेटे को छाती से लगाए उसका मुँह चूम रही है। बेटा लाड़ में भरकर कहता है, "अम्माँ, अम्माँ, मैं तुम्हारे बर्तन ख़ूब चमकाऊँगा, आईने की तरह।"

"चमकाना...मगर पहले से भी ज़्यादा होमवर्क बाक़ी है, तुम्हारे अब्बा जो..."

"तुम्हारे बर्तन अब्बा से भी ज़्यादा चमकाऊँगा।" लड़का बीच में चहकता।

"चल हट, बड़ा आया है अपने अब्बा से ज़्यादा चमकाने वाला!" औरत उसके फूले गालों पर हल्के से चमत लगाती हुई हँस पड़ती।

लच्छू को अकसर भूखे पेट सोना पड़ता है। सपने में जाने कहाँ-कहाँ भटकता कभी बड़ी नक़्क़ाशीदार चमचमाती सेनी में पीला-नारंगी मीठा, ज़र्दा मेवों से भरा देखता तो कभी बड़े जग में लाल-लाल ठण्डा मीठा शरबत या फिर झिलमिल करती कटोरियों में फिरीनी, जिसे देख जब वह हाथ आगे बढ़ाता तो सारे बर्तन ग़ायब हो जाते। वह दौड़कर बावर्चीख़ाने में जाता तो वहाँ कुछ न पाता, न चूल्हा, न हाँडी, न बर्तन। भागकर कमरे में जाता तो वह ख़ाली-ख़ाली पाता–न पलँग, न बिस्तर, न किताबें...

आँगन में खड़ा-खड़ा रोने लगता और उसी रोने में अपनी आवाज़ सुन लच्छू उठ बैठता, फिर सारी रात जागकर काटता।

कुछ वर्षों पहले कोतवाली की परली तरफ़ ठठेरी बाज़ार में जायसवाल बर्तन भण्डार के सामने नापदान के ऊपर खाली जगह पर सलमान क़लईगर बैठता था। उधर ग्राहक ने नया बर्तन ख़रीदा, इधर सलमान ने उसकी धुलाई-रँगाई कर उजला बना दिया। जायसवाल जैसे समय के गुज़रने के साथ एक छोटी दुकान से बड़े बर्तनों के बड़े भण्डार में बदले, उसी तरह लड़का सलमान क़लईदार भी अधेड़ होते-होते उस्ताद सलमान के नाम से जाना जाने लगा। उसकी पत्नी को एक ही शौक़ था—बर्तन जमा करने का, सो जहेज़ में ढेरों सामान लेने के बावजूद उसकी हवस कम नहीं हुई थी। जो नए डिज़ाइन का बर्तन जायसवाल के भण्डार में आता वह सलमान ख़रीदकर उस पर नाम लिख पत्नी को उपहार में ज़रूर देता। उसका रसोईघर सजा देखकर पड़ोसिनें कह उठतीं, ''ए भाभी, तुमने तो घर को बर्तनों की दुकान बना डाला है। इन बर्तनों में खाना भी पकता है कि नहीं?''

''अम्माँ छुपा दो सारे बर्तन, यह सब चुरा लेंगी।'' समीह पड़ोसिनों की आँखों में लालच की चमक देख माँ से कहता।

''तू है न पहरेदार...भला किसी की मजाल है जो तेरी माँ के बर्तनों को हाथ लगा सके?'' माँ बेटे की बलाएँ लेती। कितनी मन्नत-मुरादों के बाद शादी के पंद्रह साल बाद समीह पैदा हुआ था।

रात को कच्चे आँगन में तख़्त पर सफ़ेद चादर पर बिछे दस्तरख़ान पर चमचमाते बर्तनों में दाल, चावल, सब्ज़ी, चटनी का सादा खाना इस तरह सजता कि सलमान की भूख दुगनी हो जाती और अक्सर मुस्कुराकर वह अपने खुरदरे धब्बेदार हाथ देख कह उठता, ''बाअदब बामुलाहज़ा, अकबर बादशाह चाँदी के बर्तनों में खाना तनावल फ़रमाने जा रहे हैं।''

''तुम जो भी कहो, मुझे ज़ेवर, कपड़े-लत्ते का ज़रा भी शौक नहीं है। आदमी दिन-भर खटे और फिर ठीक-ठाक बर्तनों में खाना भी न खा पाए?'' मियाँ के इस तरह कहने पर वह झेंप जाती फिर खुद भी हँसकर कहती, ''जिसका मियाँ क़लईगर हो उसके घर में चीनी मिट्टी या तामचीनी के बर्तन क्या अच्छे लगेंगे?''

बक़रीद के दिन बब्बन कुँजड़े की नज़र मीठे चावल खाते-खाते उसके बावर्चीख़ाने पर जम गई थी। सब मोहल्ले वाले उठे तो वह भी उठा मगर एक पक्के इरादे के साथ और सलमान के कन्धे पर हाथ रखकर बोला, ''यार, तेरा घर बहुत भाया। कभी बेचने का इरादा करना तो हमसे पहले बात करना।''

उसकी बात सुनकर पर्दे में बैठी सलमान की बीवी के तन-बदन में आग लग गई। सुनने वालों के चेहरों पर हवाइयाँ उड़ीं। कुछ ने दबी ज़बान में सलमान से

कहा भी कि बब्बन कुँजड़े को जो चीज़ पसन्द आ जाती है समझो उसकी हुई। तुम ज़रा सम्भलकर रहना। पीली कोठी काण्ड में इसका भी हाथ था। सुनकर सलमान हँस पड़ता। मन-ही-मन कहता, "कहाँ पीली कोठी और कहाँ दो कमरों, दालान और आँगन का यह कच्चा-पक्का मकान?"

"क्यों बे, कामधाम नहीं करै है का? रोज़-रोज़ यहाँ आसन जमाए लेता है जैसे तेरा बाप कोई ख़ज़ाना गाड़ गवा हो।" कुश्तीराम मोची ने चमड़ा पानी में भिगोया।

"सामने वाले घर की बाट जोह रहा था..."

"कउन...बब्बन कुँजड़े की?"

"हाँ, बर्तन काफ़ी हैं, मज़दूरी ठीक-ठाक मिल जाती है।"

"बब्बन साले के घर माँ बर्तन...? अरे बचवा, तू नाही जानत कि यह सब कुछ सलमान क़लईगर का रहा...ओका घर छीन लीस हरामी। पाप फल तो रहा है...अब क़तल के मुक़दमा में बड़ा लौंडा हवालात मा बंद है। ओहि के मारे गए हैं अजमेर दुआ माँगे।" बूढ़ा कुश्तीराम हँसा।

"कब तक लौटेंगे?" बड़ी सहजता से पूछा लच्छू ने।

"भगवान करे हमरी तरफ़ से कभी न लौटें...जबसे आए हैं मोहल्ला में, तूफ़ान मचाए हैं, गुंडा-बदमास की आवा-जावा लगी रहत है...सलमान बेचरवा कैसा सरीफ़ मनई रहा। पता नहीं पिछले जन्म माँ का बोईस रहा जो अन्त ऐसा भवा...ओके लड़का का पता ही न चला कि ज़मीन खाए गई या आसमान...राम-राम..." इतना कहकर कुश्तीराम मोची ने कील पर ज़ोर की चोट मारी।

"लच्छू, तू यहाँ बैठा है, वहाँ तुझे गंगा मौसी ढूँढ़ रही है और पंसारी की दुल्हिन भी कई बार तुझे पूछ चुकी है।" पास से गुज़रते हुए धोबी ने कपड़ों के गट्ठर से लदी साइकिल खींचते हुए कहा।

"धूप में क्यों सूख रहा है? जा, जाकर दूसरे घरों के काम निबटा।" कुश्तीराम मोची की डपट सुन लच्छू बैठा न रह सका। सचमुच धूप उसके पैरों से चढ़ती सिर तक आ गई थी। उसने बेचारगी से चेहरे का पसीना पोंछा और थका-थका-सा उठ खड़ा हुआ और मैदान पार कर सफ़ेद घर की तरफ़ बढ़ने लगा।

"मना करने के बाद भी ओहि की लाग लगी है...जाने का धरा है उन बर्तन माँ...मरन देव।" कुश्तीराम झुँझला पड़ा।

आज चौथा दिन था। घर की चौखट पर बड़ा-सा ताला उसी तरह झूल रहा था। मधुमालती के छत्तर के नीचे जाकर लच्छू अनमने मन से खड़ा हो गया। मधुमालती बुरी तरह फली थी। मदमाती गंध फैली हुई थी। उसने फूल तोड़ उसका डंठल नीचे से तोड़ा और होंठों के बीच रख उसे चूसा, शहद की मीठा स्वाद ज़बान पर फैला।

"न कर बेटा...यह भौंरों और तितलियों का खाना है...आ, अन्दर आ, मैंने तेरे लिए किशमिश डालकर बेसन का हलवा बनाया है।" उसके कान यकायक बज उठे। उसने घबराकर बन्द दरवाज़े को ताका।

यह मोहल्ला भी बड़ा अजीब है। बीच में मैदान और मैदान के सामने मधुमालती वाला सफ़ेद घर और उसके दोनों तरफ़ की गलियों में बेशुमार कुलबे, मगर दोनों तरफ़ के घरों में अपनी तरह की भिन्नता थी। एक तरफ़ दर्ज़ी, रँगरेज़, कुम्हार और दो-दो मस्जिदें तो दूसरी तरफ़ तीन मन्दिरों के बीच मोची, लोहार और सुनार। सारे दिन एक-दूसरे की तरफ़ आना-जाना लगा रहता है। काम कहाँ रुकता है? बरसों से एक-दूसरे पर निर्भर हैं। भूल गए हैं कि हिन्दू-मुसलमान हैं, मगर कभी-कभी उन्हें याद तो करना पड़ता है। जब शहर में दंगा-फ़साद हो तो फिर दोनों तरफ़ वाले अपने-अपने घर में दुबककर बैठ जाते हैं और इसी का लाभ उठा बब्बन ने इस बार सलमान क़लईगर और उसकी पत्नी को कब कटवा डाला, पता ही न चला। शहर में लाश, ख़ून, गोली, बम की कमी थी जो सिर्फ़ सलमान की खोज-ख़बर ली जाती। जहाँ हज़ारों मरे वहीं सलमान भी परिवार के संग जाता रहा। लोग तो तब चौंके जब बब्बन ने घर का ताला खोल उसमें रहना शुरू कर दिया। कुछ सरफिरों ने जोश में आकर पूछा कि यह तो सलमान क़लईगर का घर है तो जवाब मिला कि तो फिर तुमसे मतलब? अब यह हमारा है। हमने खरीद लिया है।

कई साल गुज़र गए। सबके दिल व दिमाग़ में कील की तरह एक ही बात गड़ी थी कि कुछ दाल में काला है इसलिए बात करते हुए, अपना पता बताते हुए वह कह उठते सलमान के घर के पास, मगर उसी के साथ सुननेवाला कह उठता, समझ गए; वही न, जिसमें बब्बन कुँजड़ा आन बसा है। कुछ महीनों बाद कोई ख़बर लाया था कि 'समीह' ज़िंदा है। इस ख़बर को सुनकर सब खुश भी हुए और दुखी भी। वे जानते हैं कि नौ-दस साल का समीह यदि लड़ने भी आ जाए तो क्या वे उसका साथ दे पाएँगे? बब्बन कुँजड़े के पास कट्टा, पिस्तौल, तलवार, लाठी, बम और ढेर सारे चाकूबाज़ नौजवान हैं। पुलिसवालों के साथ भाईचारा है। समय के साथ मोहल्ले वालों को यह सच स्वीकार करना पड़ा कि क़ब्ज़ा सच्चा दावा झूठा।

लच्छू को आज पुरानी बात याद आई कि उसको गढ़ सराय आने को सख़्ती से मना किया गया था। उसने कहा माना था क्या? कभी डरते-डरते रात को एक चक्कर लगा जाता तो कभी तेज़ी से भागता हुआ सामने से गुज़र जाता। मगर हाँ, उसने एक बात ज़रूर मानी थी, अपना नाम उसने लच्छमन जायसवाल ही पूछने वालों को बताया था। आज लच्छमन से लच्छू बना वह इधर-उधर डोलता है। कुछ उसे पहचानते हैं, कुछ नहीं। वह भी सबको पहचानकर भी अजनबी आँखों से ताकता है।

''कैसे हो लच्छू! मियाँ लोगन के द्वारे ही फेरे लेवेगा या हमरी तरफ़ भी आएगा?'' बिसातिन कुंती ने रुककर ताना मारा।

''आते हैं मौसी।'' कहता हुआ लच्छू गली की तरफ़ मुड़ गया। उसे आता देखकर तारा मालिन फूल गूँथना रोककर बोली, ''तेरा मन अपने शत्रु के साथ रमता है। उनका मन तो तेरा सब कुछ लूटकर, ऊपर से कान काटकर भी नहीं भरा।''

"चाची, तू रोज़-रोज़ हिन्दू-मुसलमान का ताना क्यों देती है? धर्म देखूँ या फिर कमाई करूँ? सच बता, क्या तू सारे फूल अपने धर्म-भाइयों को बेचती है?' कुढ़ा-सा लच्छू कह उठा।

"ग्राहक तो ग्राहक होता है इतना तो मैं समझती हूँ, मगर मेरे मिट्टी के माधो, मैं अपनी मालाएँ शत्रु को नहीं बेचती।"

"जो गुज़र गया बहिनी, उसे बेर-बेर याद दिलाने से क्या फ़ायदा?" सुनारनी ने पीतल की गगरी, पतीले लच्छू के सामने जमा करते हुए कहा।

लच्छू का मन पहले से अधिक भारी होकर कई वर्ष पहले की उस शाम में भटक गया जब वह घर से भागा था। एक महीना मुश्किल से गुज़रा था कि उसका सामान बाहर चबूतरे पर रखकर चाची ने कहा था कि "माताजी पुराने विचार की ठहरीं। घर में शान्ति बनी रहे, तो तुम यहीं बैठना। अन्दर मत आना बेटा। मैं भोजन-पानी यहीं लाऊँगी।" चाची के प्यार के बावजूद अन्दर से आती आवाज़ उसे बराबर अकेला करती जा रही थी।

"अरे, इस उम्र में मेरा धर्म भ्रष्ट कर दिया। नाम बदलने से क्या धर्म बदल जाता है...अरे, उसके संस्कार तो वही होंगे...राम-राम, सीताराम...."

उस रात वह यह सब सह नहीं पाया था और भागकर बहुत दूर निकल आया था। उसी तरह जैसे उस रात को वह बिना सोचे-समझे घर से भागा था। जब कमरे में मुँह ढाँपे बहुत-से लोग घुस आए थे तब माँ ने घबराकर उसे बड़ी खिड़की से कुदवाकर कहा था कि 'भाग...भाग बेटे समीह...भाग...' उसने दौड़ते हुए पीछे मुड़कर देखा तो माँ को एक बन्दूकधारी से जूझते पाया था।

दूसरे दिन उसे पकड़कर किसी ने जायसवाल बर्तन भण्डार के घर पहुँचाया था। बताया था, मोहल्ले में कर्फ़्यू लगा है। उसके माँ-बाप को अनजान लोगों ने मार डाला। है। वे उसे भी ढूँढ़ रहे हैं। उसकी जान ख़तरे में है। नौ साल की उम्र में उसने बड़े-बड़े शब्दों के अर्थ को न समझते हुए भी ज़िन्दगी की हक़ीक़त को समझ लिया था। दोबारा भागने पर उसे एक फ़क़ीर ने पकड़ा था। उसकी झोंपड़ी में वह चुपचाप कई दिन तक बेसुध पड़ा रहा और भीख में मिले खाने को खाता रहा। फ़क़ीर बूढ़ा और बीमार था। उसे सहारे की ज़रूरत थी। उसके मरने के बाद वह तनहा रह गया। इधर-उधर भटकता हुआ।

"ले, अब मुँह उतारकर मत बैठ...हनुमान जी का प्रसाद है। अब तू हम लोगन में सामिल हो चुका है। लच्छमन प्रसाद।" मालिन उसके कन्धे पर टहोका लगा पत्ते पर मोतीचूर का लड्डू सामने रख गई।

"इस कलयुग में सब कुछ सम्भव है।" कहते हुई सुनारिन लोटे में पानी और कटोरी में चुड़ा रख गई।

आज लच्छू को भूखा रहते दूसरा दिन था। आटे का कनस्तर खाली था। सुबह

गिलहरी भूखी लौटी और लँगड़े बन्दर को भी वह रोटी न दे सका, जिसके इन्तज़ार में बैठा-बैठा वह डाल पर ऊँघ रहा था। उसने ललचाई नज़र से लड्डू और नमकीन को देखा और मन-ही-मन बोला, 'आज चाहे जैसे भी हो, काम तो करना ही पड़ेगा वरना तो फ़ाक़ा ही फ़ाक़ा होगा।' उसने खाना शुरू कर दिया। तभी मालिन का लड़का साइकिल पर फूलों की डलिया लेकर आ गया। लच्छमन को देखकर बोला, ''कस बे कनकटे, अब की बहुत दिन बाद आया?''

''बीमार था।'' धीरे से लच्छू बोला।

''ले, वह कमला भी स्कूल से लौट आई...इसी के साथ मिलकर झब्बो ने बाल काटते-काटते तेरा कान काट डाला था न?'' मालिन का लड़का हँसा।

बचपन के उन दिनों को लच्छू याद नहीं करना चाहता, न कमला को देखना चाहता है। वह शरमाई-सी पास से कब गुज़र गई, उसे नहीं पता। बस वह झुका-झुका काम में डूबा रहा। काम करते-करते उसे याद आया कि जब वह पहली बार इस मोहल्ले में क़लई करने आया था, उस समय बब्बन कुँजड़े का बड़ा लड़का उसके पास आन खड़ा हुआ था। लच्छू का दिल ज़ोर से धड़ककर ठहर गया था। लड़का कुछ देर उसका काम देखता रहा था। फिर कड़ी आवाज़ में कहा था–

''ये बर्तन हैं और अन्दर से भिजवाता हूँ...ठीक से क़लई कर देना...''

''जी...गर्मी बहुत है, आप अन्दर बैठें, मैं क़लई कर बर्तन खुद लेकर आऊँगा।'' धीरे से लच्छू ने कहा था। उसकी बात सुन लड़का हाथ में पकड़े बर्तन वापस ले गया था। मधुमालती की छाया में ढेरों बर्तन जमा हो गए–सेनी, डोंगे, उगालदान, ख़ासदान, पानदान, देंगे, जग, गिलास, कटोरे–उसे लगा था कि उसका खोया बचपन उसके चारों तरफ़ थिरकने लगा है। हर बर्तन से एक याद चिपकी हुई थी। जाने कब से काले पड़े बर्तनों पर जादू की छड़ी घूमने लगी। बर्तनों की शक्ल बदली तो उन पर लिखा नाम किसी बच्चे की तरह हँस पड़ा : ज़ेब अख़्तर! उसने अपनी थकी उँगलियाँ जाने कितनी बार उस पर फेरी थीं, फिर बेक़रार हो उस नाम को चूम लिया था।

''कितने पैसे हुए?'' उसको काम .खत्म करता देख, वही लड़का दरवाज़े के पास आकर खड़ा हो गया।

''देख तो लो पहले, ठीक हुए भी हैं?'' अन्दर से बूढ़ी मगर तेज़ ज़नाना आवाज़ आई।

''अब आप ही देख लें।'' लड़के ने कुछ उकताए स्वर में कहा।

''काम बढ़िया किया है मालिक! अगर ये बर्तन न चमका सका तो अपना हुनर बेकार है।'' लच्छू हल्के से हँसा। आज बरसों बाद उसको सब कुछ अच्छा लग रहा था। उसके इस तरह कहने पर लड़का चौंक पड़ा।

''मैं क्या देखूँ, मेरी आँखों को कुछ सूझता है क्या? जैनब को भी आज ही जाना था।''

"फिर आकर हिसाब ले लूँगा।" कहता हुआ लच्छू नौ दो ग्यारह हो गया। छः मास बाद जब फिर लच्छू लौटा तो इस बार उसे बर्तन कम दिखे थे। सारे दिन बर्तन झिलमिलाने के बाद वह अपनी जिज्ञासा दबा नहीं पाया था और धीरे से पूछा था, "बड़ी देगें और पतीली नहीं करवानी हैं क्या?"

"मुए, उन बर्तनों का रोज़-रोज़ क्या इस्तेमाल—जगह अलग घेरे रहते हैं।" बड़ी बी ने चिढ़े लहज़े से कह अपने इज़ारबन्द से रुपये निकाले और लच्छू से बोलीं—"पिछला कितना था?"

"पिछला...बकाया था क्या?" लच्छू चौंका।

"और नहीं तो क्या...बोल!" बड़ी बी बोलीं।

"फिर लूँगा, कौन पैसा भागा जा रहा है आपके यहाँ से।"

"तू हमारा कुछ लगता है क्या?" बड़ी बी कुछ झुँझलाए, कुछ मज़ाक से मिले-जुले स्वर में बोलीं।

'आपका क्या लगूँगा, मगर इन बर्तनों से अपना पुराना रिश्ता है।' मन ही मन कह उठा लच्छू।

"देख बे! हिसाब करके जाना, समझे...ख़ैरात में काम नहीं कराना हमें।" मँझले लड़के ने कमरे से निकलते हुए आँगन में आकर कहा।

"मालिक! घोड़ा घास से यारी करेगा तो खाएगा क्या? हज़ार काम आप हम ग़रीबों के करते हैं, यह तो बस थोड़ी-सी सेवा है।" इतना कह लच्छू हाथ जोड़ किनारे खड़ा हो गया।

"तू लगता तो उठाईगीर है मगर बातें कैसी पुख़्ता करता है।" बड़ी बी हँसीं।

"ठीक है, ठीक है।" कहता बड़ा लड़का मोटरसाइकिल पर बैठ गली की तरफ़ मुड़ गया।

समय गुज़रते देर नहीं लगती। कहने को अब वह अट्ठारह का है मगर देखने में लच्छू के हाथ-पैर तगड़े नहीं हैं। होंठों के ऊपर मुलायम बालों की परत आ गई है। ताड़ने वालों ने बचपन का चेहरा ताड़ लिया है, मगर जब समय ही भेस बदले खड़ा हो तो उनको क्या पड़ी है मुखौटा हटाने की? चबूतरे पर बैठी सुनारिन कलयुग की माया पर चकित थी। चुपचाप बैठी लच्छू के हाथ देख रही थी जो काले को सफ़ेद बना रहे थे। लच्छू की तरह वह भी बीते दिन याद कर रही थी जब ज़ेब अख़्तर ने बेटे समीह की पहली सालगिरह पर उसके लिए चाँदी के तार में काले मोती गुँथवा उसके दोनों हाथों में पहनाए थे कि बेटे को नज़र न लगे! जैसे-जैसे दिन गुज़र रहे थे, लच्छू की तड़प बढ़ रही थी। भट्टी से तपते दिन और चढ़े सूरज के शोलों की परवाह किए बिना वह सारा दिन उस घर के चक्कर लगाता था। आज नौ दिन हो गए थे। वह हारे मन से सड़क पर निकल दिलशाद ढाबे की तरफ़ गया। दिलशाद दाबे पर सदा की भाँति इस समय भी भीड़ थी। इसके मालिक से लच्छू

की हमेशा झड़प होती थी। उसका बस चलता तो वह लच्छू को एक बार खाना खिलाने के बदले में सारे बर्तन क़लई करवा लेता मगर नक़द अठन्नी भी न थमाता। इस समय लच्छू को आया देख उसने अपने मोटी गर्दन हिलाई और छोकरे को इशारा किया कि लच्छू को खाना दे दे मगर लच्छू वहां रुका नहीं। खाने से इन्कार कर वह आगे बढ़ गया। उसका दिल कटी पतंग की तरह उस मधुमालती के छत्तर पर अटक गया था कि शायद वे लोग लौट आए हों।

''क्या हुआ लच्छू...नाराज़ हो गया क्या?'' ढाबे के मालिक ने उसे यूँ जाते देख चिढ़ाया, मगर लच्छू ने पलटकर कोई जवाब नहीं दिया। उसका दिल आशंका से भर उठा कि कहीं वे लोग सचमुच मर न गए हों और घर में यूँ ताला झूलता रहे और मैं उन बर्तनों को छू भी न पाऊँ। इस ख़याल ने जैसे उसे जलते तंदूर में झोंक दिया हो। वह जले पैर की बिल्ली की तरह गली में घुसा।

मधुमालती के नीचे दोनों मोटरसाइकिलें खड़ी थीं। घर के दरवाज़े से ताला ग़ायब था। लच्छू गली के नुक्कड़ पर ठिठक कर खड़ा रह गया। क्या करे अब? ज़ोर-ज़बरदस्ती से बर्तन माँग नहीं सकता, सीधे घंटी बजा नहीं सकता, सो मजबूर होकर उसने हाँक लगाई—''क़लई करवा लो, कलई...''

चढ़ती दोपहर की गर्म हवा उसकी आवाज़ को गली के उस कोने तक ले गई जहाँ अन्धा कुआँ कूड़े से पाटा जा चुका था। उसने ठीक सामने दरवाज़े से गुज़रते हुए एक बार फिर हाँक लगाई मगर दरवाज़ा बन्द रहा। बस लू के गर्म-गर्म थपेड़े अलबत्ता उसके चेहरे पर थप्पड़ की तरह लग रहे थे।

'क्या करे वह...? बकाया पैसा...पुराना हिसाब...इस बहाने वह घंटी बजा सकता है और क़लई के लिए बर्तन माँग सकता है।' लच्छू के चेहरे पर खुशी उभरी। पपड़ी पड़े होंठ मुस्कराए। उसने आगे बढ़कर बढ़े विश्वास से बटन पर हाथ रखा।

''क्या है?'' बारह-तेरह साल का नौकर झुँझलाया सामने खड़ा था।

''क़लई के बर्तन लाओ।'' बेचैनी से लच्छू बोल पड़ा।

''क़लई? कैसी क़लई?'' लड़का चिढ़कर बोला।

''बर्तन पर क़लई...अन्दर बड़ी बी से कहना लच्छू क़लईगर है।''

''कौन है?'' अन्दर से आवाज़ आई।

''लच्छू, आपका पुराना क़लईगर।''

''अच्छा, अच्छा, बर्तन तो अब कोई क़लई के लिए है नहीं...मगर ठहरो।''

''क्या किसी और से क़लई करवा लिए? मैं तो हमेशा आपके घर के...'' लच्छू की आवाज़ में तरलता के साथ विनती उभरी। उसका गला रुँधने लगा था।

''नई दुल्हन ने घर का सारा बर्तन-भाँडा बेच डाला। अब ताँबे की जगह यहाँ स्टील भरा है...इस बार हिसाब लेकर जाना।'' बड़ी बी की आवाज़ गूँजी।

''बेच दिया? कब? कहाँ?'' आहत-सा लच्छू तड़पा।

''तुझे इससे क्या? बेचे होंगे किसी बर्तन वाले को...हाँ बोल कितने बने?'' मँझले लड़के ने सख़्त आवाज़ से कहा।

''क्या बताऊँ कितने बने। सारी उम्र उन बर्तनों पर क़लई करता तो भी क़र्ज़ न उतरता।'' व्याकुल-सा लच्छू कह गया।

लच्छू के अन्दर बेबसी की धौंकनी अन्तहीन गुस्से में बदल गई। उसे लगा, जैसे पूरी दुनिया एक बड़े तंदूर में बदल गई हो और वह बाहर निकलने के लिए हाथ-पैर मार रहा हो। उसने गुस्से से लड़के को देखा जो दरवाज़े पर खड़ा बड़ी हिकारत से उसे ताक रहा था। एकाएक उस पर जुनून तारी हो गया। उसने भद्दी-सी गाली बकी और अद्धा उठाकर उसने ज़ोर से बड़ के तने पर दे मारा। सोए कुत्ते कूँ-कूँ करते उठ बैठे। उसका क्रोध कम न हुआ। उसने दौड़कर कुत्तों के दो-चार लातें जमाईं। छत पर खड़ी रंगरेज़िन लच्छू के यह तेवर देखकर सूखे कपड़े उठाना भूल गई, फिर एकाएक पुकार उठी, ''लच्छू...सुन तो बेटा...''

''मर गया लच्छू...मैं लच्छू नहीं हूँ। मैं लच्छू नहीं हूँ।''

''दिमाग़ फिरा लगता है।'' कई खिड़कियाँ-दरवाज़े खुले।

''आसमान आग बरसा रहा है...नौ-तपा लगा है; ऊपर से भरी जवानी में यूँ धूप-धूप घूमना, लड़का बौराएगा नहीं क्या? सुना कल उधर भी गया था। हिन्दुआनी जादू सर चढ़कर बोलते हैं। मेरे अल्लाह, ख़ैर करना।'' रंगरेज़िन जब तक दरवाज़ा खोल बड़बड़ाती बाहर निकलती तब तक लच्छू गली से निकल मैदान के बीचोंबीच सफ़ेद घर के सामने किसी बिफरे हाथी की तरह खड़ा बड़ी ऊँची आवाज़ में पूछ रहा था–

''पहले बताओ, वे सारे बर्तन कहाँ, किसको बेचे हैं?'' लच्छू ने पैर पटकते हुए कहा।

''क्यों शोर कर रहा है? भाग यहाँ से...'' मँझला लड़का अपने कसरती बदन के साथ सामने आन खड़ा हुआ।

''नहीं भागूँगा...तुम्हें बताना होगा, वे सारे बर्तन कहाँ हैं?'' लच्छू ने पैर पटका।

''तुझसे मतलब? वे तेरी माँ के थे जो बताऊँ?''

''हाँ...हाँ, वह मेरी माँ 'जेब अख़्तर' के बर्तन थे जो इस घर में रहती थी...यह घर मेरे बाप का घर है...सब जानते हैं, पर तुम लोगों से डरकर खामोश हैं। मगर अब मैं चुप नहीं रहूँगा...चीख़-चीख़कर सबको बताऊँगा कि यह मेरा घर है...मेरा नाम समीह है...समीह!!''

''अच्छा, तो यह तेरे बाप का मकान है। बहुत शेख़ी बघार रहा है...अपनी औक़ात भूल गया है फ़किट्टे। अभी तेरे साथ सबको तमाशा दिखाता हूँ...'' कहता हुआ बब्बन का मँझला लड़का आगे बढ़ा और उसने भरपूर घूँसा लच्छू की नाक पर दे मारा।

"बताते हैं कि बर्तन कहाँ बेचे हैं।" कहता हुआ छोटा लड़का लोहे की छड़ और साइकिल की चेन लेकर बाहर निकला। मँझले ने छड़ सम्भाल ली। दोनों भाई लच्छू पर पिल पड़े।

"बोल, किसका मकान है, तेरे बाप का...बर्तन तेरी माँ के हैं? बोल फिर से मुँह खोल...खोल न..."

"हाँ, यह मकान मेरे बाप का है...सौ बार कहूँगा...बार-बार कहूँगा, चाहे तुम मुझे मार डालो।" ज़ख़्मी शेर की तरह चिंघाड़ा समीह उर्फ लच्छू जिसके सिर और नाक से खून बह रहा था।

"बस करो...। बहुत मार लिया।" कहती रँगरेज़िन आगे बढ़ी। तभी जाने कहाँ से तेल पी हुई लाठी लिए आठ-दस लठैत आ गए। ज़मीन पर लाठी मारकर बोले, "जिसने अपनी माँ का दूध पिया हो आ जाए मुक़ाबले पर।"

दोनों लड़कों को बब्बन अन्दर घर में घसीट ले गया और लठैत लच्छू पर टूट पड़े। लच्छू के कान हर चोट पर बज रहे थे, "भाग जा बेटे, भाग...समीह भाग, ये तुझे मार डालेंगे। बेटे...भाग।" लच्छू हिरन के छौने जैसा लाठियों के वार से बचता चौकड़ियाँ भरने लगा।

"भागता कहाँ है, बड़ा आया था घर वाला।" खदेड़ा मैदान से गली तक सबने उसे, फिर मुड़कर बोले, "अब जो इधर आया तो ज़िन्दा नहीं छोड़ेंगे।"

सारा मोहल्ला ख़ामोश तमाशाई बना रहा। उन्हें लठबाजों का सन्देशा समझ में आ गया था। मन ही मन गाली देते हुए खिड़कियाँ-दरवाज़े बन्द होने लगे। लू के थपेड़े मैदान की मिट्टी के संग सफ़ेद मकान के बन्द दरवाज़े से टकरा रहे थे जिस पर पुलिस वाले ने यह कहकर कि देख लेंगे मकान मालिक को एक तख़्ती अभी-अभी लगवाई थी, 'बब्बन एण्ड संस भूसे वाले!'

नौ-तपे का सूरज अपनी ही गर्मी से पिघलने लगा था। आसमान पर काले-काले मेघ जाने कहाँ से चले आ रहे थे। रँगरेज़िन तेज़ी से छत पर कपड़े उठाने पहुँची। कपड़े उठाते हाथ एकाएक रुक गया। रंग के ड्रम से लगी झब्बो उचक-उचककर कुछ देखने की कोशिश कर रही थी। रँगरेज़िन कपड़ा उतारना छोड़ उसके पास जाकर खड़ी हो गई। मकानों, दरख़्तों के परे से सड़क का एक टुकड़ा बड़ी मुश्किल से नज़र आ रहा था। नज़रें ठहरीं तो उसने देखा, पेशाबघर के सामने कूड़ेदान के नज़दीक खून से लथपथ कोई औंधा पड़ा है और अगल-बगल में दो-तीन मरगिल्ले कुत्ते उसे सूँघते-चाटते बैठे हैं।

❑ ❑ ❑

www.ingramcontent.com/pod-product-compliance
Ingram Content Group UK Ltd.
Pitfield, Milton Keynes, MK11 3LW, UK
UKHW041823200726
13854UKWH00002BA/528

9 788170 289562